21世纪文学之星丛书

2017年卷

评论集

年轻的思想

汪雨萌／著

作家出版社

作者简介：

汪雨萌，女，1988年出生，现为复旦大学中文系中国现当代文学专业博士研究生。2004年起开始散文创作，并在《美文》、《新华日报》、《雨花》等全国及省、市级刊物上发表散文十余篇。进入复旦大学中文系学习研究至今，主攻中国当代文学研究，本科三年级起陆续在《文艺报》、《当代作家评论》、《南方文坛》、《小说评论》等中文核心刊物上发表论文及评论十余篇。

目　录

第二辑

第三辑

第四辑

总　序

袁　鹰

中国现代文学发轫于本世纪初叶，同我们多灾多难的民族共命运，在内忧外患，雷电风霜，刀兵血火中写下完全不同于过去的崭新篇章。现代文学继承了具有五千年文明的民族悠长丰厚的文学遗产，顺乎20世纪的历史潮流和时代需要，以全新的生命，全新的内涵和全新的文体（无论是小说、散文、诗歌、剧本以至评论）建立起全新的文学。将近一百年来，经由几代作家挥洒心血，胼手胝足，前赴后继，披荆斩棘，以艰难的实践辛勤浇灌、耕耘、开拓、奉献，文学的万里苍穹中繁星熠熠，云蒸霞蔚，名家辈出，佳作如潮，构成前所未有的世纪辉煌，并且跻身于世界文学之林。80年代以来，以改革开放为主要标志的历史新时期，推动文学又一次春潮汹涌，骏马奔腾。一大批中青年作家以自己色彩斑斓的新作，为20世纪的中国文学画廊最后增添了浓笔重彩的画卷。当此即将告别本世纪跨入新世纪之时，回首百年，不免五味杂陈，万感交集，却也从内心涌起一阵阵欣喜和自豪。我们的文学事业在历经风雨坎坷之后，终于进入呈露无限生机、无穷希望的天地，尽管它的前途未必全是铺满鲜花的康庄大道。

绿茵茵的新苗破土而出，带着满身朝露的新人崭露头角，自然是我们希冀而且高兴的景象。然而，我们也看到，由于种种未曾预料而且主要并非来自作者本身的因由，还有为数不少的年轻作者不一定都有顺利地脱颖而出的机缘。其中一个重要的原因，乃是为出书艰难所阻滞。出版渠道不顺，文化市场不善，使他们失去许多机遇。尽管他们发表过引人注目的作品，有的还获了奖，显示了自己的文学才能和创作潜力，却仍然无缘出第一本书。也许这是市场经济发展和体制转换期中不可避免的暂时缺陷，却也不能不对文学事业的健康发展产生一定程度的消极影响，因而也不能不使许多关怀文学的有志之士为之扼腕叹息，焦虑不安。固然，出第一本书时间的迟早，对一位青年作家的成长不会也不应该成为关键的或决定性的一步，大器晚成的现象也屡见不鲜，但是我们为什么不在力所能及的范围内尽力及早地跨过这一步呢？

于是，遂有这套“21世纪文学之星丛书”的设想和举措。

中华文学基金会有志于发展文学事业、为青年作者服务，已有多时。如今幸有热心人士赞助，得以圆了这个梦。瞻望21世纪，漫漫长途，上下求索，路还得一步一步地走。“21世纪文学之星丛书”，也许可以看作是文学上的“希望工程”。但它与教育方面的“希望工程”有所不同，它不是扶贫济困，也并非照顾“老少边穷”地区，而是着眼于为取得优异成绩的青年文学作者搭桥铺路，有助于他们顺利前行，在未来的岁月中写出更多的好作品，我们想起本世纪20年代和30年代期间，鲁迅先生先后编印《未名丛刊》和“奴隶丛书”，扶携一些青年小说家和翻译家登上文坛；巴金先生主持的《文学丛刊》，更是不间断地连续出了一百余本，其中相当一部分是当时青年作家的处女作，而他们在其后数十年中都成为文学大军中的中坚人物；茅盾、叶圣陶等先生，都曾为青年作者的出现和成长花费心血，不遗余力。前辈们关怀培育文坛新人为促进现代文学的繁荣所作出的业绩，是永远不能抹煞的。当年得到过他们雨露恩泽的后辈作家，直到鬓发苍苍，还深深铭记着难忘的隆情厚谊。六十年后，我们今天依然以他们为光辉的楷模，努力遵循他们的脚印往前走去。

开始为丛书定名的时候，我们再三斟酌过。我们明确地认识到这项文学事业的“希望工程”是属于未来世纪的。它也许还显稚嫩，却是前程无限。但是不是称之为“文学之星”，且是“21世纪文学之星”？不免有些踌躇。近些年来，明星太多太滥，影星、歌星、舞星、球星、棋星……无一不可称星。星光闪烁，五彩缤纷，变幻莫测，目不暇接。星空中自然不乏真星，任凭风翻云卷，光芒依旧；但也有为时不久，便黯然失色，一闪即逝，或许原本就不是星，硬是被捧起来、炒出来的。在人们心目中，明星渐渐跌价，以至成为嘲讽调侃的对象。我们这项严肃认真的事业是否还要挤进繁杂的星空去占一席之地？或者，这一批青年作家，他们真能成为名副其实的星吗？

当我们陆续读完一大批由各地作协及其他方面推荐的新人作品，反复阅读、酝酿、评议、争论，最后从中慎重遴选出丛书入选作品之后，忐忑的心终于为欣喜慰藉之情所取代，油然浮起轻快愉悦之感。“他们真能成为名副其实的星吗？”能的！我们可以肯定地、并不夸张地回答：这些作者，尽管有的目前还处在走向成熟的阶段，但他们完全可以接受文学之星的称号而无愧色。他们有的来自市井，有的来自乡村，有的来自边陲山野，有的来自城市底层。他们的笔下，荡漾着多姿多彩、云谲波诡的现实浪潮，涌动着新时期芸芸众生的喜怒哀伤，也流淌着作者自己的心灵悸动、幻梦、烦恼和憧憬。他们都不曾出过书，但是他们的生活底蕴、文学才华和写作功力，可以媲美当年“奴隶丛书”的年轻小说家和《文学丛刊》的不少青年作者，更未必在当今某些已经出书成名甚至出了不止一本两本的作者以下。

是的，他们是文学之星。这一批青年作家，同当代不少杰出的青年作家一样，都可能成为21世纪文学的启明星，升起在世纪之初。启明星，也就是金星，黎明之前在东方天空出现时，人们称它为启明星，黄昏时候在西方天空出现时，人们称它为长庚星。两者都是好名字。世人对遥远的天体赋予美好的传说，寄托绮思遐想，但对现实中的星，却是完全可以预期洞见的。本丛书将一年一套地出下去，十年二十年三十年五十年之后，一批又一批、一代又一代作家如长江潮涌，奔流不息。其中出现赶上并且超过前人的文学巨星，不也是必然的吗？

岁月悠悠，银河灿灿。仰望星空，心绪难平！

1994年初秋

序

忠实于自我感觉的批评

——序汪雨萌的文学评论集《年轻的思想》

吴义勤

最早见到汪雨萌是在 1988 年的夏天，那个大学刚毕业的暑假我去如皋师范学校看望汪政、晓华老师。那时候她还是一个很小的孩子，因为身体原因，总是用渴望的眼神打量着外边热气腾腾的世界，并用手中的画笔描画着她看到和想象的一切。她当然不会记得我，但她的眼神和她的画笔给我留下了深刻的印象。再见到时，她已出落成了一个亭亭玉立、文静出挑的大学生，并迅速在复旦大学中文系读完了本科生、硕士生和博士生。更令我惊喜的是，似乎不经意间她已接过父母的衣钵，成为一个优秀的青年评论家，一个优秀的“文二代”。现在她的第一本文学评论集《年轻的思想》又顺利入选“21 世纪文学之星丛书”，读着她细腻、真切而又充满个性的文字，真是非常高兴也非常感慨，她对文学现场的热情以及对文本的敏感无疑都颇有乃父、乃母之风，她的成长也再次生动诠释了“江山代有才人出”这句老话。编委会分配我来给其作序，真是非常荣幸，也觉得别有意味。

《年轻的思想》首先打动我的就是其强烈的、鲜活的文学现场感。文学评论和一般的文学研究有相通的地方，但毕竟还有一些差别，其中最主要的一点就是从事文学批评的批评家必须时刻“在场”，这个“场”就是文学现场，就是正在发生的文学事件，正在产生的文学现象，正在发生的文学思想，正在写作的作家和正被阅读的新鲜的作品。文学批评家需要对文学现场的热爱、投入与执着，文学现场需要文学批评与其同频共振：事件需要阐述，现场需要指认，思想需要响应，作家作品更需要分析、感悟、阐释。不管以后的文学研究和文学史写作如何进行，都需要文学批评在第一时间留下自己的立场和结论，更何况，在创作和接受之间，读者更需要文学批评的铺路、搭桥和指点要津。就此，对一个批评家而言进入文学现场的“速度”以及其在文学现场的“阅读量”其实也正是决定其文学批评之路成败的一个关键因素。

汪雨萌最早的文学批评发生在 2009 年，那时她还在大学本科阶段，在同龄人大都捧着文学史学习经典的时候，她将眼光投向了教室外的文学现场，许多事件和现象、作家和作品进入了她的视野，并且敢于发表自己的看法，虽然有时不免幼稚，但却敏锐特别。如《〈独唱团〉：关于理想的课堂作文》，对韩寒的这份杂志，汪雨萌能从时代风尚、文化环境、一代人的思想气质和文学路径给予解读，不但显示出开阔的眼界，更有一种同龄人的惺惺相惜。可以看得出，汪雨萌的出场是有选择的，除了一些看起来带有作业痕迹的文章外，她对同龄人或同代人的写作更有兴趣。文学批评是对话，是发现，而不能只是事后的追认和累积式的阐发，这需要批评家的勇气，也需要一种牺牲精神。像汪雨萌评论的年轻作家，大都是影响刚刚产生，不少才开始写作，像费滢、杨澄宇、秦三澍、熊森林等等，但汪雨萌就“敢”写他们，她不在乎他们是否是名家，写作是否成熟，既然从批评的角度看具有可评性，或者在汪雨萌看来是有意义的写作，她就要予以介绍和阐发。批评家的职责和精神有时就体现在这里，没有谁能保证所批评的对象都会成为名家，都会成为经典，相反，却可能昙花一现，淹没无闻，但却不能因此而否定批评的意义，我们许多的前辈如茅盾、孙犁、冯牧在这方面都为今天的批评者树立了榜样。

汪雨萌的评论很有朝气，没有许多批评文章常见的八股腔。她虽然是中国现当代文学专业的博士生，但却没有太多的学院派的循规蹈矩。这一点对一个批评家来说其实很重要，一个想从事批评的人应该好好保持的就是她的朝气、她的个性、她的勇气和敏捷。批评要理论的支持，但不能用理论来代替，而应该在保持理论的强大力量的同时具有敏锐的感觉、丰沛的情感和个性化的表达。说到底，批评是从鲜活的文学出发的，是一个审美鉴赏者对自己审美经验的总结提升，所以，在批评中要能见出文学，要能传达出审美的体验。汪雨萌的批评有着鲜活的个体的体温，她不是从现成的理论出发，而是非常注重自己的感觉，注重自己的第一印象，有些提法在她看来可能也不准确，不严密，或不成熟，但她也不愿放弃。比如，她从余一鸣的作品中看到了“江湖”，并由此分析了这个江湖的“潜规则”；她将谢宗玉放在城乡变迁的大背景下讨论，将他看成了回不去故乡的流浪者，同时，她对谢宗玉的警察小说很有兴趣，并借助于类型小说理论对其作了颇有游戏分析色彩的解读；再如，她对孙频、蔡东、普玄等人的批评中，都敢于提出一些有意味的话题。有些说法确实不够准确，也许还会有歧义、有争议，但汪雨萌就那么不管不顾、斩钉截铁地说出来，我以为这是值得肯定和鼓励的。文学批评，特别是才开始从事文学批评，不能顾忌太多，把文章写得四平八稳、滴水不漏，而是要忠实于自己的感觉，敢于提出问题，只有保留下自己的真实感觉，保留下第一时间的判断，才可能为今后的继续而深入的研究留下素材，包括给自己留下修正的机会，使自己的批评得到砥砺、磨炼和提升。从这个意义上说，汪雨萌的文学批评追求的显然不是“真理性”和“正确性”，而是“温度”和“情怀”，对文学批评来说后者其实比前者更为重要、更有魅力。

当然，我说汪雨萌的批评感性而有个性，并不是说她不重视自己的学术训练，《年轻的思想》中收录的《史铁生文学年谱》和《史铁生研究综述》，连同其现当代文学史和名家经典研究的论文大约可以见出汪雨萌的学习积累和基本功，年谱、研究综述以及经典研读都需要严谨的精神，大量系统的阅读，资料的收集、分析，许多的工作都是要下笨功夫和死功夫的，没有捷径可走，同时又需要作出自己的判断，提出自己的观点。而这些，无论是对于从事学术研究的人还是从事文学批评的人来说，都是必须的。

小荷才露尖尖角。汪雨萌的文学评论还只是起步，因此，不足是难免的，如格局不够大，还未看到驾驭重大选题的能力，理论性、系统性也有所欠缺。不过，随着阅历的增加，学养的积累，这些问题终将得到解决。在此，我要衷心祝贺汪雨萌第一本文学评论集的出版，也祝贺她能走出属于自己的文学批评之路。

是为序。

2017年10月匆就于北京

第一辑

蛙鸣中的悲剧

——莫言《蛙》中的意象小识

《蛙》是作家莫言新近的一部长篇小说，它以其题材的独特和思考的深入而获得第八届茅盾文学奖。作品以一个乡村妇产科医生的一生为主线，书写了中国当代乡村复杂的生育史。这无疑涉及了一个十分沉重，却几乎从未被中国文学正视的主题，因此值得认真研究。本文试着从小说的意象入手，期望能有所发现。

从“蛙”开始

《蛙》这个书名，乍看之下似乎与书的内容毫无关联，但实际上，“蛙”是这部小说的中心意象，可以说，整部作品都是围绕着“蛙”及其延伸意义所展开的。所以在分析这部作品的时候，“蛙”意象的解读既是无法回避的，又是一个重要的楔入点。

在小说结尾的戏剧部分，作者曾借蝌蚪之口说了这样一段话：“（剧本）暂名青蛙的‘蛙’，当然也可以改成娃娃的‘娃’，当然还可以改成女娲的‘娲’。女娲造人，蛙是多子的

还有“娃娃”

在《蛙》中，蛙鸣代表着婴儿的哭声，那么由此我们可以自然地想到，“蛙”代表的便是娃娃。小说的开头，莫言以细腻的笔触描写了一场姑姑万心这位乡村的妇产科医生与旧式接生婆之间的战争，她以非凡的魄力和果敢，凭借科学的知识和方法，成功地打败了野蛮接生的“老娘婆”，一跃成为“高密东北乡”首屈一指的接生大夫。在刚刚接触新式接生的乡村，万心被淳朴的乡民神化了，她的一举一动都被一种神话传说般的话语方式叙述着，传颂着，特别是她的那一双手，“只要她的手在病人身上一摸，十分病就去了七分”。万心接生的成活率很高，甚至接近完美，这使她在当地几乎成了民间的“送子娘娘”。从这个意义上说，是万心给高密东北乡带来了“娃娃”，她高明的医术使更多的孩子和产妇得以存活。当然，万心和“娃娃”之间的联系还不止于此，在接生的同时，万心是积极的“男女平等”观念的宣传者，她通过各种不同的方式劝说乡民接受这一观念，阻止男人为了追求生儿子而伤害自己的妻子，使她们长期因过度生育而饱受妇科病的困扰，并造成新生儿的病弱；阻止他们忽视自己的女儿们，重男轻女之下，她们得不到父亲的关爱，不能够健康地成长。所以说，万心不仅在保证孩子的生命权上作出了贡献，也为提高他们的生存质量做出了自己的努力，她是“娃娃”们的守护神。

然而，万心神话般的接生婆故事只是《蛙》的一部分，她的经历并不仅止于她的“接生史”，小说的重头戏实际上是在万心担任了当地的“计划生育工作者”之后展开的。作为一名共产党员和长期在基层工作的妇产科医生，姑姑理所当然地成为了“计划生育”国策的一名具体执行者，但在长期浸润了传统的“养儿防老”、重男轻女思想的高密东北乡，姑姑在执行国策时异常艰巨，男人们既不愿意使用避孕套，更不愿意结扎，甚至连妇女们对万心的工作也很不理解，“超生游击队”比比皆是。无奈之中，万心不得不使用对付罪犯的方法，不断追捕身怀六甲的“超生疑犯”，而那些怀孕的妇女，也在父母和丈夫的帮助下，进行着艰苦卓绝的“反侦察”斗争。不过，道高一尺，魔高一丈，姑姑常常是最终的胜利者，孕妇们遮遮掩掩，躲躲藏藏，却始终难逃万心的手掌。这场生育战在莫言的笔下显得无比的残酷和凄厉，甚至带有悲壮的色彩。无论是在水中垂死挣扎、号啕大哭的耿秀莲，手术台上悄无声息全身冰冷的王仁美，还是耗尽全力拼死一搏的王胆，都令人生出对母亲、对女人、对生命的无限同情与敬佩。显然，这时的万心，已经不再是先前的“送子娘娘”，而是村民眼中的“活阎罗”、“魔鬼”，是她将两千八百多个孩子扼杀，她是这些娃娃的性命终结者。在这里，我们必须注意到万心这个形象的矛盾之处：在小说中，万心不断地强调，不能让孩子“出锅”，她可以为怀孕的妇女打胎，但是孩子出了“锅门”之后，她就再也没有干涉的权力了，这个孩子就真正成为了一个人，一个个体，必须尊重他的生存权利，甚至得到加倍的保护。万心一面保护着已经出生的孩子，一面又在不断地扼杀还未出生的胎儿，这样的矛盾是莫言《蛙》的主题之一，即人类的繁衍本能和社会的发展之间产生的巨大矛盾。这样的矛盾会引发读者更深层次的思考：我们对生命的尊重，应该从什么地方开始？一个未出生的胎儿，是否不具备生命的意义？是否就可以任意决定他的生死，决定他是否“应该”出生？这究竟是人类过度繁衍犯下的罪行，还是社会过度发展所导致的畸形？

再说“女娲”

小说的后半部分进入到了改革开放之后，在这段时期，大的政策环境并没有改变，“计划生育”依然是基本国策，但是在民间，这一计划的执行已经相当松动，并且出现了很多非法的，或是打着法律擦边球的超生办法。此时的万心早已退休，虽然她仍然是“计划生育”国策的积极拥护者，但是她为了这项事业，终生没有自己的孩子，在反思和回顾自己的一生时，她感受到的不仅仅是她曾经迎接新生命时的喜悦，还有自己没有成为母亲的遗憾，更多的，是对于亲手“杀害”两千八百多个婴儿的愧疚与恐惧。当时代的狂热逐渐退去，她逐渐意识到自己已经成为两手沾满鲜血的刽子手，她渴望赎罪，渴望有一种途径能够使自己摆脱罪恶感。

她的方式是将自己变成“女娲”。她在晚年突然嫁给了捏泥人的师傅郝大手，郝大手是位技艺高超的泥塑艺术家，他捏出的泥娃娃好像有生命一般，每一个都是他的创造。而郝大手对自己的这些泥塑作品，就像对待亲生孩子一般。万心与郝大手的结合，也许和爱情无关，但万心的心中对郝大手肯定是充满感激的。万心与郝大手的相逢充满了戏剧性，郝大手的突然出现，使万心从一个满是青蛙——或者说满是死去婴儿的灵魂的夜晚中挣扎了出来，更重要的是，万心通过郝大手的泥塑，从精神上感到了赎罪后的轻松感。小说中描写了万心与郝大手合作制作泥娃娃的场景，万心仿佛无意识般呢喃出孩子的体貌特征，郝大手则根据她的描述活灵活现地捏出了这个孩子。这样的行为，简直就是上古神话中“女娲造人”的翻版。就这样，万心捏出了自己曾经亲手葬送的两千八百个婴儿，并且通过城市广场上“送子娘娘”的活动送给渴望孩子的妇女，以此来重新赐予这些孩子一个归宿，他们虽然被万心杀死，但同样被万心创造，并重新投胎，成为光明正大的，被允许出生的婴孩。当然，在《蛙》中，希望赎罪的并不止万心一人，曾经参与计划生育工作的小狮子、秦河，因为仕途的发展而葬送了妻子性命的蝌蚪，还有为节育妇女野蛮取环的袁腮……都渴望能够赎罪，而且他们的赎罪方式从本质上来说也是一致的，那就是以不同的方式创造更多的生命，用一种极端的生育狂潮来弥补曾经极端节育的“罪恶”。

最后还回到“蛙”

《蛙》中的人物小狮子说过这样一段话：“为什么‘蛙’与‘娃’同音？为什么婴儿刚出母腹时哭声与蛙的叫声十分相似？为什么我们东北乡的泥娃娃塑像中，有许多怀抱着一只蛙？为什么人类的始祖叫女娲？‘娲’与‘蛙’同音，这说明人类的始祖是一只大母蛙，这说明人类就是由蛙进化而来，那种人由猿进化而来的说法是完全错误的……”这一段话，加上我们通过小说对蛙和蛙声的解读可以看出，在作品中，“蛙”这一意象的终极意义实际上是一种以“蛙”为图腾的生育崇拜。小说对“蛙”这一形象也有过多次描述，它因为鸣叫和谐音被赋予了生育图腾的地位，这种生物因超强的繁殖能力而被人们用来表达对“多子”的向往。万心之所以在高密东北乡的地位一落千丈，显然是因为她过于野蛮的节育办法，因为在生育传统浓厚的高密东北乡推行计划生育，从乡土文化层面上，这是对生育崇拜的反动。然而不可否认的是，万心不是超然其外的，这一人物的背景设定也带有传统的高密东北乡的文化传统，可以想象，万心也曾经受到过蛙崇拜的影响，这一影响可能是潜意识的，被压抑的，但却是根深蒂固的。所以，在小说中，万心虽然被塑造成一个天不怕地不怕的勇敢女性，但作者特意指出，姑姑什么都不怕，就是怕青蛙。万心对青蛙的恐惧，实际上就是对图腾的敬畏和崇拜，但她的现实人生却又迫使她一次又一次地冒犯这种民间宗教。小说中的另一个细节也同样透露出万心潜意识中的蛙崇拜，那就是她在看到一些妇女使用“青蛙避孕法”之后感到非常恶心。青蛙原本是生育的象征，现在被用来避孕，这无异于对偶像的亵渎。所有这些都体现了图腾崇拜与民间宗教不可抗拒的力量，并且深刻地反映出传统文化与现代社会在制度选择上的矛盾，一种文化上的悖反，它不仅产生了社会行为上的倒错，上演出匪夷所思的闹剧，而且导致个体人格上的分裂。正是在这一点上，显示出万心深刻的形象意义，也使《蛙》在主题上得以超越，这也许正是莫言的目的所在。莫言写《蛙》，并不是让我们去指责像姑姑这样的人物，或是去批判像高密东北乡的村民这样的社会群体，而是在这些人物命运背后的无奈，在这场绵延不绝的社会冲突背后深刻的悲剧，这种悲剧不仅是人类的繁衍与社会的发展之间的冲突所造成的牺牲与付出的代价，更是一个现代国家成长中与传统文化复杂难解的关系。

于遗忘处开始书写

——评刘醒龙的长篇小说《天行者》

近几十年来，中国大地发生了许多历史性的变革，有很多的人，很多的事情，就在这些变革中渐渐地消逝了。曾经承载过某些事件，被划分为某类人群的人们，失去了他们的身份和地位，甚至到后来，连这些事件和人曾经拥有的个体和集体名词，都不再被人提及和了解。与历史和现实相对应，知识的更替是如此之快，以经验与知识的差异为区别前提的代际从时间上看间隔也越来越短。这从另一个方面来说，我们的历史也相应地变得越来越短。当初，知青、大寨、红卫兵这些名词曾经就是现实的生活，而现在，人们对它们已经相当陌生了。再如像喇叭裤、半导体、四大件这些是那么新潮和时尚的象征的事物，也早已从人们的辞典中删除了。在这样的社会和知识的流动与漂移中，文学何为？文学本来是人类保存记忆、拒绝遗忘的手段，但现在面对这样的状况似乎进退失据，来不及思考，甚至来不及记录，一切便如流水般消逝了。那些词呢？那些词后面的人与事、青春与生命呢？以及由它们构成的人们的历史呢？

要知道，被遗忘的不一定是不重要的，有的时候，这种遗忘和抛弃，是一种集体的逃避，是不愿再回忆某种贫穷、困难、不堪乃至惨痛的历史。这才是最可怕的。所以，遗忘与记忆在任何时代都是人们自觉的行为与选择，有时，对于个体来说，遗忘也许是不自觉的，但这种不自觉恰恰是集体自觉的结果，因此，记忆与遗忘是判断一个主体价值观与心理结构的重要途径，而对一个民族与社会来说，则是研究其文化心理与文化性格的重要检材。几十年的变化所产生的书写史一方面固然是一种记录，但更重要的是从取舍中看社会心态的变化，所以，作为个体的书写者应该永远有一种对集体记忆保持距离的警觉，随时做好抗拒集体记忆的准备。优秀的作家总是善于从人们的遗忘处开始书写、打捞和诘问，通过文学式的考古给出别样的记忆。因为有了他们的书写，遗忘被复活，人与事再次回到我们面前，哪怕那些人与事是那么地令人不快，甚至让社会蒙羞。

从以上的意义上讲，刘醒龙的《天行者》就是一次对记忆的挽留，一次从遗忘处开始的写作。

《天行者》讲的是民办教师的故事。如今，“民办教师”这个称呼似乎已经离我们非常遥远了，这个称谓是什么意思？它又属于什么时代？它是不是现在还继续存在着？如果去网上查找一下，会发现不少有关民办教师的帖子，有要求获得退休待遇的，有希望能够了解当年被清退原因的，但是这些帖子下面的跟帖就令人惊讶了。许多人在询问，民办教师到底是什么人？是不是私立学校的老师？一个中国特有的悲情历史在短时间里就被无意间“八卦”了，实在令人无奈。事实证明，就像刘醒龙在答记者问中所说的那样，民办教师已经连作为一个名词都不被人了解了。作为一个失去所指的词，它即将死亡。

也许刘醒龙早就有预感，所以，早在20世纪90年代初，他就开始了对这一特殊对象的书写，《天行者》的第一部《凤凰琴》就成书于 1992 年。现在看来，这一年对于民办教师来说也确实是一个重要的年份，因为从这一年开始，中国几百万的民办教师得以转正，获得了工资与保险，被纳入所谓“吃公粮”的体系。这对于被生存与名分困扰多年的民办教师们来说当然是一个好的开始，这在《凤凰琴》中也得到了客观的描写。但是作品在这种客观的描写中注入了历史的意识，并对其产生的悖论作了深刻的揭示。民办教师问题正在逐步解决，几百万人“转正”了，成了“公办”，一切来得那么突然，它一方面使许多人的努力一下子失去了分量，过去的那些为自己“正名”而不惜一切代价的行为似乎都变得无谓甚至可笑；另一方面，那些曾经默默耕耘、无私奉献甚至将那一个宝贵的名额让给他人的道德善举也变得无足轻重。刘醒龙的叙述与思考还在继续，时隔多年之后，他又推出了《雪笛》和《天行者》两部续作。虽然有了文件，虽然一部分民办教师的问题得到了解决，但这群苦难的民间英雄的悲剧在刘醒龙看来还远远没有结束。当中断的书写被接续时，话语的背景又发生了变化。这从小说的一些场景和细节，从大量的城市生活的描写中就可以看得出来。由于背景的变化，意义也在衍生与发展。虽然，在民办教师的问题开始大规模解决很久后的今天，仍然有许多当时没有转正的或被清退的民办教师，渐渐老去的他们缺乏生活的保障，过着比原来更加困苦的生活，在他们的内心有着太多的困惑，甚至连自己当时为什么要离开讲台，离开他们奉献了整个青春的教育事业的原因都不甚了解等等一系列问题，但是刘醒龙今天的思考要比这些深远得多。作者除了提醒人们，作为一个曾经为整个国家的教育事业做出过巨大贡献，却无奈地成为历史的群体，除仍然应该受到我们的关注外，如何从生命、道德、价值、心理、文化与伦理上为这一群体提供解释，为他们的精神提供历史的雕像可能更为重要而迫切。

所以，如果将《天行者》仅仅视为一部描写当代民办教师生存的困境和苦难的命运的小说，那就错了。这也是为什么我们在阅读《天行者》的时候，虽然感知到作品叙述的依然大都是民办教师的艰苦生活和为了自己的生存艰难努力的故事，但却在这些故事之外始终感受到一种宗教的气息的原因，正是这种气息使得这部小说不再是单纯地描写苦难，或者说，这部小说里的苦难，是一种被升华了的、受难圣徒式的苦难。刘醒龙在扉页上写道："献给在20世纪后半叶中国大地上默默苦行的民间英雄。"他以这样的献辞奠定了他笔下的主人公们两种精神特质：一是受难，二是拯救。

先说说"受难"。受难较之于苦难，有一种主动的意味。小说叙述的主要线索就是民办教师的转正问题，整部小说，一共出现了三次转正。第一次是张英才的文章在报纸上获得了轰动效应，因此上面给界岭小学分配了一个转正名额；第二次是刚来界岭小学的蓝飞，私下拦截了上面的一个转正名额据为己有；第三次是界岭小学的民办教师获得了全部转正的资格。这三次转正的故事都遵循了同样的一条道路，那就是名额少而人多导致的明争暗斗——每个人激烈的心理斗争之后各自决定放弃名额让给别人——最终的幸运者暗下决心一定要帮助剩下的人实现转正的愿望。《天行者》中张英才离开界岭小学的时候万站长曾经说过这样一段话："想说界岭小学是一座会显灵的大庙，又不太合适，可它总是让人放心不下，隔一阵就想要去朝拜一番。你要小心，那地方，那几个人，是会让你中毒和上瘾的！你这样子只怕是已经沾上了。就像我，这辈子都会被缠得死死的，日日夜夜脱不了身。"万站长的这一番话固然有他个人的愧疚之情在里面，但也是书中所有转正成功的人的内心独白。书中的转正从来就不是头破血流的斗争。不论是对于转正成功的人，还是放弃了转正的名额留在乡村小学的人，转正的过程与其说是一种对解脱的等待倒不如说是一种受难。后者的受难似乎是显性的：他们没有拿到公办教师的资格，没有钱，没有身份，长年累月留在困苦的环境中生活和工作，内心深处空烧着对教育和学生的热爱；而前者的受难则更多的是隐形的：他们获得了公办教师的身份，得到了到机关任职和到高校深造的机会，但是他们的内心始终有一种愧疚感，一种责任感。乡村民办教师的过去让他们一辈子都和这个群体有着千丝万缕的联系，让他们时时刻刻都牵挂着自己的学生、同事。如果自己没有能为他们做一些事，甚至都没有再回去见他们的勇气。就像后来转正的邓有米说的："只要还有谁没转正，先转正的人会日日夜夜地咒骂自己。"在没有帮到这些还没有转正的民办教师之前，这些先期转正的公办教师，就在每日精神的受难中，努力寻找着解脱自己和自己曾经所属的那个群体的苦难的办法。不光是这些转正的教师，包括小说中的两名支教生夏雪和骆雨，虽然只在界岭小学待了很短的时间，但仍然用他们的力量、乃至于生命来帮助那些艰苦的民办教师。显然，这种受难不停地必然地导致对救赎的寻找。

作为乡村启蒙老师的民办教师，承受这样心灵和物质双重的受难，他们的"宗教"又是什么呢？诚然，教育和知识在界岭这样的山村中已经具有近乎宗教的号召力和影响力，但作为知识的传播者本人的民办教师，在这种知识宗教之外，还有一种信仰，那就是一个乡村知识分子的良知，一种融合了乡村的传统伦理和他们后天所受到的西式教育之后的特殊的知识分子道德。作为一个普通的人，他们有欲望、需求，需要获得公

的影响，即民办老师对其他具有对等地位的人的影响，比如对到乡村支教的张英才、蓝飞、骆雨和夏雪以及其他人物。张英才这些人在界岭小学的短暂支教，一开始来说动机也并不单纯。张英才和蓝飞是为了获得公办教师的资格；骆雨是为了给自己在学校的政治生活加分，以便保送上学校的研究生；夏雪则是为了逃避自己先前的非正常生活。但是到了他们因不同的原因离开界岭小学的时候，用万站长的话来说，都已经“中了毒”。余校长他们那种乡村知识分子的道德观、荣辱观已经渗入到这些年轻人心中，不管是被动的还是主动的。这样的影响在万站长身上也有体现，当年他在与明爱芬的转正之争中，是一个极其自私的利己主义者，但他赢得的那一个转正名额却改变了一直勤恳教书想凭实力说话的明爱芬的一生。这场在作品中相比较而言最为惊心动魄的竞争使万站长不仅对明爱芬个人感到愧疚，而且产生了对整个民办教师群体的愧疚和自责，并对民办教师身上知识分子的清高、自律、勤奋、悲悯的精神有了彻底的认识。当万站长这样的人受到影响后又会将这种影响传递开去产生新的平行影响。万站长在小说中像一条隐约的线索贯穿其中，应该说，相对于用自身的行动来影响年轻教师的余校长等人，万站长始终是在关键的时刻跑出来给他们当头棒喝，让他们在现实中清醒的那个人。年轻教师们在乡村民办老师的影响下慢慢从小我的利欲中走出来，不仅开始像万站长一样，尽其所能为留守的民办教师做一点事情，而且在精神上也渐渐认同他们，最后可以说是达到更高层面的自我救赎。余校长他们作为几十年的老民办教师，是乡村知识分子精神的实践者，是乡村伦理鲜活的标本，除了这种平等的影响以外，还以他们特定的教育行为对下一代产生了垂直性的影响。这些民办教师通过自己的言传身教，以启蒙的方式全方位地重塑着一个个懵懂者的灵魂。学会感恩，克己自律，拥有求知欲、自尊心，这些在下一代学生的身上都有着不同的反应。李子懂事热情，余志勤奋刻苦，叶碧秋自尊自爱，叶萌知恩图报……乡村的孩子在那样的教学条件下究竟在书本知识与学历教育中获益多少真的很难说，但是，应该说，这些孩子，在他们的人格方面，都具有各自的闪光点和感人之处。

在界岭小学，民办教师和乡村小学困苦的情况已经能够让我们感到最深切的同情了，而支撑一个乡村小学的存在和坚定一个乡村教师守住这张讲台的心灵的那种精神，则带给我们心灵最深刻的震撼。我想刘醒龙写作这部长篇小说，不仅仅是要我们掬一把同情的眼泪，关注这个或将被遗忘的群体所受到的不公正的待遇，更是希望我们不要忘记他们身上那种坚强、自尊、爱人、勤奋的精神。一段带有悲剧色彩的历史要不被人忘却，并不仅仅是依靠它的悲剧和伤感，而是在这种伤感背后那种支撑着时间继续前进的力量。没有人是完美的，但《天行者》中的民办教师他们的身上那种近乎修行圣徒的光辉，在拯救和被拯救之间，完成自己近乎宗教的人生理想。这是这个群体身上最可宝贵的遗产。

刘醒龙曾被视为现实主义冲击波的肇始者之一，被他反复阐释的“分享艰难”构成了新时期文学一道特殊的精神风景，而《凤凰琴》即是这一精神的代表作。不少评论者认为当年的现实主义冲击波和分享艰难的写作策略是对现实的一种妥协，也是对底层的一种不公平，整体上看，这种分析与判断不是全无道理，但是具体到个别作家和具体作品时则又要当心一概而论的陷阱。从《凤凰琴》到《天行者》，既有连贯性又有发展性，它既逼近现实，书写日常，叙述苦难，表达不平与正义，但更多的是从历史的高度去记录一段前无古人、后无来者的人与事，从近乎宗教的层面去解读一个群体的灵魂，从乡土文化地理的角度以一个山村为标本来揭示乡村文化生存的秘密，这无疑是一种超越式的写作。刘醒龙近来从多方面关注“中国经验”的存在与言说，我以为他这次对民办教师的书写就是一次纯粹的中国经验的表达，它的成功不但使我们看到打捞、保存与解读这种特殊经验的重要性与迫切性，更让我们认识到，从特殊的类乎民办教师的这种本土经验入手，文学会得到远远高于一些人云亦云的那些普遍经验的支持。事实证明，从遗忘处开始书写，依然会升达至人类精神的高度。

女性的乌托邦与文明的交融

——浅析严歌苓小说中女性形象与文化冲突书写的关系

美国南加州大学教授张错曾经对台湾作家的创作有这样一句概括：“离乡——异乡——永远的家乡。”这个概括不仅仅贴切于台湾作家，也同样适用于很多华裔作家的创作历程和身份认定过程。离开故土积极尝试融入异国文化，到转变视角对故国文化进行客体化、对象化的批判性观照，再到最终无法摆脱的对母国文化的无尽缅想。如何在两种文化的边缘寻找到自己的位置，如何在自己的位置观照并通过自己的写作沟通原本陌生的两重文化，是每一位华裔写作者必经的疑问。而身处异乡的孤立感、异质感和陌生感，不仅仅是海外作者对于异国文化和生活环境的体验，也同样源自于对母国文化的遥远注视。

然而对于欧美的华裔作者来说，这种陌生与回望恐怕并不会怎样愉快。因为相对所处的欧美文化，他们原先所属的东方文化已经处在了边缘的地位，常常无法发出自己的声音，或被淹没在西方对东方的想象和虚构之中，甚至有些作家的创作中，已经自觉或不自觉地带有这样的“偏见”和虚构。这样的经验和困惑，也许对于女性作家来说会更为深刻，西蒙·波伏娃在著名的《第二性》中提出了她两性研究的基本观点，女性并非生来就处在弱势地位，而是在长期的教养与自我暗示中获得了这种地位。同样，萨义德在《东方学》中也有类似的观点，所谓“东方”并不是一种自然的存在，而是在与“西方”的交互过程中逐渐建立或者很大程度上是被逐渐建立的一个对应体系，因此，“东方”和女性，二者具有很强的同构性，在后殖民主义的话语体系中，女性主义始终作为后殖民的重要话语活跃其中。

严歌苓作为近期十分活跃，影响力逐渐扩大的美籍华裔女作家，有学者认为她的写作“突破了华文文学创作的许多局限，比如对国家、民族主义、乡愁等主题的狂热迷恋，从而代表了一种崭新的写作方向并具备深长的写作远景”①，这种评价对于严歌苓来说可能有过高的嫌疑，严歌苓仍然有很多书写中西方文化差异和回望中国本土生活和精神样态的小说，并且直至今日这种阐释也并没有停止，但严歌苓的小说在沟通中西两种文明这一层面的确有其独特性，她充分利用了自己的女性身份和感性的感受力，“严歌苓的民族意识糅合在自身的性别经验和日常生活经验中，传达出了女性作家在特定社会历史语境下的家国之思”。② 通过笔下的一种类型化的女性形象来阐释、反映和试图化解东西方文化的差异和产生的冲突。本文将以《扶桑》、《少女小渔》、《金陵十三钗》和《小姨多鹤》四部作品为例来进行阐释。

① 庄园：《严歌苓访谈》，《华文文学》，2006 年第 1 期，第 100 页。

② 邢楠、王洪：《从底层写作到女性叙事——评严歌苓的小说创作》，《社会科学论坛》，2009 年第 5 期，第 179 页。

一、冲突叙事下的文化交织

本文所选择的四部小说书写了四个不同的时代，是严歌苓早期和近期的代表作，可见严歌苓对于中西文化的碰撞和交流这个主题一直给予了高度的关注。《扶桑》和《少女小渔》两篇篇幅较短，主题也相对比较简单。《扶桑》讲述了第一代华裔移民中的一个中国妓女在美国的遭遇，她被老乡诱拐到美国，又被如同牲畜一般买卖，不仅被白种男人蹂躏，更被自己的同胞欺压。而《少女小渔》则发生在改革开放后的当代，少女小渔在男友江伟的撺掇下来到美国，为了拿到美国国籍不得不与一个白人老头假结婚，在好吃懒做爱贪便宜的白人"丈夫"和自己醋意大发心态失衡的男友之间周旋，在付出了身体和金钱之后，小渔的"丈夫"却横死于中风，而小渔也没有了未来的保障。

《金陵十三钗》和《小姨多鹤》篇幅较长，碰撞和冲突也相对复杂。在《金陵十三钗》中一共有三种文化交相出现，一种是白种人所传播的基督教文化，一种是中国妓女和军人所带来的平民世俗文化，一种是由日本军人所裹挟而至的残忍的武士道精神。在故事所发生的小小教堂中，各种文化通过各色人等产生了激烈的碰撞，纯种的白人教士英格曼神父，秉持着基督教博爱的精神，收容了赵玉墨、戴涛等人，并一直为了保护他们的安全而尽职尽责，但是他的内心一直有一种优越感存在，他看不起赵玉墨等人，就连对自己的副神父阿多那多也带了一丝轻蔑。阿多那多是一位白人，却从小生活在苏北乡下，洋面孔无法改变他农夫式的内心，而阿多那多为此深深自卑，他渴望成为英格曼神父那样受人尊敬的人，却无法完全"脱土”。而赵玉墨和戴涛等人，以及原来就在教堂避难的十三名女学生，则代表了华人的两个极端。赵玉墨的风尘和戴涛军人风姿下隐隐的匪气，承接的是千百年来中国传统的身份性格，他们用尽力夸张他们的这份性格来抵御自己内心对女学生生活的羡慕和向往。而同样，女学生自小在教会学校受教育，或多或少地接受了一些“洋文化”，如同修女一般娴静优雅，端庄可爱，但是在面对赵玉墨、豆蔻、红菱、戴涛这样鲜活的生命和潇洒的生活态度时，她们内心其实无比艳羡，书中曾经多次描写孟书娟对赵玉墨的偷窥和模仿，然而在和这些交际花正面交往的时候，女学生们又用一种不自然的自尊和自傲将自己心中的羡慕包裹起来。其实，不论是英格曼还是阿多那多，不论是赵玉墨还是孟书娟，都是文化乃至生活的边缘者，漂泊者，身份模糊者，他们不得不用主动选择来掩盖自己内心的身份焦虑，这与前面说到的两篇作品是截然不同的，严歌苓也在此超越了自己之前的文化冲突主题。然而，这一切的心机和暗斗都在日本军人的刀枪面前化为乌有，为了拯救生命，所有人空前地团结在了一起。此刻这座教堂再也不会分裂为一块块小小的文化领土，而是展示了一种超越国别、文化、身份的普遍的人性，正像有的研究者所说的：“对人性的审视、剖析和反省，是严歌苓小说的创作核心和兴趣所在。”①

《小姨多鹤》也同样是超越了一般的国族书写，而升华为普遍人性的一部作品。抗日战争日本战败后，竹内多鹤在日本侨民村的集体自杀中凭着求生的本能逃了出来，和许多同样是“逃兵”的日本侨民踏上了漫漫回乡路，然而在路上遭遇土匪

① 刘惠丽：《女性与人性的对话——谈严歌苓小说的女性叙事》，《唐都学刊》，2008 年第 7 期，第 103 页。

袭击，多鹤被俘而卖到了一户东北人家。这家的媳妇小环因为被日本兵追赶而流产，并失去了生育能力，多鹤作为代替小环的生育机器来到了张俭家。从此，多鹤便成为了张家奇特的成员，在家，她是张俭的情人，孩子们的母亲，在外面，她是张俭的小姨子、小环的亲妹妹、孩子们的小姨。张家和多鹤，原本有着国仇家恨的两方，却在长期的朝夕相处中相濡以沫，共渡难关，多鹤以一种严谨认真、吹毛求疵、求全责备的大和性格影响了张俭一家的生活，他们的家永远是一尘不染，他们的衣着永远干净整齐。而小环和张俭又用中国人传统的“好死不如赖活着”、“凑合过吧”的心态深深地影响了多鹤，在她无数次想宁为玉碎不为瓦全，跟随自己逝去的浪代村自杀的时候，都被小环的“凑合过吧”给拉了回来。可见，近期严歌苓的小说创作已经不再像《扶桑》时代那样，专注于自己被连根拔起时对故国文化的敏感，放大了自己的敏感所感受到的伤痛和屈辱，也不再简单地将故国和异国对立起来，严丝合缝而又平面地构造它们的冲突，也不再执着于敲打自己在边缘化和陌生化之后所看到的中国性格和文化中的劣性和缺陷，而是更加平和地、更加拔高地以一种奇特的方式构建着一种文化的对话和精神的互通。

二、女性角色与冲突消解

要达到前文所说的文化的对话和精神的互通，严歌苓几乎是一以贯之地塑造了一系列相似的主要女性角色。前文已经提到，女性角色在弱势文明中受到的是双重压迫，她们不仅和自己的整个民族一起受到强势文明的压力，更在同一民族内受到男性势力的压迫。比如《扶桑》中的扶桑，她不仅要面对白人嫖客的蹂躏，更要面对自己同胞的蔑视和侮辱；《少女小渔》中的小渔，她为了留在美国，只能选择和美国人结婚，虽然只是和白人老头假结婚，并且是由自己的男友江伟牵线搭桥的，但是江伟却仍然认为小渔已经或多或少地背叛了他，不再贞洁；《金陵十三钗》中的赵玉墨，虽然风姿绰约，似乎与军官戴涛情投意合，而戴涛却对她与一般的妓女没有什么区别，而且这一群妓女为了能够躲进教堂，不得不下跪恳求，还要满足阿顾、陈乔治等人的性需求；多鹤和小环也同样如此，多鹤进入张家的依凭不过是她的子宫，而小环被公婆嫌弃，也是因为她子宫机能的丧失，尽管她只是无辜的受害者，这两个女人不论多么生动美丽，在张家也只不过是生育机器的地位。综上，这四部小说中的女性角色，总是以双重受辱的状态出场的。

但是，严歌苓创造的这些形象，却都有一个共同的特点，这个特点，被许多学者反复阐释，有人称她们为“民间的地母之神”①，有人说她们是“跪着宽恕”②，还有学者称其为“古典式的善良”③。这种共同的特点，便是她们以一种绝对雌性的善良本能，以一种绝对母性的价值观来宽容一切，拯救一切。严歌苓曾经在访谈中谈到，她并不倾向美国式的女权主

① 陈思和：《第九个寡妇·跋语》，作家出版社，2009年。

② 黄玉梅：《跪着宽恕世界——解读严歌苓笔下的边缘女性形象》，《作家杂志》，2007年第12期。

③ 周春雨、李侠云：《回望母国的独特意蕴——美国华文女作家严歌苓的“中国记忆”小说研究（二）》，《宁夏大学学报》（社会科学版），2011年第9期。

义，但认为自己的作品中有一定的女权主义意蕴①，而这种隐含着的女权主义，笔者认为类似欧洲中世纪的圣母形象，在严歌苓的小说中，女性并不是作为男性的附庸形象出现，相反，严歌苓小说中的男性常常面目模糊，性格暧昧甚至软弱。她作品中的女性形象不是波伏娃所说的“第二性”，而是如同圣母一般以天道拯救人类的媒介出现在作品中，因而她笔下的女性总是富有几乎是绝对的善良。扶桑终日被囚禁在自己的牢笼中，却以一以贯之的微笑宽恕了所有蹂躏她的人们，直至自己生命结束；小渔面对充满质疑的男友毫无抱怨，而是持续地用满腔温柔包容着爱人，同时，她以同样的温情感化着原本无赖的假丈夫，当他死去的时候，已经在小渔的感召下成为一个善良而向上的人；赵玉墨无时无刻不关心着自己的姐妹，同时用自己的爱情感动着戴涛，最终更是如同祭品一般庄严地走向牺牲；多鹤和小环以同样真挚的感情爱着张俭和孩子们，又同样真诚地相互对待，共同渡过人生的一个一个难关……这些女性以一种似乎不太真实的善良自救和拯救，而对自己所遭受的磨难和伤害漠视到几乎无知无觉的地步，且这并不是一种怪异的受虐狂或者斯德哥尔摩综合征，她们的拯救说明她们并非被动和顺从，而是一种隐含在被动当中的主动，这便是严歌苓所认为的女权主义意蕴，一种以自己的本质属性成圣的女性书写。

那么我们就不能不追问，为什么严歌苓笔下会出现这样一群女性，而她们成为圣者的基础又是什么？有很多学者将其归纳为一个“情”字，认为女性原本就是爱的生物，她们可以抛弃自己生活的环境和文化，仅仅使用自己的价值判断和话语

① 卢星伊：《浅论严歌苓隐蔽的女性主义——以〈一个女人的史诗〉为例》，《文学界》，2010年第1期。

方式，而这种价值观和话语的基础便是“情”字，不论是爱情、亲情还是友情，都可以将她们拘囿在这个充满爱意的圈套之中，而使这种爱成为她们行动的唯一和最高准则。这样的观点笔者认为具有可取之处，但是却并不完全准确，这些女性之所以能够如同圣母一般纯洁善良，的确是因为“爱”，但是却绝不是因为“情”这样简单的感情层面，这些女性形象正如前文所说，是严歌苓所塑造的传道者和拯救媒介，因此对她们的讨论已经超越了“女性”的范畴，而是将这些女性角色作为人性真诚、善良和美好的一个化身来描写，她们以一种圣母的形象出现在民间，但却是超越于民间和日常生活之上的。她们从属于某一种文明和文化，但是她们的精神却超越了我们一般所界定的文化和文明的疆界，展示了每一种文明历史的远处的善的沉淀。因此，不需要探究在这样那样的时代和社会环境下究竟会不会出现这样的女性，她们本身就带有超越现实社会的乌托邦的情怀，是严歌苓期望的化身，这样，她们才能够完成严歌苓所需要的超越国界、超越民族、超越文明和文化的对话和融合。

心理历史与文学的作用

——小议长篇小说《蛙》及《古炉》

一、心理历史：文学书写的历史通途

《蛙》和《古炉》是最近出版的两部颇受关注的长篇小说，这不仅仅是因为它们是中国当代文学史上的两位大家莫言和贾平凹的最新力作，更因为它们以一种质朴的方式，完全地、深入地触及了中国当代史中两个深刻而又往往难以言说的伤口，并且跳脱出了历史政治事件的宏大叙事方式，也因此脱离了这种叙事所带来的单薄的残酷感，而是以一种具体的、现场的视角，深入具体人物的内心，揭示当代中国一系列灾难背后的心理历史。

对文学作品中的心理历程问题的讨论一直没有停止，当事件成为遥远的过去，我们如何描述，如何重现？真正客观真实地还原，是一项不可能完成的任务，即便是历史著作也无法做到。那么文学又能承担怎样的作用呢？虽然有很多文学研究者强调文学独立存在的合法性与其自身固有的价值，但是我们无法否认文学与历史、哲学、社会学等学科之间的交错和联系，以及它们之间的互证关系。后现代的历史学家和文学家更是认

为，历史和文学其实并没有想象中那样明晰的界限，文学叙事也许并不比历史文本更加远离历史。洪子诚曾经在《问题与方法：中国当代文学史研究讲稿》一书中这样写道：“‘文革’结束以后，特别是在20世纪80年代中期之后，我想不少人的历史观念，多多少少发生了一些变化。也许我们不会完全怀疑历史‘真相’，历史‘规律’的存在，但这‘真相’是什么，我们如何能获知‘真相’，‘规律’又如何能够把握和检验，这些问题则好像越来越疑惑，越来越不自信。”① 的确，笔者认为，文学所存在的意义，从某种程度上来说的确带有一种历史学的因素，也就是说，文学常常是回忆的一个载体。不论创作题材如何，手法怎样，所描述的是何种时空场景，甚至于是所谓纯粹内心化的形而上的著作，都无法摆脱写作者个人的日常生活经验和对物质与精神体验的记忆。在这些体验中，心理体验是非常微妙的。人是感情的动物，“移情”是人类精神的基本功能之一，因而不论是对创作者还是对阅读者来说，感同身受的心理体验正是连接我们和过去的纽带。正如美国历史学家柯文在《历史三调》中所提到的：“如果没有任何感知性的经验，人类将不可能存在。”② 我们不必苛求文学作品全面而系统地展示那些曾经，也不会对它们叙述和描写的客观性有所期望——这正是文学相对于历史的优势所在，也许历史的真相正是那些错综复杂的歧义和矛盾，我们对历史规律的把握也正是建立在对不同的作者、不同的角色的心理移情作用之中，在

① 洪子诚：《问题与方法：中国当代文学史研究讲稿》，三联书店，2002年，第20页。

② ［美］柯文著：《历史三调：作为事件、经历和神话的义和团》，江苏人民出版社，2000年，第47页。

"心灵史"的建构过程中得到的，也许只有我们越真实和突出地感受到那个时代的情感，才越接近我们所一直在追寻的历史真实。所以说，笔者之所以认为《蛙》和《古炉》这两部长篇小说是成功的、优秀的，就在于它们成功地构建起了过去的那个时代中的某一种心路历程，让读者看到了灾难背后人性的复杂性和深刻性，因而加深了我们对于那段历史的理解，完整了我们对于某一个时代的回忆和想象。

二、受害与加害:《蛙》与斯德哥尔摩症候群

莫言的长篇小说《蛙》是当代第一部直面新中国计划生育史的作品，《蛙》以"姑姑"的一生作为主线来展开。姑姑万心是新中国培养起来的第一批基层妇产科医生，她接受过科学的新式接生法的培训，与乡村传统的旧式"老娘婆"接生法进行了斗争，成功地挽救了很多产妇和新生儿的生命。但是，随着计划生育国策的提出和推行，万心作为一名党的基层妇产科工作者，自然而然地也就承担起了计划生育工作的执行任务，通过结扎、流产、引产等方式，姑姑降低了乡村的新生儿出生率，却因此背上了"杀人"的罪名。改革开放之后，退休的万心重操旧业，在私立医院做了妇产科医生。可以说，整部小说都是围绕着女人怀孕到生产的十个月展开的，在怀孕的女人和计划生育工作者斗智斗勇的过程中，许多小生命被剥夺了出生的权利，而很多的母亲也因此拼上了自己的性命。整部小说一直笼罩着一种悲壮和沉重的氛围，尤其是对以"姑姑"为首的基层计划生育工作者来说，更有一种难以摆脱的负罪和梦魇。所以说，《蛙》的一个重要主题就是"赎罪"。书中的赎罪主体有很多，比如说小说的主人公姑姑，她在执行

计划生育政策的时候，引产了两千八百个婴儿，而她的后半生就一直在为自己的“杀人”罪行赎罪；另外小说的叙事人蝌蚪为因自己的仕途而去引产致死的前妻赎罪；“姑姑”的徒弟小狮子也为自己参与引产以及自己没有生育赎罪等等。但是在这些人的赎罪过程中，他们也不断地为自己辩护，并常常怀疑自己是否需要赎罪，他们的生活、思想都在赎罪和脱罪中循环往复。这种循环往复的心理行为，正是一种斯德哥尔摩症候群的表现。

所谓斯德哥尔摩症候群，又称人质情结，是一种被害者对加害者产生的同情、谅解、认同乃至成为帮凶的心理，这种心理行为的产生必须满足以下几个条件：

1. 人质必须真正感到绑匪（加害者）威胁到自己的存活；

2. 在遭挟持过程中，人质必须体会出绑匪（加害者）可能略施小惠的举动；

3. 除了绑匪的单一看法之外，人质必须与所有其他观点隔离（通常得不到外界的讯息）；

4. 人质必须相信，要脱逃是不可能的。

在小说中，我们处处可以看到构成斯德哥尔摩症候群的心理基础描写，以小说的主要人物“姑姑”为例，“姑姑”的赎罪对象是自己亲手扼杀的两千八百个小生命，她总是觉得自己的双手沾满了鲜血。但是她又不断地自我辩解，并从他人口中求得认同，自己是为国家工作，是严格地执行国策的，计划生育的国策关系到中国未来的发展乃至整个世界的前途，是正确的，为了人类的前途，就必须要有人牺牲流血，这些都是发展必须经过的阵痛。并且，她反复强调自己的身份是一名“共产党员”，并不断对党表示出绝对的忠诚和信任：

什么“觉悟”？姑姑是当着你，自家人，说两句气话，发几句牢骚。姑姑是忠心耿耿的共产党员，“文化大革命”时受了那么多罪都没有动摇，何况现在！计划生育不搞不行，如果放开了生，一年就是三千万，十年就是三个亿，再过五十年，地球都要被中国人给压扁啦！所以，必须不惜一切代价把出生率降低，这也是中国人为全人类做贡献！①

姑姑的另外一个为自己辩解的理由是，计划生育是国策，不是她个人的事，在执行国策这件事上，她只不过是一个工具而已，“杀人”的罪名不该由她承担。在一次引产事故导致孕妇死亡之后，“姑姑”的计划生育执行方式被批判为“太野蛮了”。作为辩解，她说了这样一段话：

我们愿意野蛮吗？在你们部队，用不着这样野蛮；在城市里，用不着这样野蛮；在外国，更用不着野蛮——那些洋女人们，只想自己玩耍享受，国家鼓励着奖赏着都不生——可我们是中国的农村，面对着的是农民，苦口婆心讲道理，讲政策，鞋底跑穿了，嘴唇磨薄了，哪个听你的？你说怎么办？人口不控制不行，国家的命令不执行不行，上级的指标不完成不行，你说我们怎么办？

① 莫言：《蛙》，上海文艺出版社，2009年，第123页。以下凡引自此书者均不再注。

文中的另外一个人物蝌蚪也这样描述姑姑的工作：

> 她不做这事情（指计划生育工作），也有别人来做。而且，那些违规怀胎的男女们，自身也有不可推卸的责任。而且，如果没人来做这些事情，今日的中国，会是个什么样子，还真是不好说。

姑姑完全地忠诚于党的计划生育政策，不遗余力地完成国家交给她的任务，甚至到了完全不顾任务对象生命安全的地步，其实正是典型的斯德哥尔摩症状。姑姑是一名老党员，但是她的党员生涯却十分坎坷，受到过很多的伤害和挫折。早在姑姑刚刚入党的时候，她就因男友的叛变而被党组织调查，险些被定性为特务；后来在“文化大革命”中，她与县委书记杨林订婚，但后来杨林被打倒，姑姑也就成了被批斗的对象。显然，在这些事件中，姑姑都是没有责任的，是无辜的被害者，她在“文革”中被殴打至重伤，叛徒的罪名更是可以将她置于死地，姑姑无处可逃，也孤立无援。因此，此时的姑姑就已经显现出了斯德哥尔摩群侯症的表象，一是她对男友的认同——她将男友王小倜留下的一本诋毁她的日记看作是他对她的保护，那些可怕的刻薄的对姑姑的描写是他在叛逃的最后时刻，与她划清界限保证她不受牵连的一次努力，是他最后的爱意；二是即便她被党怀疑、调查甚至受到迫害，只要党组织仍然承认她的党员身份：“你和黄秋雅是不一样的。这个人本质很坏，而你根红苗正，虽然走了几步弯路，但只要努力，前途还是光明的。”她就会和党保持着高度的一致性，反复地强调自己的纯洁和忠诚。她甚至以自杀来表明自己“生是党的人，死是党的鬼”。所以从某种程度上说，她最后的“赎罪”是不彻底的，甚至是虚伪的，因为它并没有建立在对“罪行”的真正认识上。撇开引产导致孕妇死亡这一“罪行”该如何定性的问题，姑姑对自己一些“真正的罪行”反而是视而不见的，比如因为引产和难产致死的三个产妇，比如在“文革”中将老院长逼死，比如将黄秋雅作为替罪羊等等，这些真正的，剥夺他人生命和生存权利的罪行，反而是被姑姑轻描淡写地忽略了。姑姑在谈到将引产致死的事故栽赃给黄秋雅的时候，语气平静而冷漠：

> 你还记得张拳老婆那事吧？——我点点头，回忆着十几年前在滔滔大河上发生的往事——明明是她自己跳了河，是我们把她从河中捞上来。可张拳，包括那村里的人，都说是我们把那耿秀莲推到河中淹死的，他们还联名写信，按了血手印，一直告到国务院，上边追查下来，无奈何，只好让黄秋雅当了替死鬼。

从上文中我们可以看到，姑姑的行为和心理，和斯德哥尔摩的症状及心理基础是一一对应的。在当时的社会环境下，姑姑不可能退出“党”的包围，可是“党”却一直在不公正地对待她，甚至差点让她蒙冤死去。姑姑一方面可以算得上是“党”的人质，而另一方面，她的行为举止却是对党无限的忠诚。所以姑姑不该是一个反面角色，从某种程度上来说她是一个受害者。我们还应该看到，姑姑的赎罪并不是完全虚伪的，从很多方面，我们还是能够看到人性的柔软和良善，比如即使姑姑在计划生育的问题上毫不留情，但她也时刻关注农村妇女的身体健康。在小说的一开始，姑姑作为用“新法接生”的妇产科医生，比起农村传统的接生婆来，她更加关注孕产妇的生理健康。不仅如此，她还在自己生活的乡村对村民进行“男女平等”的潜移默化的影响，在小说的一开始，姑姑和她的弟弟就曾经有过这样的一段对话：

> 姑姑气哄哄地说：真是奇怪，女人生了女孩，男人就耷拉脸；牛生了小母牛，男人就咧嘴乐！
>
> 父亲说：小母牛长大了可以繁殖小牛啊！
>
> 姑姑说：人呢？小女孩长大了不也可以生小孩儿吗？
>
> 父亲说：那可不一样。
>
> 姑姑说：有什么不一样！

另一段描写姑姑“追捕”超生妇女王胆的场景中，王胆的丈夫陈鼻不顾王胆的安危执意让她生下孩子，只有姑姑一个人，在最后的关头还试图挽救王胆的生命：

> 船与木筏紧挨着时，姑姑一探身，伸出了一只手。
>
> 陈鼻摸出一把刀子，凶神恶煞般的：把你的魔爪收回去！
>
> 姑姑平静地说：这不是魔爪，这是一只妇产科医生的手。
>
> ……
>
> 陈鼻颓然垂首，仿佛泻了气的轮胎。他双拳轮番击打着自己的脑袋，痛苦万端地说：天绝我也……天绝我也……老陈家五世单传，没想到绝在我的手

里……

姑姑骂道：你这个畜生！

所以说，莫言写出《蛙》，并不是让我们去指责像姑姑这样的人，而是希望让我们看到每一个时代的每一个角色，都不是单薄的、平面的。越是在灾难面前，人的心理会越加地扭曲和复杂。所以只有通过这样全面的描写，才能够让我们真正深入历史的内心，才能够让我们站得更高一些，看到这些人可指责、可批判的背后更大的压迫，甚至于整个人类的精神弊端，让读者在反思之后，不会再成为斯德哥尔摩症候群的患者，而是能够成为真正精神独立而自由的人，能够跳脱所有语境中的虚伪的道德和正确，而达到真正的、关怀全人类的大爱和悲悯。我们在阅读《蛙》的时候，往往会有这样的感受：这些残酷的、人为的灾难，实际上不是错与对，好与坏的问题，每一个夹杂在中间的人，也许会让人厌恶，但更多的是令人同情，他们既是加害者，亦是受害者，只能感叹人在时代中的渺小和无奈，天地不仁，以万物为刍狗。也正是因为这些感慨，我们才能够设身处地地、感同身受地体会那个时代的心理和情感，不会再人云亦云地做出居高临下的价值批判。

三、平庸之罪：《古炉》中的群体暴力

汉娜·阿伦特曾经有一本小书，叫作《埃希曼在耶路撒冷》，是一篇以庭审记录为基础的著作。埃希曼是一个德军军官，性格讨喜，为人温和，但他同时也是一个屠杀了数万犹太人的刽子手，为什么一个平淡无奇甚至性格和善的人会卷入如此残暴的事件当中？汉娜·阿伦特将其总结为“平庸的恶”。

其实早在19世纪，古斯塔夫·勒庞就在《乌合之众》中分析了群体狂暴中的个人行为。他说："孤立的个人很清楚，在孤身一人时，他不能焚烧宫殿或洗劫商店，即使受到这样做的诱惑，他也很容易抵制这种诱惑。但是在成为群体的一员时，他就会意识到人数赋予他的力量，这足以让他生出杀人劫掠的念头，并且会立刻屈从于这诱惑。"① 勒庞将这种状态称为"群体无意识"，他认为"构成这个群体的个人不管是谁，他们的生活方式、职业、性格或智力不管相同还是不同，他们变成了一个群体这个事实，便使他们获得了一种集体心理，这使他们的感情、思想和行为变得与他们单独一人时颇为不同"，并且"这些普遍的性格特征，受着我们的无意识因素的支配"②。

之所以会引用阿伦特和勒庞，是因为在当代中国的"文化大革命"叙写中，展现"革命者"的"集体无意识"一直是一种主流的表达方法。尤其是在20世纪80年代之后，政治化的叙事逐渐退出主流的创作舞台，相反，很多作家开始转向描写在"文革"大背景下的基层群众的革命狂欢，比如余华的《活着》、王朔的《动物凶猛》、王小波的《黄金时代》等等，但中间经历了新写实、新现实主义、新历史主义的断层，直到最近，"文革"的话题才又重新被文学家们提起。而贾平凹的这部《古炉》，更是最近难得的直面"文革"的作品。

《古炉》以"文革"时期的西北古炉村为背景，描写了"文革"这一历史政治事件如何慢慢侵入农村，又如何被农民们改造，并最终成为一个村庄的巨大灾难。古炉村有两大氏

---

① ［法］古斯塔夫·勒庞著：《乌合之众——大众心理研究》，广西师范大学出版社，2007年，第31页。

② 同上，第49页。

族，一是夜姓，一是朱姓。两大姓相互之间素有隔阂，但在村支书朱大柜的调解和融合下，一直还比较平静，甚至比较交好了，但随着“文革”一步步向基层深入，传统的氏族较量又戴上了革命的新帽子，并且在“文革”的掩护下变得更加野蛮和歇斯底里，最终朱夜两姓都损失惨重，死的死，伤的伤，古炉村虽然恢复了平静，但逝去的人们留下的伤口，却再也无法抹平了。

对于古炉村的村民来说，“文革”是一件再遥远不过的事情，小说仔细描写了古炉村的第一场“文革”批斗大会，批斗对象是洛镇的镇委书记张德章：

> 那两个人看了人群一眼，似乎要给示范，先是把麻绳搭在了张德章的脖子上，然后一人抓住张德章的一条胳膊就缠，缠好了双手在后捆在一起，绳头子又从后脖子上的绳圈里一掏，猛地一拉，张德章哎哟一下，头仰起来，人就成了一疙瘩，又提着放在了凳子上。黄生生就挥胳膊喊口号，他的口号一个接一个，旁边敲锣打鼓的人就一起敲打，而外来的人也一个接一个喊着口号经过张德章面前，停下来，唾上一口。狗尿苔觉得喊口号很新鲜，也想喊，但黄生生的口音重，分不清他到底喊了些什么，就问水皮：他喊的啥？①

从这一段就可以看出，古炉村的村民对“文革”的认知

① 贾平凹：《古炉》，人民文学出版社，2011 年，第 270 页。以下凡引自此书者均不再注。

从一开始就是野蛮而残忍的，他们显然不会对“文革”有任何理论上的认识，也不会明了“文革”的目的和宗旨，他们甚至连口号都听不清、喊不明。小说中还有一个细节，就是村民在“文革”时期纷纷在家中摆上毛主席的半身像，并且用了“请”这个动词。众所周知，在汉语中，对一尊雕像使用“请”，是对雕像的一种神化理解，只有对待菩萨的塑像，才会去“请”。说明村民对于毛主席的身份、地位也没有清晰的了解，只是按照他们自己的想象，将毛主席像菩萨一般供了起来，他们甚至不是为了表示自己对毛主席和对“文革”的忠诚，而是为了让毛主席这尊“真佛”保佑自己和家人，不会在“文革”中受到迫害。

所以“文革”的进程走到基层，已经完全无关领导人的意见和意志，只剩下被曲解和单纯化的群体意识以及个人狂躁化的集体无意识。在勒庞的书中有这样一段话：“根据让群体产生兴奋的原因，他们所服从的各种冲动可以是豪爽的或残忍的、勇猛的或懦弱的，但是这种冲动总是极为强烈，因此个人利益，甚至保存生命的利益，也难以控制他们。”因此，“文革”从某种意义上说只是一种单纯的让人产生兴奋的原因，它引发了人类内心最深处的仇恨、嫉妒、虚荣等等负面因素，并因为这场大规模的群体性运动而使这些冲动不断地滑向失控的边缘。并且这些冲动已经完全不再依靠个人的性格和意识的判断，而是一种茫然而直接的迷狂，所以无论是温和而狡猾的朱大柜，还是冲动而单纯的天布，抑或是野心家霸槽，投机分子秃子金和水皮，他们都无法摆脱群体对他们造成的影响，无意识地投入到群体的战斗当中去。

古炉村的“文革”之所以会演化成一场群体斗殴，使得原本亲善和睦的村民最终拔刀相向，其原因还是应该从传统当中找寻。勒庞认为，一个人群构成“群体”可能经由以下几种联系：种族、传统、时间、政治和社会制度、教育。对于古炉村，或者往大了说对于中国社会来说，不论政治运动和政治改造进行到何种程度，传统和种族始终在我们的群体建构过程中起到很大的作用，用安德森的观点来解释，就是中国人的群体化过程，是“想象的共同体”的建构过程。孙隆基在《中国文化的深层结构》一书中也有类似的叙述：“中国人则认为：‘人’是只有在社会关系中才能体现的——他是所有社会角色的综合，如果将这些社会关系都抽空了，‘人’就被蒸发掉了。因此，中国人不倾向于认为在一些具体的人际关系背后，还有一个抽象的‘人格’。”① 因此中国人是很容易构成群体，也很容易为群体抛弃自己的理智与思考，自觉自愿地达到一种集体无意识的状态。在古炉村这个具体的例子当中，古炉村的两个造反团体榔头队和红大刀队，其实并没有什么相左的政见，甚至也没有自己的纲领，而是仅仅凭着姓夜还是姓朱来进行划分，可以说只是传统的不同姓氏之间的排外的矛盾爆发的借口而已。按照孙隆基在《中国文化的深层结构》中对中国文化和中国人的考察，中国历史形态具有“超稳定性”：“在‘表层结构’中尽可以出现变动，但是，任何‘变动’总不能导致进步与超越。的确，在中国历史上，每一次‘动’都只可能是一次‘乱’——事实上，中国人总是‘动’与‘乱’炼成，成为‘动乱’一词——而每一次‘动乱’都是使‘深层结构’的变化越来越少。”② 所以说，“文革”、武斗都

① 孙隆基：《中国文化的深层结构》，广西师范大学出版社，2011年，第26页。

② 同上，第24页。

不能使古炉村乃至于中国社会更加进步，反而会让我们更加畏缩、僵化和倒退。

但和《蛙》相似的一点是，在“平庸的恶”——那种夸张而迷茫的恶行之外，人性仍然是复杂的，仍然有令人怀念和感慨的温柔和善良，就像古炉村的“文革”开始之后，村里人心涣散，各种明争暗斗已经展开，但在生产队长朱满盆的葬礼上，大家还是齐心协力地帮忙、哀悼，仿佛之前的斗争都没有存在过一般。贾平凹在作品中反复地强调这一点，不管世界怎样乱，不管斗争怎样激烈，日子总还是要过下去，日常生活总还是要继续，那么大家就还是要相互帮衬，那些朴实的温情就会重新回到每个人的心中，邻里还是邻里，乡亲还是乡亲。在斗争的间隙，生活是那样的平静和睦：

> 从此，支书就开始安排起了农活。对于支书安排农活，最积极拥护的就算老顺和来回，来回对别人疯疯癫癫的，一到支书面前就正常了，支书每天早上一开门，来回就在门外站着，问了今日都干啥，然后她就不让支书去张罗，自己敲着一个破铁皮脸盆吆喝，那只狗一直跟着她，该沤肥的去沤肥，改灌田的去灌田。没有了青壮劳力，干活的都是妇女和老人，妹妹在破脸盆的响声中，姓朱的妇女、老人们往地里走了，而没有上山的姓夜人家的妇女、老人也就跟着走。

也许贾平凹怀念的是“文革”之前那种鸡犬相闻、黄发垂髫怡然自乐的社会环境，但从《古炉》中我们深刻地感受到这种其乐融融的气氛是多么的暗潮涌动，摇摇欲坠。太阳下面并无新鲜事，不论是怎样的革命，也许最终揭示的，都是中国人千百年来不变的心理根基，并且不断地稳固和封闭这种心理结构的最冷漠和残酷的部分，因此造成的破坏作用也就越来越大，逐渐成了这个国家所不能承受的重量。虽然《古炉》中所写的世界已经离我们有五十年的距离，但我们仍然能够深刻而鲜活地体会书中人物的内心，并且直观地对比出这五十年来由于这场浩劫而逐渐损失的心理因素。虽然我们现在的生活风平浪静，不似当年的血雨腥风，但我们却好像再也无法重拾那个年代还残留着的人性的温情。《古炉》的作用不仅仅是展示历史，让逃避已久的我们直面那场浩劫的残酷，更是让我们看到我们正生活在一个怎样冷酷如冰的时代。

四、文学中的历史：我们怎样书写过去

韦勒克曾在《文学理论》一书中写道："戏剧和小说中有一种认识价值似乎存在在心理学的范畴内。"① 这不仅仅是指小说和戏剧中的人物所展现出来的典型的心理学模型，也不仅仅是指作品中所展现出的时代的精神风貌，更重要的是它们潜在地表达了作者在创作时的心理面貌，他们如何回忆、如何观察和想象过去的自己，以及如何将这些回忆阻止和建构起来，形成最后交到读者手中的文本。如果说文学确实承担了引领我们探寻历史的功能，那么叙事者的心态就变得尤为重要了。近一百年来，中国一直都处在各种势力的交战之中，因而不论是中国现代文学还是当代文学，苦难和艰难总是无法逃开的话

① ［美］雷·韦勒克、奥·沃伦著：《文学理论》，三联书店，1984 年，第 51 页。

题，而叙述这些话题的视角也一直在改变。但总体来说，长期的落后挨打总是让文学书写者自觉不自觉地站在受害者的角度，以 20 世纪 80 年代以来的文学创作为例，不论是伤痕文学痛苦的呻吟以及发奋图强冲破伤害的姿态，还是像先锋派那样以一种超越和剥离的姿态来进行逃避具体的苦难叙事，或是寻根文学对传统文化的追寻和挖掘，以及新写实小说仅仅面对当下的某种怯懦，无法摆脱的是自己曾经被加害的回忆和心理。但是《蛙》和《古炉》这两部小说却不同，它们也许代表了最近文学创作的一种趋势，从长久的被害者心态中跳出来，从一个局外人，而不是一个狭隘的局内人的视角，直面我们所共同拥有的苦难历史，从心理的角度全面地追寻那个时代真正的精神状态，一方面是为了让我们明白，那些苦难既不是宿命，也不是一味的压迫和加害，每个人也许都同时是迫害者和受害者，我们该反思的是整个民族甚至是人类本身矛盾的心理结构，探寻每个人内心的黑暗和光明；而另一方面则以对历史的书写来观照当下的社会，反思我们自己的精神生活，拯救可能已经越来越冷漠和残忍的人心。心理历史的建构，不仅能够建立我们与过去的联系，更是我们对未来的预测和修正。而文学作为一种感性的读本，也许是我们达到这一目的的最佳途径。

朱辉论

一

朱辉创作伊始是从中短篇小说入手的，也是它们给他带来了很高的声誉。在他早期的中短篇小说中，我们就可以清晰地看到朱辉对小说风格的不断探索和实验。他对各种风格的小说广泛涉猎，这些中短篇几乎暗含了朱辉小说的秘密，他在将写实作为他的看家法宝的同时一直在操练着其他的小说笔法。何志云曾经这样评价朱辉的作品：“朱辉的眼光及笔触与所谓的宏大叙事无关，却与我们习熟并早已漠然了的俗人琐事有缘；来自苏北小镇的同乡间的友谊与暗斗（《双风灌耳》），一个小女人与情史互相编织的发达史（《游刃》），一个小城画家欲说还休的一段情事（《动静》），出版社编辑室主任和女编辑间的一份暧昧（《对方》），或者，只是校园里的一次意外风波（《狂风大作》、《棕色药瓶》），一个退休教授临死前的短暂生活（《红口白牙》）……朱辉不动声色地叙述着这一切，有时携着理解，有时显出关爱，更多的则是知己知彼般的默契。他的叙述贴近对象的琐细与庸常，似乎并不在乎情节中隐含的冲突，更不刻意在那些地方停下脚来；他只关心那些与人性、人的隐秘心理相关的细节，尤其留意的，是这些细节背后蕴藏的意义……”① 何志云确实抓住了当年朱辉中短篇小说的主要特点，平实、家常、细致、耐心，将传统写实小说的美学韵致可以说发挥得淋漓尽致。除了这样的近于世俗的绵密的叙事，朱辉的小说对故事、对戏剧性有着当时不可理喻的偏爱，所以，朱辉的小说具有相当的阅读上的亲和力，像《苏辰梦见了什么》、《老汤》、《一箭之遥》都是一些很“抓人”的篇什。可以《红口白牙》稍做分析。小说是从体育老师萧榕的退休生活写起的，萧榕与许多知识分子一样，一生平淡、坎坷而又勤业敬业，及至退休之后，又是一样的寂寞难耐。在叙述萧榕的同时，小说还写到另一个人物，年轻人小驹子以及他空虚的青春和面对空虚的无望的挣扎。也就是说小说实际上有两条叙事线索，这两条线索到小说的最后才汇合。萧老师死了，居然死在他一生中只打了一次的麻将牌上。许多人对此感到惊讶，议论纷纷，并因此与小驹子在讣告栏前发生了冲突。到这时，小说才如亮底牌一样地告诉读者，小驹子就是萧老师的唯一的“不是不想问，而是问了也白问”的儿子。而这一交代又促使读者将此前的阅读重新梳理，这两条线索在小说的叙说中原来就是时常交叉的，只是由于小说叙述的闪转腾挪让人忽略了。朱辉很轻松地制造出了富于戏剧性的阅读效果，显示出了叙事的主体性优势地位。诸如此类的叙事艺术当然涉及小说的许多经典要素，如悬念、意外、错误、偶然、误会、顿挫等等，正是对这些要素的运用使得朱辉的小说充满了戏剧性的叙述张力和对阅读的诱惑，它们挑逗着读者，考验着读者的智力。不能

① 何志云：《红口白牙·序》，朱辉：《红口白牙》，百花文艺出版社，1998 年。

轻易否定这些叙事传统，在现代小说美学中，它们依然是有生命力的。“起码，它们不能仅仅被看作作家解决情节发展和冲突的一种手段，而应该看到，它是由作家安排的一种‘语言方式’，也就是一种说的方式。从相对主义的立场上讲，生活和艺术叙事中的每一个细节与单元，都是偶然和意外，但是否被我们从性质上这样认定则取决于彼时的情境。如此说来，作家的叙事艺术应该是一种创造，他使某一个细节在他创设的情境中成为意外或偶然，让人们对整个叙事都感到惊奇，有时，它们甚至能照亮全篇。”①《红口白牙》最后两条线索的汇合，特别是小驹子出现后与众人的冲突，这一意外将整个小说所表达的人生况味全部提升出来。将这种戏剧性与传奇性发挥到极致的是那些具有侦探与悬疑色彩的作品，如《棕色药瓶》、《一箭之遥》、《青玉案》等，后来，技痒的朱辉竟然处心积虑创作出了他自己称之为“纯文学性的侦探小说”的长篇小说《天知道》。之所以这么说显然是为了与通俗化的悬疑侦探小说区别开来，即侦探其外文学其里，“这是朱辉精心营构的一个叙事圈套。他所要表达的，是比这种诡秘的叙事圈套更加诡秘的生存本相：爱情、欲望、阴谋、冒险、复仇……”② 祸福相倚，物极必反的思想贯穿始终，作品从头到尾没有提供任何主观的价值判断，孰是孰非，甚至是否存在所谓的是非都交与读者自己判断。朱辉在写作的过程中抛弃了社会既有的道德观念和价值观念，借祈天之口对通行的价值观进行了一次狂人式的发问。

小说的诗意化也是朱辉时常营造的，它体现出作家早期的

① 汪政：《似曾相识燕归来》，《小说评论》，2001 年第 4 期。
② 洪治纲：《魔道间的追问》，《文学报》，2007 年 4 月 26 日。

唯美主义追求，这种诗意化来自他对小说表达“心情”，表达诸如悲悯、伤感等等情怀的理解。《看蛇展去》就是一篇伤感而温情的小说。两位少年金良和刘健徒步到邻县去看蛇展，少年的好奇、冒险、恐惧和奶奶的疼爱让人过目难忘。当两位少年历尽辛苦来到目的地时，办蛇展的人却先他们离去。那种伤痛，那种面对美丽而纯洁的童心的失之交臂真让人于心不忍，那种“残忍”与长堤、运河、乡间小道等意象永远留在人们的心底。再如《红花地》，是一篇带有散文笔调的作品，显示出朱辉营造氛围的能力。小说的主人公李钦的身体似乎一直处于一种亚健康的状态，他与临产的妻子一同回到故乡，久居城市的他感受到了乡间淳朴的风情。妻子顺利生产了，李钦也恢复了健康。显然，乡村风景、生活的节律、亲人的关爱与李钦的亚健康构成了一个对比性的意义组合，李钦的时代病由谁来疗救就不言而喻了。小说最后如此叙述红花：“它们灿烂地开放着，故乡成了真正的红花地。红花草开在大地上，开在李钦的瞳仁里。到了省城的李钦闭上眼睛，满眼还是无边的红花草，还有母亲。”现在再读这样的文字，它的美丽依然让人感动。这样的情绪底色与写实一样是朱辉小说的基调之一，他自己就曾说：“我自己回过头来想想，我的作品里面确实有着悲天悯人这样一种情绪，而且这种情绪很强烈。我可能有一半以上的作品都在关注人的心情……如果说一个作家以自己的情怀去浸润他所关注的东西，那么你自然会觉得有悲悯情怀。这种悲悯情怀，悲天悯人的情怀，可能与我个人的性情有关，但也不一定就与生活经历有关。我觉得人生是不容易的，虽然大家都应该想开点，但是人生确实艰难。相对而言，我们可能还算是活得比较从容一些的，但生活中还有很多活得不那么从容的人。”①

中短篇时期的朱辉还有很多实验性质的小说，对成长于20世纪80年代的作家来说，这种获得性小说性状的存在是很自然的事。比如《鼻血》、《青花大瓶和我的手》、《变脸》、《镜子里的陌生人》等等。这些小说虽然还是在日常生活的场景框架之中展开叙述，但是已经可以很明显地看出某种荒诞的意味。《变脸》讲述的是一个普通的工人因为一种奇异的可以改变脸上的肌肉分布和表情的绝活而得志，也最终因此而颓败的故事。它一反传统小说中“变色龙”式的原型叙事，而以悲剧的眼光看待一个人在现代社会中的挣扎与无可奈何。人不再是一个真实的存在，只剩下一张脸，成了一个符号。现在已不是古典社会，符号不是稳定的，而是多变的，于是人不得不通过符号的改变来适应这个多变的符号系统，随着叙事的推进，故事必然走向荒诞。朱辉运用了后现代对“传奇”的改写技术，表现了带有存在主义意味的人生境遇。在作品中，主人公何雨被异化了，他迷失了自己，小说的结尾，何雨的脸变不回来了，他已经找不回自己，甚至，他不知道自己到底是谁。又如《青花大瓶和我的手》，这也是一篇具有荒诞意味的作品。青花宝瓶碎了，但“我”有一双能补瓶的神奇的手，但是当里外配合补好了花瓶后，“我”的一只手却拿不出来了，只得又将花瓶打碎。什么是修补，什么是破坏？什么是目的，什么是手段？乃至生活，乃至人生，意义又在哪？不但是寓意，还有它的叙述方式也呈现出相当的现代感，技术的味道

① 袁晓庆、汤泓：《艺术真实中的悲悯情怀——朱辉访谈录》，《扬子江》，2003年第1期。

特别鲜明。朱辉用了近八成的篇幅来描写在一个晚上，甚至是几个小时内发生的故事，将一件不太复杂的事情演绎成了繁复的“卡农式”的节奏。在这个相对纷繁而冗长的整体结构中，又大量地运用了对话、短句和切割段落的方式使得小说的节奏充满了停顿和跳跃，到了小说的末尾，他的演奏却戛然而止，换了一种仿佛日记般流水账的方式平铺直叙地展现了故事的结局，将多种叙述手段组合在一起，构成了一种人工化的复杂。

二

1990 年代中期以后，朱辉的主要精力放到了长篇小说的创作上。如果从题材与主题的角度看，朱辉显然对当代知识分子的生存投入了相当的关注。这也许与他的职业与生活环境不无关系。朱辉就出生于一个知识分子家庭，父母亲都是教师，大学毕业后留校工作。环境的浸润，人际的交往，都会自然地使这一特殊的群体进入他的视野。纵观朱辉的小说创作，包括他的短篇小说，我们可以发现，机关、学校、出版社等等这类“单位”频频成为他作品的背景，而生活在这种环境中的知识分子则常常成为他作品的主人公。若从外在的年龄上去划分，朱辉小说中的知识分子形象大概有三类人：一是中年知识分子，他们人到中年，比上不足比下有余，常常对家庭琐事和自己的工作有操不完的心，偶尔会有些怀旧和浪漫的气息；一类是青年知识分子，与中年知识分子不同的是，他们是青春的、美丽的，虽然其内心不乏柔软之处，但终究是现实的、功利的，为达到某个目的，他们可以不择手段而又滴水不漏；第三类是老年知识分子，这类人往往是作为配角存在于作品中，他们声色稀薄，如影如风，但偶尔也会走到前台，在绝望中表现出人生最后的一点挣扎。这三代知识分子组合在朱辉的作品中，既是一些自我的矛盾体，又共处于一个矛盾的世界中，构成统一而又差异的复杂关系。正是通过这些自体与他人关系的展现，朱辉对现代知识分子的人性进行了个性化的分析和追问。

我们以《我的表情》和《朱角梳》为例。这两部长篇可以说是朱辉对当代知识分子生活最为完整的描述和思考，里面集中体现了上述老中青三代知识分子的形象。在《朱角梳》这部长篇里，朱辉主要讲述了一个年轻的大学生叶蓁蓁的故事。叶蓁蓁出生于小城镇家庭，这样的家庭常常在城市和农村之间徘徊不定，她在这个家庭没有得到父母太多的宠爱，这些很自然地造就了叶蓁蓁争强好胜而又务实谨慎的性格。在整部小说中，这个来自小镇的青年学生可以说是步步为营，稳扎稳打。她首先是和自己的辅导员谈了一场不温不火的恋爱，借此解除了与父亲原单位的代培合同，并且避免了再次回到故乡那个半死不活的化肥厂，顺利地留在了省城的一家商场里面做营业员。虽然这不算理想，但是叶蓁蓁的务实性格总是让她珍惜眼前的一切，而她的要强又让她总会有新的机会，叶蓁蓁很快走上了人生的快车道，她遇到了电视台的主持人杜衡。在杜衡的“导演”下，叶蓁蓁虽然无意间出演了一场丢人的闹剧，但这反而给了她一个敲诈杜衡的机会。万般无奈下，杜衡只得求助她的丈夫马远尘，于是营业员叶蓁蓁进了马远尘担任副主编的学报编辑部，做了一名文字校对员。这是一次飞跃，从此，叶蓁蓁的生活逐渐离开了小镇的或市民的“庸常”的生活，她是一个与知识打交道的人了。在学报工作的叶蓁蓁乖巧听话、聪明好学，很快就受到了领导的赏识。因为偶然间尽心尽力编辑了母校校长所写的稿子，叶蓁蓁的人生迎来了一次又一次重大的转折，她成了一名名符其实的编辑，她成了校长的儿媳妇。当然，叶蓁蓁是没有满足的，她做了马远尘似是而非的情人，进而是中级职称、高级职称，后在和丈夫余志离婚的拉锯战中，获得了房子。在小说的最后，朱辉这样形容在经历了这一切之后的叶蓁蓁：“她现在已是一个拥有高级职称的知识分子了，清丽骄人，不可轻慢。她愿意理谁就理谁，不爱搭理了也自能得体地拒人于千里之外。她是她自己的主人。”

的确，在整部小说中，叶蓁蓁好像真的是占据了主动，几乎所有的事情都是她自己挣来的，她靠着自己的聪明和努力过上了自己理想的生活。她会把握机会，会察言观色，会审时度势；但是在这些所谓成功的背后，却是她无奈而脆弱的灵魂。在小说的一开始，朱辉讲述的是叶蓁蓁初恋的故事。这个故事，可以说是叶蓁蓁人生道路上唯一的失败的故事。高中时的她和她男友比翼双飞，在最后的高考中，男孩子上了大学，她却意外落榜，只能靠父亲单位的代培关系去念大专。叶蓁蓁就是在这次失败之后开始蜕变的，曾经那个单纯浪漫美好天真的女孩就此消失，叶蓁蓁用精明务实把自己武装起来。但是，叶蓁蓁的冷静和凌厉背后，实际上永远是那个受过伤的高中女生，她坚硬的外表实际上是她的虚张声势。她无法靠自己一个人的力量来完成自己的人生，她不得不借助自己的感情、性格，甚至身体去换取她想要的生活。叶蓁蓁的人生道路上，大概只有高考是在依靠她自己的力量，而就是在这唯一的当代社会还算相对公平的竞争中，她却失败了。朱辉笔下的这个角色，看起来很强大，貌似女强人，但在其光鲜的背后，却是极端的无奈和无助。直到小说的最后，她对自己的人生依然没有恰到好处地把握，越来越表现出紧张与脆弱，任何微小的刺激，比如白瑾和蔡坤的恋爱，或者一个像马衡芳的孩子，都会把她从那个包围着她的美好、成功与矜持的外壳中牵引出来，成为18岁时那个高考失败的女生。并且，叶蓁蓁的每次“交易”似乎都充满着矛盾，不论是用她乖巧的性格、贴心的情感还是青春的身体，所有的利用和交换都因为叶蓁蓁半真半假的单纯和天真而真假莫辨，她好像是冲着那些人的利用价值而去，却又多少带着点难舍难分的真性情。比如，在她和余志闹到快要离婚的时候和马远尘的那一次偷情，叶蓁蓁最后尖刻地说：“怎么？杜衡还没绝经吗？我说错了吗？”这种看上去对马远尘妻子的刻薄，实际上隐约透露出的是对马远尘的依恋。在另一方面，如果说她确实是全身心地投入在她每一次的交往、恋爱中的话，那么杭州之夜叶蓁蓁观察马远尘的那双晶亮的眼睛又完全出卖了她内心的目的性和控制欲。叶蓁蓁是一个脆弱与坚强、感性与理性融合的矛盾体。

另一部长篇《我的表情》的主人公孔阳是一个中年知识分子，朱辉在面对这样一个什么都不太完美，又什么都说得过去的形象时，依然选择了直击他内心的冲突和脆弱。围绕着孔阳，小说设置了几条线索：亲情、爱情、事业，它们相互纠缠，剪不断，理还乱。他和辛夷的婚外恋、他的妻妹柔桑的病、出版社的违规经营，这些看起来都是孔阳生活的阴暗面，但这些阴暗面又似乎无时无刻不在散发着美好的气息。因为如果不是辛夷的归来，那么孔阳也许一辈子再也不会重温他大学时代最美好的恋爱时光，完成他最渴望的爱情理想；也正是在柔桑的病中——虽然这样说不免有些残忍——才令人回忆起她一直以来的乖巧和温柔，她的爱情和亲情才会变得如此惹人爱怜，令人同情；而那些打擦边球出版的教辅，更是让孔阳得到了实际的利益。孔阳被现实的状况和处境裹挟而去，看起来他好像是在主动采取行动，但实际上，日子一天天过下去，孔阳对什么都无能为力——辛夷离开了，柔桑死了，他的职位也还在原地踏步。除了主角孔阳之外，其他的角色同样也都充满着矛盾：辛夷看起来洒脱超然，实际上内心却充满了没着没落的孤独与寂寞；柔桑性格温婉善良，面对自己的病痛，却依然要强颜欢笑；杨乾尘一方面沉浸在和柔桑的美好爱情之中，另一方面却要承受来自柔桑家庭的压力和自己内心的自卑。

如果从上述分析来看，朱辉的知识分子小说似乎脱离了新文学包括新时期文学以来形成的知识分子的文学惯例。他既没有选择宏大叙事，将人物置于“革命”的叙述背景之中，在重大的社会转型中让人物完成身份的转型；也没有将知识分子作为一个特殊的群体，在社会的播迁中去描述他们多舛的命运，在血与火中去观察他们的被压迫，并以此来分析中国社会特殊的阶层关系和知识分子的特殊地位；他也没有以夸张、变形或心理分析的方法，或设置特殊的情境逼出知识分子的灵魂，或直接深入其心，呈现他们复杂的心理世界；更没有据此祭起批判的大旗，对这个灾难深重而又卑微软弱的群体进行无情的解剖。我不知道这个说法能不能成立，朱辉是在用非知识分子的视角来观察和表达知识分子 。如果说知识分子文学传统在表现知识分子时大多使用的是加法，那么朱辉使用的则是减法；如果前者总是强化这一群体的特殊性，那么朱辉则是在尽量弱化。朱辉将知识分子还原为普通人，他们当然还是知识分子，但他们更是一群市民，是谋利者、生存者，是男人与女人，是丈夫与妻子。在这个越来越市场化的社会，在这个人人都在争取所谓美好、体面而尊严的生活的世界里，阶层的差别正在模糊，知识分子的标签已另作他用，“知识”已经成为工具和交易的筹码，身份的焦虑、阶层的对立、灵魂的苦痛已经是越来越遥远的事情。所以，朱辉笔下的人物虽然出入于大学、出版社、科研院所，但他们打理的都是日常生活，而与思想无关。我们看不到他们自觉的知识分子意识，他们的成功与失败，痛苦与欢乐，善良与险恶，美丽与丑陋，挣扎与彷徨，与他们所处的阶层无关；朱辉时刻在进行人性的分析，但这种分析是排除了阶层身份的，是在普通人的日常生活基础上的。我以为朱辉的这种知识分子小说有两点还可以深入讨论，其一，他以这种去个性的方式真实地反映了当代中国社会不断变化所带来的知识分子角色意识的淡化，知识分子作为曾经的社会精英或特别阶层正在失去其地位与功能而日趋大众化与平面化，他们的先锋性已经转型，他们思想的深度模式也逐渐解构，甚至，“知识分子”作为一个符号已经从社会的中心漂移开去，因此，知识分子文学也应作相应的调整。其二，以这种视角和写作方式反观知识分子文学传统是否能反过来发现它的夸饰与遮蔽？知识分子文学一直是由知识分子来完成的，这种方式极有可能带来它的自恋与过度书写，这种过度书写必然夸大知识分子的地位，强化了这一阶层的排他性与特殊性，畸形了它与社会的关系。看来，对知识分子文学传统应该来重新认定，慎重检讨。

三

不管是中短篇还是长篇，朱辉的小说走的基本上是日常叙事的道路。朱辉是温和的，在他的小说里，不存在你死我活，他不是逼问，他不是那种以尖锐和力量见长的作家，他追求的是体察与逼近，一种对人物心理贴心贴肺的描写。或许朱辉的这种方式更符合我们的当下社会，不再有什么非此即彼、大是大非，类型化的分割可能已经无法完成对人性的追问和探索，倒是那种融入日常生活的心理分析，更能揭示当代人的生存状态。比如，前面所阐述的他对知识分子这一群体的关注，他抓住的就是当下作为普通人的知识分子的自然面貌。朱辉没有对他们进行形而上的设定，而是将他们还原到了柴米油盐的日常生活当中，努力展现他们在生活中的多面性和复杂性，进而努力透过日常生活的表面直指人物的内心。从最朴素的生活中，我们可以看到，思想、灵魂、道德、操守，在面对就业、家庭、情感和欲望等问题的时候往往是不堪一击的。这不是知识分子的日常生活，它与大众一样，不见得高尚，但也不一定卑下。

如果说到日常生活叙事，朱辉最成功的是长篇小说《白驹》。《白驹》讲述的是从抗日战争到解放战争结束这样一个长达十几年的时间内一人一马的曲折命运。抗日战争时期，炳龙来到日占苏北小镇白驹的一家烧饼店做学徒，他深得师傅的真传，同时和师傅的女儿兰英暗中相恋。但是在一场对镇上日军的突袭战中，师傅被流弹打中丧生，炳龙于是成为烧饼店的掌柜，并和兰英结为夫妇，还意外地获得了一匹日军走失的白马。不久兰英怀了身孕，一家人的日子过得倒也和和美美。好景不长，炳龙因为和新四军做战略物资生意而被告发，自己被驻镇的国军捉去不说，兰英也因此被新四军带走，最终因为肺炎死去。万念俱灰的炳龙无心过日子，但在隔壁寡妇红枣儿的鼓励下慢慢恢复了生活的信心。炳龙和红枣儿走到了一起，托着小心想过安稳的日子。但是他们平静的生活又被红枣儿丈夫的突然归乡打乱了，原来红枣儿的丈夫友根并没有阵亡，反倒做了国军的一个小官，在抗日战争结束之后衣锦还乡。强势的友根和木讷的炳龙展开了一场争夺红枣儿的战争，而豪爽得如梁山好汉般的打更人达广在暗中帮助炳龙，最终炳龙带着红枣儿离开了白驹镇，达广骑着白马不知所终，友根最终也被解放军打走了。

这部小说是朱辉的小说中唯一一部离开了当下时间和空间的作品，但是这样一部所谓的抗战题材的作品却脱离了一般战争小说的套路。对战争各方正义与非正义的讨论被朱辉完全搁置了，所谓战争，在朱辉的笔下不过是一场兵来将往的过程，对于普通的白驹人而言，在这场战争中真实的只有那些与他们息息相关的生意，只有须臾不可缺少的衣食住行的生活。在作品中，战争的要素都有，一样不少，有人物，有冲突，有场面，有生死，但它就是不在叙述的中心，无论是对于日军、国军还是新四军，战争自始至终都只是作为那个年代白驹镇日常生活的背景而存在。对于白驹镇的人来说，战争只是一种他们不愿意看到却又无力赶走的事情，于是，只能如对待其他事件一样听天由命。没有战争的时候，他们是一种活法，而有了战争，他们不过是换了一种活法而已。当战争被镶嵌在日常生活中的时候，它的目的性、正义性或非正义性都被解构了。这样，到了朱辉的笔下，战争的残酷和日常生活的温和之间既冲突对立而又水乳交融，构成了一幅奇特的景观。整部小说的语言风格平和而朴实，絮絮叨叨，完全是一种闲话家常的姿态，一种温吞的流水账。《白驹》在向我们展示战争对普通人命运产生影响的同时，也在向我们展示着人的性格与生存状态对战争的妥协和适应，而这样的适应，在一般的战争文学中常常被忽略。毫无疑问，这是两种完全不同的视角与策略，它们之间是一种互为补充、相互说明而不是对立的关系，只不过人们更习惯于以第一种方式来言说战争。其实，以日常生活的视角来书写战争，甚至将战争日常生活化同样是应该存在的对战争的一种认识，它的前提是，日常生活是物质的、连续的，因为它承担着人们“活着”的功能，它也是一种历史，任何一种重大事件与日常生活都是相互影响的，而且，从长远性与深刻性上看，后者都对前者起着相当的作用并留下印记。只不过这样的工作很少有人去做。《白驹》写作与发表于反法西斯战争胜利六十周年前后，当时文学界曾经推出了大批量的此类题材作品，但怎么看《白驹》都显得那么特立独行。其实人们对如何表现那场战争已经做了许多的努力，人性、反思等等，但《白驹》中呈现出来的战争还是不一样，它被白驹镇“改写”了，被白驹镇的老百姓看平常了，没了轰轰烈烈，没了英雄气，到最后，军人、战争，都融入到了那个小镇、那片土地、那段日子。现在看来，这部长篇小说在当代战争文学史上的意义还远没有得到阐释。

一旦进入日常叙事，小说对知性因素就比较依赖，当然也可以变成主动的追求。我说的小说的知性因素就是指小说对其叙述对象感性层面与知识层面的尊重和再现。小说的故事发生在何时何地，小说中的人物如何安排他的生活，这些都一下子变得重要起来。于是，另一种小说性状也就随之而来，这就是地方性。不知朱辉的这部小说有没有原型，但如果对苏中里下河地区、对苏中平原、对 1940 年代那里犬牙交错的战争有一点了解的人都会感受到《白驹》在写实上的功夫。小说对战争年代一个苏北小镇的日常生活做了全景式的描写，烧饼店、药店、剃头铺、澡堂子，还有打更的、盐侉子、要饭花子……可以说，朱辉在《白驹》里创造了一个完整的小社会。朱辉自己就曾说过：“《白驹》确实是有背景的，它有方言有民俗，那只是因为我比较熟悉那个地方。熟悉和深入是我选材的标准。既然写了民俗，用了一点方言，我就想做得地道一点。”① 不仅如此，作品对苏北乡镇的文化非常熟稔，在作品中，这些文化并不只是显在风俗，它是一个地方人的行为方式，是一个地方看待世界、解释世界、应对外部事件的路径与模式，说战争被地方化了就是这个意思。

现在，已经很少有青年作家如此看重以地方表达地方了，对文学来说，地方与在现实世界中一样，是一个正在消失的存在，空间上的指称已经变得非常空洞，它们并不意味着区别。所以，本文在结束的时候想借朱辉的小说，特别是他的《白驹》，表达我对地方现状的忧虑和对地方性写作的强调，我以为恰恰在地方性淡化，文化越来越同性化的时候重申一下文化的地方性是必要的，这种地方性可以理解为一个国家、一个民族、一个地区以及任何形式下存在的差异性文化，它是保证文化的多样性并最终给我们文化提供发展的种子与基因："通常来说，地方文化都被认为是与全球相对的一种特殊存在。它经常被认为是一个相对较小、存在边界的空间，生活在其中的个体经营着一种日常的、面对面的关系。日常文化的自然性、习惯性和重复性受到重视，每个人都是实践的主体。针对居民群体和物质环境（空间安排、建筑物、自然条件等等）的常用知识库也是相对固定的；它在时间的流逝中延续下来，而且还有可能包含着将人们维系在同一个地方、同一种过去感之上的仪式、象征和庆典。”② 我们确实应该从这些角度来理解地方。

① 姜广平：《其实小说创作也是一个无底洞——与朱辉对话》，《西湖》，2007 年第 11 期。

② ［英］迈克·费瑟斯通著：《消解文化》，北京大学出版社，2009 年，第 127 页。

朱辉从事文学创作近三十年了，四部长篇、近百部中短篇，这是一个不错的成绩，对一个不是专职写作的、创作时断时续的人来说尤其难得。纵观朱辉的创作经历，尝试各种可能性一直是他写作的行为特征，朱辉是学理工出身，《和辛木夷在一起的星期三》、《别人的眼睛》等就在议论科学，长篇小说《天知道》更是在对科学进行反思。他戏称自己“咱们不光能写左手握右手的小说，也能写左手斗右手的智力小说”①，他还说科学的目的之一在于满足人的好奇心。也许，理科的训练会让一个人相信规律，相信人对规律的掌握与目的的达成，并鼓励一个人不断地探索，这对一个作家建立自信、保持求变的姿态显然是有益的。《天知道》之后，朱辉已停笔多年了，现在又重返小说创作，这让人高兴，也令人期待。

① 姜广平：《其实小说创作也是一个无底洞——与朱辉对话》，《西湖》，2007 年第 11 期。

“潜规则”与新江湖

该如何形容余一鸣小说里的那个世界呢？我觉得有一个最恰当的词语：“潜规则”。“潜规则”已经不是一个新鲜的词语了，但对其单一向度的过分演绎，反而使其失去了原有的丰富语义。余一鸣笔下的“潜规则”，正是一种还原的、广义的甚至完全成为体系的一套亚制度。过去我们常常用另一个词语来概括这样的一套非正式的体系，那就是“江湖”，然而我们却不能用“江湖”来统领余一鸣的作品，因为在他所描绘的世界里，“江湖”原有的热血义气都不复存在，如今的“江湖”已经成了“潜规则”，只剩下冷漠、严苛、虚伪，和毫无原则的利益纠葛。

这套“潜规则”在余一鸣作品中的合理性，源于他笔下的那些人物。这些人物出生于乡村或是城市贫民，为了自己的生计和事业乃至下一代的发展隐忍蛰伏却又不顾一切。英国社会学家保罗·威利斯有一本著名的著作《学做工》，对英国工人阶级的社会分化进行了十分透彻的分析，他认为英国工人阶级的子弟之所以在成人之后在阶级上形成了严重的两极分化——小部分人出人头地，成为有出息的上流人士，而大部分则维持原状，无法逃离祖祖辈辈的底层工人阶级，原因正是“潜规则”与社会正式规则之间的分离与冲突。在改革开放之后的中国，威利斯的这套理论虽说不能完全适用，至少我们可以从中受到很大的启发。在我看来，余一鸣笔下漂泊在“高大上”的城市生活中的贫民子弟以及他们和都市“潜规则”之间从屈服到适应的关系，正是具有中国特色的阶层构成法。而余一鸣平淡的、娓娓道来的写法，却将这一构成过程的残酷与挣扎反映得更加深入和直接。

《种桃种李种春风》是余一鸣去年刚刚创作的中篇小说，也可以说是余一鸣在农村子弟塑造上最为全面和完整的一部作品。大凤和她的丈夫家宝从村里来到城市打工，就是为了让孩子清华能够和城里的孩子享受同样的教育资源，最终考上好大学，光耀门庭，在城市站稳脚跟，过上好日子，谁知在停车场工作的家宝却因车祸身亡，大凤和清华的生活变得更加举步维艰。为了能够转入重点小学三小，能够得到一个进入市重点一中就学的“指标”，大凤四处“找关系”，她贱卖了家中的房子，向原先势同水火的邻居伏低做小，去教育局退休的老局长家做保姆，忍受老人时不时的暧昧举止，甚至不惜与一中的特级教师乃至一中食堂的厨师进行性交易。但最终还是竹篮打水一场空，大凤还在为儿子的升学问题四处求告无门时，老局长的孙子却已经计划着出国留学，强烈的对比使大凤的内心最终走向了崩溃。

这是农家子弟与城市规则的第一次交锋，他们在正常的城市规则与社会秩序中无法获得公平的对待，清华读书再怎么努力，也始终无法与老局长的孙子陆海波公平竞争，他甚至连和陆海波竞争的机会都没有。因此大凤除了向“潜规则”寻求帮助之外毫无办法，即使她感到屈辱、厌恶，也不得不向潜规则低头。不仅仅是大凤，看似已经完全跳出农门在城市立住脚跟甚至小有成就的小梁老师和吕特，也同样在遭受着城市逻辑的歧视与践踏。小梁老师聪明清高，为人规矩，在奥数教学上很有一套，但却敌不过教育局的一纸文件，奥数班叫停，小梁老师也失去了工作，最终跳楼身亡。而吕特虽然身为特级教师，却因为出身贫寒，一直不被重视，也无所作为，只有在大凤面前才能耀武扬威。对潜规则的屈服源自于对规则的不信任感和恐惧感，也同样来自于中国城乡之间决然的断裂。来到城市之后，再深厚的乡土也无法成为这些漂泊一族的后盾，他们被城市生活的脚步裹挟而去，却失去了所有的保障和依靠。而潜规则却在某种程度上披着“故乡”和“人情”的外衣，让初次征战就铩羽而归的农家子弟们感受到一种虚幻的温柔。大凤与吕特、与罗大厨的性交易，虽然目的明确，却还试图营造出一份义气与温暖，而小梁老师的奥数班之所以接收清华入学，虽然直接的原因是梁老五得到了大凤家的房子，但小梁老师的负责也同样让大凤感激。正是在这样的氛围中，潜规则逐渐成为了这些贫民子弟心甘情愿的行为守则。

对于逐渐成熟的潜规则体系，余一鸣显然用了更多的笔墨。其中最具标志性的便是中篇小说《不二》与《潮起潮落》。《不二》讲述的是几个建筑承包商与“二奶”之间的故事，这些已经相当体面的成功人士，不论他们过去是砖瓦匠还是木工师傅，都已经拥有了自己的交往圈和人际规则，而《不二》所侧重的，便是对待女人的规则。在这样的交际圈中，女性很难获得社会地位与应有的地位，不仅仅是这些包工头所包养的所谓“女研究生”，这些女性存在的价值不过是充当门面的花瓶和满足男性性需求的玩具，其他身份的女性在这片江湖中的遭遇也同样不容乐观。“大奶”们已经完全失去了对自己丈夫的控制权，包工头们对待结发妻子的方式与对待“二奶”并没有本质上的区别，甚至还不如“二奶”，没有分毫感情投入，完全用金钱买断。有人将其谓为“包大奶”，受到其他人的热烈拥护，证明着女性在家庭地位与夫妻关系中的全面溃败，她们困守的围城，已经早就是一座空城而已。而企图在这男权当道的江湖中分一杯羹的事业女性，则面临着更大的困境，她们的聪明才智永远遭到忽略，她们交易的等价物似乎仅仅是她们的身体，也正因为如此，她们还要面对丈夫的猜忌、暴力和家庭生活的不和谐。

另外一篇《潮起潮落》则更加能够说明作为“大奶”和事业女性的双重危机。民间融资者范青梅，看上去是成功的女商人，但面对丈夫的背叛仍然无计可施，只能转而向“小三”范佳惠发泄自己的怒火；银行精英丰玉洁，甚至要亲自开车送丈夫去会所。再强势的女人，却仍然无法掌控自己的丈夫与家庭，且她们的生意也举步维艰，时时刻刻需要背离她们的本性，去曲意逢迎，去相互算计。她们的传统角色已经崩溃，却根深蒂固得无法摆脱，无法割舍。而在错综复杂的男权社会里，她们又孤立无援，只剩下一纸支票支撑着她们生活的勇气。年轻女性的状态也不容乐观，她们固然比中年女性有更多的选择、更广阔的眼界，但她们要面对的诱惑与逼迫也比范青梅们更多。《放下》中的刘清水、《不二》中的孙霞、《潮起潮落》中的范佳惠、《淹没》中的陈洁，都可说是年轻聪颖、美丽动人的女性形象，虽然我们可以看到余一鸣在描写这些人物时所使用的充满温情、希望与宽容的笔触，但我们同样也能看到这些女性向新江湖、“潜规则”所做出的牺牲与妥协，甚至被它的粉饰所迷惑，心甘情愿地掉进陷阱。

男女之间的关系不论是在文学上，还是在社会学范畴内都是永不过时的话题，余一鸣在《不二》等篇目中以男女关系为切入点，实际上可以延伸为一个非常复杂的社会问题，中国传统的宗法制度、民间传统甚至江湖作风与现代文明的资本主义、女性主义、拜金主义在经历了碰撞之后，并没有相互削弱，反而不断交织、扭结在一起，组成了更加令人无法挣脱的江湖规矩，渗透进了社会的方方面面，令弱势者不断屈服，强势者也更加难以自拔。《入流》可说是余氏“潜规则”体系的一次全面展示，那群在长江上讨生活的船老大，虽然看似处于城市与乡村之外的第三地，但是我们却可以从这部小说中清晰地看到这种传统与现代、乡村与城市交织起来的新江湖的全貌。如果从传统的角度来看，《入流》简直就是一部武侠小说，有武林盟主白脸，有帮派掌门陈栓钱，有落魄老前辈罗金宝，有劫富济贫的世外高人，有贪财贪利的势利小人，甚至有落草为寇的官员，有背靠大树的“孙二娘”……人物来往、交锋无不充满神秘的江湖气息，有暗号，有规矩，有称兄道弟，也有背后捅刀，时间仿佛已经在这条江上凝固，将读者传送进了某个遥远的、远离现代文明的江湖现场。然而，这套江湖的外衣，这一系列似乎与现代文明无关的“潜规则”却仍然无法看作是在真空的“世外桃源”中凭空构架，也并不完全来源于传统和属于传统的江湖，且不说那些在船舶方面技术性的表述，船老大们和船帮头目的心态早已不属于那个遥远而淳朴的江湖，甚至已经不再属于养育他们的固城乡村。罗金宝、陈老三对金钱的渴望，陈老三在船舶索赔上展现出的冷静，白脸对船帮政治化与企业化的管理和对服务业的借鉴和利用，无一不带着现代文明的烙印，江湖最重要的价值“义”早已不再，取而代之的是不断膨胀的利益、欲望和其带来的冷漠、残酷和不择手段。陈栓钱从一个古道热肠的船工，直到后来冷酷无情的船老大，他的改变和生活在城市中的东牛们、张大东们又有什么区别呢？其实，不仅仅是城市，乡村也难逃

"潜规则"的渗透。《放下》是余一鸣作品中为数不多的描写乡村巨变的一部作品。乡村为了招商引资，牺牲环境、牺牲世代农民和渔民赖以生存的水体，疯狂养殖蝲蛄与蟹，与当年水清山秀、怡然自得的农村早已是天壤之别，商业化、政治化正一步步成为乡村生活的重要主题。在描写城市的作品中，余一鸣没有像其他很多作者那样将乡村作为对比性的存在，他笔下的乡村同样人心不古，《种桃种李种春风》中锱铢必较的邻里关系，《放下》中疯狂追求经济效益的农民，《淹没》中为了利益才能重聚的虚伪宗族……一种传统的"乡愿"与现代价值观相结合的新的乡村法则，也正是余一鸣所展现的"潜规则"与新江湖。

将这种"江湖"推向极致甚至荒诞化的作品是《愤怒的小鸟》，一个中学生，竟然依靠着游戏中的"帮主地位"让现实生活中的局长对他俯首听命，任他呼来喝去，这难道不是传统江湖的复兴吗？英雄不论出身，不论年纪大小，拼的都是实力。然而游戏中的"帮主"金圣木还是要为现实的处境头疼，他的父亲给妹夫做司机，母亲是民办教师，每日琢磨着他的奥数题，不管金圣木在帮里如何杀人如麻地位崇高，局长在请他吃了一顿饭之后也再无音讯，他自己的日子照样过得比表妹寒酸，连 iPad 都买不起。游戏中团结一心的帮派并不能给他实际的帮助，反而让他在真实与虚幻的交错中更加混乱。最终，金圣木为了能够玩愤怒的小鸟而杀了表妹，但他杀人之后无所谓的表现，证明了他对真实与虚幻的混淆。当下的网络游戏是一个很值得探讨的平台，这种以虚拟的人际交往为支撑的游戏方式，是否相对单纯公平，是否真的是传统与江湖的复兴？余一鸣给出的答案显然是否定的，不论人物设定多么复古，帮派多么繁杂，战斗多么如火如荼，但仍然是现代科技与现代文化的产物，玩家真实的经济地位往往决定着他们在游戏中虚拟的地位，像金圣木这样的“帮主”，简直就是奇迹一般的存在。而更多的情况下，没有经济支撑的穷玩家，即使再怎样技术流，即使是在这片“江湖”中，也一样无法寻找到属于自己的尊严与位置。以金钱为主宰的新江湖，正在一步步侵蚀着每个人生活的每个角落。

随着高等教育的扩大、城镇化的深入、进城务工人员的不断增加，描写平民少年成功记的作者不在少数，描写在城乡价值观中徘徊不定无所依靠人群的也很多，但余一鸣给了我们一个新的角度，一个新的人群。这些业已成功的人，他们如何看待他们从小生长的传统，如何看待逐渐变化的乡村，又是如何理解城市，理解他们感到新鲜胆怯的现代文明？余一鸣用他细腻的描写，感同身受的深入，描绘着、展示着他们的扭曲、异变和内心的痛苦与挣扎，以一个个微小的人生，言说着一种普遍而宏大的东西，展示着这个国度的大多数人所经历着的、构建着的、深受其苦却又无法摆脱的“潜规则”。

重建家园的外乡人

谢宗玉是一位多栖作者，他写小说，写散文，还写点诗。作为一个“读书改变命运”的农家子弟，谢宗玉的目光一开始并没有直接投射在自己故乡的土地上。作为一个初出茅庐的文学青年，他通向城市的道路上的挣扎成为他最初的文学资源，再后来，他成了一个警察，他刚离开那种带着青春气息的彷徨与呐喊，就必须直面城市地下那些隐秘而惨淡的人生。这份职业游走于城乡之间，赋予了他书写城市的新的角度，也拉回了一直存在于心底的他的乡村，所以现在广为人知的谢宗玉，是一个实力不凡的乡土散文家。也许会有人感到诧异，一个是书写城市黑暗传奇的小说家谢宗玉，一个是描绘乡间日常生活的散文家谢宗玉，他们究竟是分裂的，还是交会的呢？

都市外乡人

改革开放以来，不论是进城务工经商，还是通过高考来到大学深造，大批的农民及农家子弟通过不同的途径来到了城市，谢宗玉也是其中的一个。在他的乡亲们看来，他的人生之路可算是非常顺利甚至辉煌了，他不仅一口气读完了大学，更是留城进了公安系统，成了“吃公粮”的人。但这其中的艰辛却只有他自己知道，也都被他写进了小说里。其实这样的小说主题在中国当代文学史上并不少见，路遥的巨著《人生》便是最著名的例子。谢宗玉小说中的不少人物都带着高加林的影子，比如《纪念日》中的“我”，一个出身农村的大学生，在一家报社做着微不足道的实习生；还有《近距离相吸》中的“我”与阳，两个背负了太多的期待与恩泽的“学习机器”……

但是，谢宗玉的小说并没有停滞在这种自传性质的书写中，他的职业给了他新的机遇和视角去观察“城市”这个空间。这种观察是多向度的，一方面，谢宗玉仍然在继续着他的内在观察，他现在完全是一个体面的“城里人”，这样的新城市人有着怎样的内心世界，谢宗玉自己深有体会；另一方面，作为一个警察，他深入到了城市的最底层，那里有另一群“新城市人”，他们没有职业，没有收入，是所谓的城市“盲流”。

长篇小说《末日解剖》的主人公王泽荫出身农村，考上了医科大学，成绩出色的他却因为没有背景被分配去做了别人不愿意从事的法医工作。虽然他业务娴熟，成为局里倚重的“专家”，却无法像别人一样光明正大地恋爱结婚。他和妻子苏芳原本是和睦的夫妻，然而这种和睦却是以王泽荫对自己职业的隐瞒换来的。偶然得知真相的苏芳无法接受自己丈夫的欺骗与令人毛骨悚然的职业，两人在经历了冷战、家暴、出轨之后终于走向崩溃，苏芳自杀，王泽荫发疯，而王泽荫曾经犯下的罪行却重新浮出水面：他曾经借在一家合资医院做兼职外科手术的便利，盗取了多具女尸的身体部位，拼合成了一具魅惑人心的新的身体。谢宗玉对这个人物的刻画虽然极端而夸张，甚至有点科幻的意味，却真实地反映出这些早就跃出农门的

“成功人士”面临的身份焦虑。他们是因为乡村文化无法满足他们的个人欲望与理想才选择了离开，可是他们所向往的城市却没有宽容地接纳他们。他们被苛待，被挤对，被无形地隔离，他们付出了加倍的努力才在城市站稳脚跟，他们内心的疲惫与孤独无人言说，他们注定是城市永远的外人。王泽荫最后创造出的那具女体，不是欲望的化身，而是代表着王泽荫对新生活最初的向往与憧憬，他将所有完美的部分拼合在一起，却无法赋予这完美的身体以生命，他的一切努力最终都只是一个美好的幻梦，而他最后也和那具女体一起，被埋葬在了远离城市与现代文明的西藏。

另一群人是生活在城市底层的外来者。他们也同样怀揣着“城市梦”，但实现的途径要曲折得多，他们没有技能，没有文化，他们只能在城市沦为打工仔、无业者，甚至是窃贼、劫匪、诈骗犯。比如《借你一颗胆》中的杀人犯“军鳖”和以他为中心的那个松散的“盲流”集团。还有《黑色往事》中的那群少年犯。在谢宗玉的笔下，这些并不怎么光彩的人物形象却显示出了与众不同的丰满与复杂。他们精明又义气，自私自利却肝胆相照。他们在多年的阴暗生活中总结出了朴素的生存智慧，逆来顺受，昼伏夜出，化整为零，有勇有谋。他们填充在城市的角落，他们是城市的背面，是被隔离的底层，他们没有除了同类以外的交际圈，但他们也适应了城市的生活方式，切断了和乡村的联系，构成了一种特殊的城市生态。

但无论是哪一种“外乡人”，我们都可以在谢宗玉的文字间读出他独特的焦虑感。这种焦虑感是源自这些农门子弟内心持续的漂泊。如今城市与乡村之间的界限越来越模糊，离开乡村的人也越来越多，而一份调查报告显示，伴随了中国几千年的乡土情结已几近消失，随着城市化进程的不断加速，这些离开了故土的人只希望通过这种单向的流动和迁徙彻底地离开农村。然而，他们却无法在城市找到自己的立足之地，不论是从物质上，还是从文化上、心理上。谢宗玉笔下的“外乡人”形形色色，有通过努力成功的，有长期徘徊在城乡边缘的，有初来乍到跃跃欲试的，但谢宗玉无意描绘他们的经历，而是剥开他们或鲜亮或褴褛的外衣，向我们展示他们的惶恐与焦虑，一颗颗缺乏安全感的、流浪的、无根的内心。

村庄留守者

在谢宗玉的小说里，有一部分是他的少年“自传”，写到了他的故乡瑶村。对于久居城市的谢宗玉来说，故乡已经非常陌生了，他曾经在一篇散文里写道，当他回到故乡的时候，村里的人已经不认识他了，而他也已经不认识曾经生活过的村子了。谢宗玉写瑶村的散文，多是回忆自己的童年和少年，在城市生活中感到漂浮无根的他，顺着自己来时的道路，又回到了乡村。瑶村在湖南。说到湖南，总让人想到楚文化影响下的梦幻与神秘、奔放与自由。湖南湖北属于“开化”较晚的地区，《国语·楚语下》有“民神杂糅，不可方物”一句，既然在上古时期，这里的人和神祇都居住在一起，即使到了今天，湘楚地区的神与人之间，可能也还是比较亲近的，可以恣意书写而不必过于敬畏，所以谢宗玉的散文总是将日常生活与鬼神之说糅合在一起，呈现出一种独特的神秘的温馨。他在《鬼节扶乩》中写到瑶村持续半月的鬼节，传说中祖先与孤魂野鬼之间的斗争以及通过扶乩与祖先的沟通，在《喊魂》中写魂魄的活动与作息，在《行踪飘忽的捕蛇人》中写蛇的修炼与捕蛇人的神通，在《麦田中央的坟》中写祖先的轮回……这些篇什与四时农事、童年游戏、乡村仪式放在一起，呈现出一个完整的、安然的、温柔的同时也已经远去了的中国乡村。

谢宗玉来到了城市，在他之后，还有大批的青壮年跟着离开了瑶村，现在的瑶村，在谢宗玉笔下仿佛一座寂静的空城。在城市的瑶村人感到孤独与无助，而留守在瑶村的人大概也有着类似的感受。原先的人丁兴旺、人声鼎沸自然早已经远去，到后来每年固定伴随着农忙季节而回归的热闹与繁盛也不知什么时候暂停了，老人们孤独地坐在昏暗的堂屋里，再也没有了几世同堂的天伦之乐，妇女们终年不得见自己的丈夫，只能独立支撑农事，抚育幼子，更有些人把整个家族连根拔起，永远地离开了瑶村。

谢宗玉曾经将一个村子比作一棵树，树上的叶子便是村人的生命，叶子一片接一片飘落，而剩下的叶子便在数着自己的气数。这种在农耕文化时期颐养天命的安详的生命姿态，在现下看来却蔓延着消极与绝望。人都走了，不回来了，离开了的瑶村人像无根的浮萍，而作为根的瑶村也逐渐衰败下来，不能再起到根的作用。这是瑶村的现状，大概也是中国无数乡村正在经历的现实，青壮年的离开带走了乡村最旺盛的生命力，也带走了乡村最基本的生产力与人际平衡。谢宗玉自己也描绘过这样凋敝的乡村场景，人与人之间温情不再，取而代之的是各顾各的冷淡与隔膜，是生存危机所带来的争执、矛盾乃至仇恨，乡村再也不是安详与怡然的，虽然它看上去更加平静了。老人们将自己的寂寞与孤独凝固在老屋的清漆中，妇女们把等待与绝望扦插进日复一日的秧苗，面对空旷的瑶村，他们的守候仿佛失去了意义，谁还会愿意回到这个落后的、衰败的家呢？那这个凋零的家，又有什么值得坚持与守护的呢？这是当代中国乡村的悖论，城市还没有来得及反哺乡村，就早已经把乡村的气血文脉消耗殆尽。谢宗玉《一个夏天的死亡》中写了那么多的自杀，并在文章的结尾处指出了这种现象在当代农村的普遍性，这种笼罩着绝望与孤独的乡村，甚至蔓延着冷漠与仇恨的乡村，固然已经无法慰藉已经远走的都市外乡人，也同样焦灼和消耗着留守者的内心与灵魂。

植物寻根记

很多人熟悉谢宗玉，是从他的《遍地药香》开始的。这本书可以看作是一本乡村植物志，也同样可以看作是一部乡村的日常生活指南。植物的用途固然是多种多样的，有作为食物的马齿苋、鱼腥草、木槿花，有作为药物的半边莲、山薄荷、灯心草，还有作为玩物的苍耳子、指甲花等等。但是在谢宗玉的眼里，植物与人类的关系并不是单向的、物化的、实用主义的，更多的是共生的、灵性的，植物对于乡村来说，不是单纯的作物，而是接近神祇的存在。每一株植物都有着自己的性格、自己的“人生”，有自己的生老病死、爱恨情仇，也有它们各自不同的与乡村的人们交往的方式。柳树是为爱情而亡的情圣，车前草是开山探路的忍者，棕树是奋发向上的精英，臭牡丹是特立独行的哲人，苍耳子在无意中揭穿了不伦的恋情，指甲花启蒙了女孩子爱美的心思，鱼腥草拯救了饥肠辘辘的砍柴人，牛王刺划伤了顽皮的孩子却点醒了朦胧的初恋……更有些植物，或承载着古老的仪式，或带着原始的蛊惑，一直深入村民的精神世界：端阳节驱毒的七叶樟、辟邪的艾叶，还有妩媚得魇人的莲和焰峰柴，又给原本开阔疏朗的乡村带来时隐时现的梦幻与神秘。

谢宗玉笔下的南方乡村瑶村，植物是邻居，是帮手，是朋友，有时候也是敌人。千百年来，瑶村人就这样与植物一同生活，离开了这些植物，人的生活也无法完整。植物是人们的童年玩伴、生活必需品和精神寄托。费孝通曾说过，乡村人口的相对固定化，使得乡村的生活长期以“熟悉”的方式运转着，他们面对熟悉的人，熟悉的动植物，熟悉的天气，总有一套熟悉的办法。这套办法流传下来，就成了乡村生活的根基。可是如今，这一切都被打破了。在现代化和城镇化的今天，乡村的人口不断流出的今天，连植物都已经开始被人遗忘。一片不再经营的桃园，一棵不知何时死去的老树，一种不再会端上餐桌的野菜，都标志着我们正在失去和自然最亲密的关系以及这些通过自然来传承的乡村价值。当越来越多的人选择离开村庄的时候，我们还有植物能够长久地固守在一个地方，当人们对远去的亲人朋友都逐渐忘却的时候，也还有植物能够维系一些乡村长期熟悉的法则，维系我们对故土的回忆。如果植物都已经在人们的遗忘和忽略中远走他乡，那我们与代代相传的经验文化对接的依凭就又少了一种。如果没有这些关于植物的生活与文化记忆，植物就只能是植物，陌生的，隔离的，无意义的植物。如果人们不再认识这些植物，不再记得鱼腥草可以充饥，不再感受一棵柳树的爱情，瑶村还是瑶村吗？我们就再也回不去了。当远去的瑶村人不再归来，当现在的瑶村越来越凋零和空旷，唯有遍地药香能够唤醒我们久违了的关于自然与传统价值的回忆。所以谢宗玉却固执地将自己的灵魂与根基留在瑶村，留在自己的童年，留给这些永恒的、基本的自然物态，不论是植物、雨水、雷电甚至是八月乡村中的滚滚热浪，都在谢宗玉朴素的笔下汇聚成一个超然物外的桃源，只有那片巫韵飘荡、万物有灵的土地，才是谢宗玉笔下真正的心灵家园。

在这个有十三亿人的大国里，背井离乡仿佛已经成了常态，城市的飞速发展和膨胀，早就把曾经依靠和归属的乡村抛在了脑后，可是却没有能建立起真正属于城市的文化根基。所谓的只剩下欲望的城市，在精神上垮掉的城市，充斥着孤独与虚无的城市，在中国这个独特的地域范围与文化空间里，有着属于中国自己的解释。那就是如谢宗玉所说的，太多人的“血和泪都在农村耗干了，进城的，只是一具麻木的空壳而已”。谢宗玉的文学创作，从城市写到乡村，从现在写到过去，虽然他的小说与散文显得格格不入，他的创作风格也似乎有些“精神分裂”，但谢宗玉其实一直是单一而执着的，他不断地剖析自我，紧密地追寻着自己的乡亲们，固执地回忆和美化自己曾经苦痛不堪的乡村生活，都是在为自己无处安放的灵魂寻找，甚至是重建一个精神的家园。我们需要这样融会了乡村与城市共同的生活经验的作者来梳理当代中国的城乡关系，也需要他们带领我们回到业已陌生的乡土中国，寻回我们几乎失传的传统价值。这份工作交给谢宗玉，那真是再合适不过了。

第二辑

我们需不需要和这个世界同归于尽

近年来的小说创作中，后现代已经成为一个越来越显性的趋势，而本期的“新势力专号”也不例外，以荒诞和畸形作为主打，加上具有传奇色彩的现实主义，是构成这几部小说的基本要素。中国当代文学创作发展至今，流派和主义似乎已经不那么重要了，即使是再老老实实忠于生活进行创作的现实主义作品，在描写我们身处其中的不断异化的社会生活时，也会表达出一种怪异和荒诞来。因此，面对如此光怪陆离的时代与社会，创作者用更加夸张和随心所欲的方式来凸显荒唐，更激烈和极端的态度来反抗滑稽与虚无也就不奇怪了。

普玄的《酒席上的颜色》和苗炜的《面包会有的》可说是这期“新势力”中将夸张与极端发挥到最大张力的两部作品。《酒席上的颜色》讲述的是一个二奶的故事，但其独特的视角与叙事方式却给人耳目一新的感觉。随着改革开放和计划生育的深入推进，传统的中国式家族和家庭价值观受到新观念的严重冲击，但普玄的这部作品所展示的却不仅仅是冲突，还有在新的社会环境与法律环境中，传统价值观如何以更为残酷的方式呈现。只拥有一个女儿却无法继续生育的原配妻子，背负着“无后”沉重枷锁的男人，无法得到合法地位也无力抚养孩子的“二奶”，还有得不到父母疼爱和自身正当权利的私生子，都是在现代婚姻道德与法律中无法寻得慰藉与支撑的人群。因此他们选择“曲线救国”，将自我从宗族与家庭的关系中剥离出来，用“国法”来惩治犯下“家法”的人。看似逐渐式微的传统家法与家庭观的生命力其实远比我们想象的强大，看似早已取消的带着残暴与野蛮气息的“家法”也正在以另外的形式持续着它的威严与作用。在这部作品中所展现出来的传统与现代家庭价值观的对冲已经有了鲜血淋漓的展开，并呈现出一种巨大的悖论，为捍卫家族所展开的惩罚与报复，最终的结局却都是妻离子散，家破人亡。刘背头的故事、矿老板的故事、酒厂厂长的故事，从一个私生子的满月酒延伸开来，每个人的故事都带着那样凛然的杀气和烈士般的悲壮，让我们看到在离开封建社会已经百年有余的当下中国，人们仍然被过去所牢牢捆绑的甚至于被新时代逼迫到无处可逃的灵魂。

《面包会有的》由一场饕餮盛宴开始，用一场“人造食物”试吃会结束，以食欲作为切入点，讲述欲望如何从原罪变为审美，而最终又归于罪恶的过程。杨大卫作为一个食品商人，一直穿梭于世界各地寻找最精致、最刺激的味觉享受，并在这个过程中结识了同为美食达人的朱海伦并与之相恋。然而过度进食让杨大卫患上了急性胰腺炎，死里逃生之后与朱海伦分手，并成了清心寡欲的素食主义者。在小说的最后，朱海伦邀请杨大卫投资她的人造食物公司，为的是减少浪费，使全球的食品供应更加平衡。整部作品节奏很快，弥漫着淡淡的戏谑感。前半段充斥着大量关于美食场景的描写，作者精细地刻画着每一场宴会的排场与讲究，食物的香气与口感，似乎与我们平时在《三联生活周刊》上读到的美食随笔大同小异，但苗炜却在这种将食欲审美化的文字中穿插着杨大卫偶尔不合时宜的忆苦思甜的话语，这就立刻将那些精致的物质享受变成了装腔作势的噱头。在杨大卫病倒之后，他卸下了成功人士、美食家的外壳，重新回到了他因为饥饿而对食物充满兴趣的童年时代。这种对食物的敏感是出于本能而不是经过包装的品位，食欲在这一刻终于走下神坛，回归了原始。朱海伦举办的人造食物试吃会把作品推向了最后的高潮，这种毫无口感的替代食品却不仅要赋予安全而逼真的食肉体验，更要解决全球范围内的饥饿问题。这一次对食欲最后的升华也是全作最犀利的一次反讽，食物换成了替代品，而欲望也有了更加体面的外衣，成为为全人类福祉而奋斗的高尚情怀。杨大卫和朱海伦作为两个不同世代的代表，前者或许还带着对食物本身淳朴的渴望与敬畏，对欲望毫不遮掩地投入，后者则已经是将一切欲望都矫饰为生活质量、生活品位和生活美学的新新人类。我们无从判别两者的优劣，但后者无疑更令人感到恐惧，它所表达的虚伪、雄辩、媚俗、自以为是会使一切形而上的价值都归于虚无和湮灭，只剩下永恒的欲望。

除了《面包会有的》，石一枫的《地球之眼》则从另一个角度展开了对当下社会年青一代的探讨。作品讲述了三名大学生毕业之后截然不同却又相互纠缠的人生之路，安小男虽然头脑灵光，技术过硬，却因为其没有背景和不知变通的性格在职场上屡屡碰壁，穷困潦倒；庄博益的出身和能力都属尚可，靠着灵活的思维和钻营能力拥有了一定的社会地位和财富；而李牧光是含着金汤匙出生的“富二代”，背景雄厚，轻轻松松就能出国深造，开公司赚大钱，站在食物链的最顶端。衣锦还乡的李牧光雇用了安小男负责公司仓库的监控与安保，但安小男却靠着他给李牧光设计的监视系统监视和揭发了李牧光，把他和他的家族彻底搞垮了。这听起来是一个“逆袭”的励志故事，然而石一枫的作品却并不是这么简单，这场逆袭原本是安小男的道德保卫战，而《地球之眼》的独特之处却在于消解了道德的至高无上，展示了这个时代道德的虚无处境。安小男是道德卫士，李牧光是反道德者，而庄博益则是去道德者，安小男的胜利的确是对他内心高尚的道德准则的捍卫，是对他过去曾经做过背德之事的忏悔，但在别人看来，这又何尝不是一种极端的仇富，为自己和亲人在改革中所付出代价的一种报复呢？他所做的一切无人喝彩，作为被惩罚对象的李牧光不仅毫无愧色，反而百思不得其解，而信奉明哲保身的庄博益也同样认为安小男不必为自己的行为扣上道德的高帽。道德讨伐在这个时代早已失去了纯粹性与正当性，占领“道德制高点”反而会受到嘲讽与攻击。作者设置了安小男这样一个纯粹的卫道士，却让他无法摆脱为讨生活而不得不去做“枪手”的命运，让他无法向别人解释自己对李牧光下手的动机。青年时代安小男“过剩”的道德感也许只会带来尴尬，但步入社会后道德感让他直到最后也一无所有，只能如同人肉炸弹一般让自己与李牧光同归于尽。

《上访西施》和《倒立的条件》这两篇则更让人看到这个时代道德与法律背后的空虚与绝望。《上访西施》的作者杨守知一直以描写乡村干部的作品见长，这部作品也不例外。王采莲因为丈夫的冤案多年来不断进京上访，而村干部刘再新则负责追踪、阻止她的上访行为，以防王采莲破坏村里的维稳形势。看起来是猫鼠游戏两端的两个人，却奇异地产生了同是天涯沦落人的惺惺相惜之感。近年来，以基层干部作为主要题材的文学作品逐渐热门起来，对农村，乡镇干部政治生活的还原让我们得以触及到中国政治体制网络的末梢，这些干部距离权力核心非常遥远，却与自己的服务对象密不可分，因而显得“官”气稀薄而“吏”气浓重。作品中的刘再新就是这样一个人物，他处于官场食物链的最底层，没有一技之长又不会钻营逢迎，在职场上显得唯唯诺诺、战战兢兢；而在家庭中他依然没有地位，妻子美丽而有能力，可他却事业无成，还有阳痿的毛病。虽然是国家干部，刘再新却比一般人过得更加窝囊和憋屈，他的家庭与他的事业无处不散发着绝望与虚无的气息，唯一能让他感到安慰的，反倒是自己的维稳对象王采莲。但作者没有让这两个人顺理成章地发展出暧昧的关系，反倒在他们温情脉脉的关系中更增添了一分空虚，他们相互取暖却无法交心，关系密切却并无交集，最后王采莲决定放弃上访回到老家，刘再新发现了妻子出轨的证据，却选择了放手一切，追随王采莲而去，这是巨大绝望之后的大彻大悟，还是无边空虚之中寻找最后的一点慰藉，我想二者兼而有之吧。《倒立的条件》一篇则深入到了女子监狱，描写了一个重案女囚申诉与减刑的漫漫长路。肖云彤在找工作的过程中遭遇性侵犯，自卫时失手杀死了对方，被判无期徒刑的她希望通过申诉确立自己正当防卫的事实，获得减刑甚至无罪释放，却遭到了狱警的反对。在监狱这个非常态的环境中，道德与法律不再能用一般的标准来衡量，肖云彤申诉事实却成了拒不认罪，勤奋工作、态度良好换来的难得的减刑，却因为狱友的自杀而被连坐取消，为了传递出申诉的信件，甚至不得不与强行猥亵自己的狱友魏兰虚以委蛇。整部作品弥漫着强烈的荒诞气息，然而又时时提醒着读者，这一切都可能真实地发生在我们生活的这片土地上。

在这一期“新势力”作品中，还有两篇现实主义风格的作品，分别是胡雪梅的《团头鲂》和任晓雯的《药水弄往事》。《药水弄往事》讲述的是抗战初期上海近郊苏北人聚居的棚户区艰难的生存，着力描写了宋没用一家如何在贫穷与战争的双重打击下家破人亡。《团头鲂》讲述的是“文革”时期由武昌鱼的研究引发的一系列故事。将这两部作品和前面提到的作品进行对读，我们似乎可以梳理出中国人在这近百年以来的生活与精神脉络。在药水弄的时代，棚户区的苏北劳工除了活着，无法拥有更高的精神追求，甚至为了能够活下去，要放弃尊严和体面。宋没用原先是一个坚强而纯真的女孩子，她全部的生活便是讨母亲的欢心，以及挣钱贴补家用，然而接二连三的打击袭来，父亲、大姐、母亲去世，二姐和哥哥不知所踪，宋没用走投无路，只能去哀求曾经猥亵过自己的男人的母亲收留自己。而《团头鲂》的故事里，红旗为了让张新红给自己的母亲道歉，拒绝了她在水中的求救，最终导致张新红溺亡，而红旗的母亲却自愿为得五顶罪，给了红旗生存的机会。这两部作品格调哀婉，娓娓道来，却又有一种坚强而决绝的力量蕴含其中。宋没用最后的恳求，红旗一生不吃武昌鱼的誓言，还有得五最后投江自尽的决定，都让我们感到中国人特有的以命相搏的生活姿态。失去生命并不可惜，生命就是用来豁出去，来获得自己想要的东西的，宋没用是如此，红旗的母亲是如此，而刘背头、矿老板、安小男、庄博益、王采莲、刘再新、肖云彤又何尝不是如此呢？杨大卫还有王蘑菇、朱海伦又何尝不是如此呢？这是蛮横、是本能，也是失去了所有的寄托之后最后的手段和抗争，要的就是头破血流，要的就是同归于尽，仿佛只有这样，才能在这个不断扭曲的世界里活下去。

在当下，这种本身就过分决绝的生活哲学似乎还有愈演愈烈、几近魔幻的趋势。我们在新闻中看到那么多站在塔顶的讨薪民工，那么多挡在门前的抗拆钉子户，中国人好像向来就只知道用自己的血肉铸成自己新的长城。面对这个荒诞的社会，作者呈现给我们的作品，似乎都是荒诞，也似乎都是现实。那么除了展示这种荒诞的真实之外，写作者还能不能找到这个时代新的寄托，达到新的救赎？我想这也许是需要思考的问题。

《独唱团》：关于理想的课堂作文

如果上网搜一搜“独唱团”这三个字，跳出的页面数都数不完，在几乎每一篇对《独唱团》这本杂志作介绍的帖子中，都会有这样一句话：“《独唱团》，原名《文艺复兴》。”这个原名没有能够印在杂志的封面上，却通过这样的方式广为流传，宣扬着这本杂志的初衷和目的。

“文艺复兴”在历史上是一次文学艺术的高潮，但却是打着复兴的旗号在进行创新，这个名词既是浪漫的，又是战斗的，还带有一点点的无奈，也许这正是主编韩寒对这本杂志百感交集的定义。现在在封面上出现的名称“独唱团”，也同样值得玩味，它是一个“团”，演员却在“独唱”，这是一种期待，一种理想，一种所有人都可以发出自己的声音，而不必被迫写出一个调调的作品的理想，一个不管想说什么都可以直抒胸臆的理想，也是一个不论发出什么样的声音，都可以在这里和谐共处的理想。

一、文学理想的生活感悟

在《独唱团》卷首语中，韩寒有这么一段话：“但总有一些世界观，是傻逼呵呵地矗在那里的。无论多少的现实，多少的打击，多少的嘲讽，多少的鸽子都改变不了。”[①] 这样的世界观是什么呢？是“写点小诗，弹点小吉他，摘些小花，女生们都被迷倒了”。[②] 女生们会被这样的情调所迷倒，这在现实中是不会发生的，至少不会常常发生。如果这样的“文艺腔调”可以带来爱情和仰慕，那么文艺在某种程度上来说，便是“复兴”了。这是韩寒的文学理想，希望文艺是纯粹的，原初的，是温和而柔软的，令人动容的。

在这本杂志中，我们可以看到许多人的理想：儿时的，少年的，生活的，思想的。《独唱团》的第一篇文章是周云蓬的《绿皮火车》，写的虽然是漂泊和旅行，但其中有一个中心的城市，就是北京。把北京作为自己的理想，我想是每个人年少的时候都做过的事，因为它代表了一个国家的中心，是由巨大的天安门广场、雄伟的万里长城、高大的人民英雄纪念碑搭建起来的昂扬的、欣欣向荣的影像。就算是生长在北京的人，心中也会有一个名为“北京”的意象化的城市存在。随着我们慢慢长大，那个遥不可及的心脏一般的北京就会慢慢消失，而这，正是我们与理想逐渐背道而驰的一个表象。但是在周云蓬的散文中，虽然对北京的印象在改变，但是北京始终是他心中的依靠。开篇写的是他的童年：“我认为中国是世界上最大的国家，沈阳是中国最大的城市，当然除了北京。”[③] 北京在这里，就是我在前文中所提及的意象。当作者长大见了世面之后，北京的政治神圣感被消解了，但它作为文化的圣地，又再一次勾起了作者的心思：“那时我那么崇拜文化，一下火车就

---

① 《独唱团》卷首语，2010 年 6 月。

② 同上。

③ 同上，第 5 页。

去了王府井书店，还没拆的那个。傍晚，去了陶然亭，因为我刚听过收音机播的《石评梅传》，想去拜祭一下这位遥远的才女。”① 当然，北京也被作为出人头地的最佳地段：“爸爸说，你要想唱歌，就得向毛宁学，争取上中央电视台，人家就是沈阳混出来的。”② 但最后，北京是一个温暖的归宿：“这时，我又想念起那个遥远的‘大锅’（即为北京——笔者注）了，它是温暖的，可以肌肤相亲的，世俗的，有着人间的烟火。”③ 就这样，北京对于周云蓬来说，已经不仅仅是一个地理概念，不是一个没有感情的城市，漂泊不会是常态，如何将流浪和漂泊诗意化、浪漫化，已经是一个老生常谈的问题，但如何将自己旅行归来之后，投入繁琐的日常生活的这个城市作一个理想化生存的叙写，我想这倒是一个新鲜的故事。

同样描写日常生活核心价值的，还有欧阳应霁的《贴地快感》。这篇描写香港本土车仔面的文章，展示着香港人一向对市井生活的关怀和尊重。我们在很多的香港电影当中，看到的都是狭窄的街道，凌乱的霓虹灯，各色小人物，那种廉价而饱满的烟火气息也同样出现在欧阳应霁的文章里：“相对的便宜，多选择，快，自有其混杂无章的口味，这也正是我理解并且认同的最贴地的香港市井核心价值。”④ 这种核心价值和每一个香港人一同成长，就算长大后的生活千变万化，车仔面的回忆是不会消失的。做一个骑着摩托四处吃车仔面的骑士，对于欧阳应霁来说，又何尝不是生活的理想之一呢？

---

① 《独唱团》卷首语，2010 年 6 月。
② 同上，第 7 页。
③ 同上，第 9 页。
④ 同上，第 25 页。

说到骑摩托，人们自然就会想到那种风驰电掣的快感，《摩托日记》所叙述的，就是一个爱车人的车生活，文中提及的各种型号的摩托车，太过专业，太复杂，使得这篇文章的可读性较低，为什么会将这样一篇近乎专业的车评文章选用在这本文艺杂志中？我认为这是因为文中所表达出的那种对自由、对孤独的体会和思考。作者梁朝辉对摩托车的初体验，也是源自童年："这台车没有设计电源钥匙，踹两脚就能启动引擎，这种功能用现在的说法是'无钥匙启动'，它似乎是为我设计的，因为我常常能在邻居午睡之时，不用钥匙就能骑着跑不快的小摩托飞奔几十公里，永远一个人，做贼般走向孤独，然后在主人睡醒之前安全返回。那一年，我 12 岁。"① 后文写了大量各种型号的摩托车，描述它们的性能，但是最终，所有的摩托车在作者眼中还是回归到他最初玩小摩托时所产生的摩托理想：自由和孤独。

对于自由和孤独，另两篇的诠释可能更为彻底，那就是林少华的《为了破碎的鸡蛋》和咪蒙的《好疼的金圣叹》。林少华是国内村上春树翻译的权威，这篇《为了破碎的鸡蛋》是对村上文学观的一次总结陈词，文抄公式的写法，只为了表达一个观点：每个人都应该为了自由而奋起反抗，不能成为沉默的大多数。而咪蒙的《好疼的金圣叹》，则是借助 16 世纪的才子金圣叹，来反抗网络时代文艺的娱乐化倾向和体制对文学创造性的扼杀。金圣叹是孤独的，然而他至死都保持着自己的独立性和对社会的嘲讽。村上春树和金圣叹，体现的是《独唱团》对当代思想界以及知识分子的期待与理想。

---

① 《独唱团》卷首语，2010 年 6 月，第 19 页。

《独唱团》是杂乱无章的，一万个人有一万个生活理想，怎么说得完呢？就算杂志中的每一篇文章都在诉说一个理想，又有什么意义呢？这种关于个人生活的私密经验，对于“文艺复兴”的理想，又有什么意义呢？在《独唱团》即将上市之时，韩寒的博客中有这样一段话：“我们总说，这个社会需要常识，需要启蒙，但其实我认为，互联网十年，该启蒙的人已经被启蒙了，有常识的人一直有常识，大家其实都知道美和丑、善和恶，只是我们有不可抗力的因素导致我们在台面上要扭曲和违背一下自己。”① 所以，有什么样的理想并不重要，重要的是有一个公开的平台，也就是一个台面，使得所有人可以不加修饰地、不用扭曲和违背地表达自己的理想。在所有的文学概论的教程中，我们所上的第一节课就是“文学的作用”，文学的作用就是表达和启迪，而只有发自内心的表达，才能给人以真正的启迪。

二、社会理想的“现实一种”

我们所熟悉的韩寒，一向是夹枪带棒的，尤其是这两年，他的博客开通之后。他利用他的博客，针砭时弊，口诛笔伐，言辞犀利，大有“直面惨淡的人生”的气概。也因此，对他的评价也就越来越入世，他被称为“青年意见领袖”、“最有影响力的人之一”，甚至被人调侃地称为“行风监督员”。不论现下的青年人到底是怎样看待和思考人生和世界，韩寒都已经被贴上了“代表”的标签。在一个前所未有的，几乎所有

① 韩寒博文《2010 年 6 月 10 日 一些琐事》。

的青年人，不管是物质生活还是社会地位，都处在社会的底层的时代，韩寒成为了青年人的代言，代表他们抵抗这个社会的不公正、不公平。

建设一个民主的、和谐的、公平的社会，也许是韩寒的社会理想。所以《独唱团》并不是对人生理想的临高虚蹈，也有作者对所谓“不可抗力”的书写。《你们去卅城》、《幸福村》、《电击敌不过催眠》、《合唱》、《这个夏天你去不了》、《耐克来兮》、《秋菊男的故事》、《我想和这个世界谈谈》……这些篇目的主题明显都非常沉重。《你们去卅城》这篇小说，像是对性工作者的一份调查报告，这份报告细致入微，客观冷静，差不多完全揭开了这个神秘行业的面纱：公司化管理，品牌化营销，标准化生产……看起来和别的产业并没有什么大的不同，只不过生产和销售的商品是女人的身体。但就是这样的产业化，让从事性工作的女性失去了自己最后的人格和尊严。小说中并没有议论和抒情，只有完全的写实，只是这样的写实，却更让人觉得触目惊心：“能在这样规范的酒店里做桑拿，比起一些不知底细的桑拿沐足场，还有那些被桑拿行当淘汰的站街妹和发廊妹，真是好很多了，至少安全些、稳定些，至少公司还每月组织体检。”① 这些被当成商品的女孩子，只能用这样的话来自我安慰，至少自己不是最没有保障的那一群人，甚至用自己进了“大企业”这样的话，来满足一下自己内心潜藏的自尊。同样是描写性工作者，《我想和这个世界谈谈》里关于珊珊的部分，则带有一点黑色幽默的味道。文中不再将珊珊作为一个被交易的客体来描写，而是将她写成了一

① 《独唱团》，第 65 页。

个执着而天真的女孩子，尽管她是一个妓女，但她的内心却如同圣母一样纯洁和坚强。而作为这个“地下工作者”对立面的警察，本来应该是正义的化身，前来阻止这场皮肉交易，却被描写成为无能、蛮横、仗势欺人的角色。这样的安排，和作者韩寒一贯的风格是相似的，在同时面对弱者和强权的时候，他总是将弱者描写成受难者，来讽刺和斥责强权者。

《幸福村》和《这个夏天你去不了》两篇小说，分别描写了两个弱势群体：空巢老年人和青春期的孩子。《幸福村》中的“幸福村住宅小区”，是一个住满了空巢老人的小区，老人们每天的生活便是买菜、打麻将、看电视，被社会遗弃的他们，不再注意自己的生活品质，整个幸福村就像一座安静的死城。主人公吴老太本是一个自我感觉良好的漂亮老奶奶，自觉与幸福村的那些毫不讲究的老人格格不入，在丈夫去世之后，一心想要追求属于自己的浪漫爱情和美好生活，但是在经历了势利而吝啬的老将军和花心而浮夸的“手风琴”之后，吴老太对自己晚年的爱情生活彻底绝望，找不到精神寄托的她，开始捡废饮料瓶去卖，这种拾荒，最后竟然成为了她生活的唯一内容，而吴老太也和幸福村中的其他村民没有了区别。空巢老人的孤独一直是社会的热点话题，从社会保障、子女义务、老年人心态等方面都有过许多的讨论，但是家庭规模的不断缩小，家族联系的逐渐缺失、社会公共服务体系的落后，使得这个问题始终得不到解决，幸福村中的那些老人，原先可能也和吴老太一样，渴望在退休之后、自由之后能够更加光鲜地生活，至少能够维持自己原先生活的充实和体面，但是他们最终都沦为不修边幅，失去性别和性格的存在。他们并不是没有努力过，但却比年轻的时候更加受挫。

《这个夏天你去不了》中的陈小兵，代表的是另一个被忽略的群体：单亲家庭中的青春期少年。陈小兵的母亲死于脑溢血，父亲在母亲死后很快再婚。结婚后的父亲沉溺于新婚，对陈小兵几乎到了不闻不问的状态，父亲的甜蜜和陈小兵的孤单形成了巨大的反差，使他成为一个人人躲避的问题少年。就在这个家庭貌合神离暗流涌动的时候，后母方柳柳与前夫的女儿苏文文来到了这个家庭。和陈小兵一样，苏文文也接收到了来自这个重组的家庭的敌意，这使得陈小兵对她产生了同病相怜的淡淡爱情。这场单相思在陈小兵的一次疑似非礼中结束，在这个事件之后，陈小兵离开了这个家，成为城市中千万个民工当中的一员。陈小兵的故事让人难受，因为在这个故事中，没有绝对意义上的善和恶，陈小兵的父亲陈学平也许是想摆脱前妻去世的阴影，才决定和方柳柳结婚，而方柳柳也是为了能过上安稳的日子，才嫁给了陈学平。他们的结合，并不是一个错误。但陈小兵和苏文文是两个不幸的家庭的遗留，他们的存在，对陈学平和方柳柳来说，多少代表了对过去生活的不幸的回忆，也正因为如此，他们才选择了忽略。但是对这两个孩子来说，他们也是这些回忆的直接受害者，却无法在父母身上找到安慰，因为原先来自不同的家庭，他们也无法像他们的父母一样相互安慰。陈小兵用叛逆来表达他的不满，而苏文文则选择了逆来顺受。这也许是很多重组家庭的现状，我们为这些孩子感到心疼，却无法责怪他们的父母。在一个人人都需要安慰和遗忘的家庭中，应该怎样处理每个人的心理诉求，而不是让他们之间逐渐走向冷漠，这是一个难以解决的问题。

在其他的作品中，还出现了社会的各种底层人物和弱势群体，比如《秋菊男的故事》中那个维权失败的穷学生，《耐克来兮》中渴望发财的乡村渔民，《合唱》中蜗居城市的低俗短信编写家，《电击敌不过催眠》中自欺欺人的广告公司小文案……他们的生活艰难晦涩，孤立无援，就像韩寒在博文中所写的："每一个廉价劳动力，你们是中国的筹码，GDP 的人质。"① 这些关注着社会问题的作者，试图在 GDP 的数字之外，发现这些年轻人生存的现状和意义，试图提醒人们这个社会存在着扭曲的地方和不合理的观念，试图觉醒那些苦苦挣扎的人们的现状，给予他们改变的勇气。虽然韩寒一再宣称，《独唱团》是一本文艺杂志，不要指望它承担太多改变社会的重担，但是从入选的这些作品来看，韩寒并没有放弃他作为一个"意见领袖"所要达到的社会理想，并且通过这些作品，传达着"革命尚未成功，同志仍须努力"的沉重呼声。

三、创作理想的箕踞而坐

如果按照现行的文体分类方式来看《独唱团》，往往会让人心生疑惑。虽然杂志也有一个很笼统的分类，将文字的稿件分为专题、散文、诗歌和小说，并分区排版，但是这些文体的界限并不明确。比如罗永浩的《秋菊男的故事》，虽然作者说是真实的事件，不能算上小说，但是你在阅读的时候，却丝毫感受不出它是一篇散文。又比如周云蓬的《绿皮火车》，如果你要说它是一篇意识流的小说，似乎也并无不可。而《你们去卅城》，据称原来就是一部纪实报告，通篇都采用的是报告文学的写实手法，却被安排在了小说门类里。大多数读者都表示不知所云的语录体文字《人人都是谬误家》，也被归类为了小说。专题《所有人问所有人》，也并不像一般能在杂志上看

① 韩寒博文《青春》。

到的专题报道，它没有主题，撰稿人众多，五花八门，无所不包，也没有什么可以拔出的深度和高度，大多数来源于对未知世界的好奇心。

这样的分类，曾被指没有编辑素养，混乱不堪，但是谁说文学一定要按照各种文体的制式要求去写？又是谁规定一定要按照成规定律来区分稿件？谁又能说散文当中不会有虚构的故事，而小说就一定要起承转合才行？对于一种文体的规定，本不会来自于创作者，创作者只是寻找一种合理的方式来把他的心中所想表达清楚，文体永远形成在创作之后，由评论者来强行规定。而《独唱团》的这种编排方式，恰恰打破了这么多年来不断僵化的文体分类，也就在无形中，打破了评论者对创作的隐性霸权，打破了传统体制对文学创作的束缚与规定，也解放了文本探讨的可能性和多样性。只要能坐得舒服，无论是跪坐还是箕踞而坐，都同样可以，只要能写出深度，写出意义，使用什么样的表达方式，哪怕是杂糅的，又有什么关系呢？

《独唱团》自6月出版第一期，就再也没有了下文，不知道它在出版的过程中遭遇过怎样的波折，第二期还能不能问世，还是只剩下这一本遗世独立。关于《独唱团》的纸媒报道并不多，虽然它本身就是一本纸媒，倒是在网络上，它掀起了轩然大波。对《独唱团》的评价，有高有低，有褒有贬，有说它思想深刻的，有说它无病呻吟的，有说它文字蹩脚的，也有说它精致耐看的。不管怎么样，一本文艺杂志能够拥有这么多的读者，不论他们看后评价如何，这都是很久没有发生过的事情了，就这一点，已经足够让人对文学的未来产生希望。《独唱团》现在只有这一本创刊号，也还有很多匆忙的痕迹，作品网民都自发评价了，的确是有好有坏，就像一篇在课堂上抓紧写就的作文，有败笔，也有闪光点。他们写得很真诚，效果也很不错，对于它的未来，也许我们可以有更大的期待。

双城困境

——蔡东小说论

翻开蔡东小说的这段时间，我正经历着与她笔下的年轻人相同的遭遇和困局：事业无成，身无长物，连恋爱都陷入僵持，而我的同学们正在为找工作焦头烂额，满嘴燎泡。她文本中的深圳生活与我所在的上海并无二致，相似的城市与城市中忙忙碌碌的年轻人是这个时代的标准配备，我想许多读者——出生在20世纪80年代的我们和我们的父母，都会对蔡东的作品感同身受。蔡东的文字是温暖的，然而又是冷静的，她细腻的笔调仿佛锋利的刀片，割开了这个时代不同人群最真实、最疼痛而又最难以言喻的伤疤。

纵观蔡东的小说创作，深圳是她的重要标地。这座城市身处南方，干净清爽，气候潮湿温暖，生长着热情洋溢、枝繁叶茂的亚热带植物，但蔡东却几乎不曾提到过这些温柔可爱的特质，而将深圳更多地描绘成了一个庸俗不堪的暴发户。它是所有新兴城市特征的杂烩："科技、信息、商圈、人气，这些时髦而令人不安的词汇，在深圳变得直观又具体。"它又是标准化城市建设的范例，"深圳地势狭长，象征着一条巨型流水线"。这样的深圳如同机器一般冰冷无情，看似光鲜亮丽，充满掘金的机遇，却在时时刻刻运转着，将心怀远大的年轻人按标准改造，并随时将不符合流水线标准的残次品抛弃。而在这座城市中辛苦生存的外来“白领”，也是蔡东笔下重要的人物群体。这些所谓的“新深圳人”并没有融入这里的城市生活与当地文化，他们选择深圳，只不过是为了“机会多”，“赚钱多”。他们眼中的深圳是单位，是宿舍，是工作，是回报，是简单的合同关系，雇佣关系，金钱关系，内心却从未有过对这座城市的归属感，这座城市以冷漠的面孔面对他们，而他们也同样不会对这座城市有任何感情的投入。但在不自觉中，他们已经被这座麻木冷漠的城市同化，亲情变得疏离，爱情变得现实，理想破灭，生活失去目的……不论是初出茅庐的小销售员，还是年薪 30 万的技术经理，还是事业有成有房有车的中产夫妇，都无法冲出深圳这座城市内化而禁锢住他们灵魂的牢笼。

卢卡奇在《历史与阶级意识》中的“物化”这一概念，这种被裹挟在资本的时空中逐渐将自我的生存对象化的过程，可以说是蔡东笔下深圳生活的完美注脚。以《净尘山》中的潘舒墨与张倩女两个形象为例，潘舒墨少年时一表人才，琴棋书画样样精通，但是现今却因为工作不顺而不得不住在郊区的“农民房”；而张倩女样貌平平又身材发福，却是 500 强企业的技术骨干，项目经理，年收入 30 多万。这样两个无论从哪个角度都天壤之别的人却在同样的时刻感受到了难堪与窘迫，那就是在高中同学的聚会上。蔡东并没有在这场聚会上投入太多笔墨，然而其中的势利与物质化却是一目了然。高中时的英俊才子又怎样，现在还不是潦倒落魄身无分文；IT 精英钱挣得再多又怎样，人都已经胖得脱了形了。同学的情谊早已经不复存在，本该温情脉脉追忆似水年华的现场成为了标准单一的大比拼——男性的标准是财富，而女性的标准是相貌。同学之间的较量是一层物化，而此时张倩女与潘舒墨的落荒而逃则是更深层次的物化，他们不仅接受了这样的标准，根据“标准”对自我进行了对象化的审视，还进一步地对不符合“标准”的自我感到绝望与唾弃。潘舒墨与张倩女的爱情建立在“同是天涯沦落人”的惺惺相惜上，但更多的却是企图通过这样的结合，来填补自己与“标准”之间的差距。

同样的还有《天堂口》中的铁帅以及他的同学、同事们。铁帅做着可有可无的销售代表，拿着没有提成的死工资惶惶不可终日；刘乐在小公司看起来如鱼得水，然而公司的前景却并不明朗；做技术的冠松与大崔抱怨自己的重复劳动，熬不出头；身在国企的小吴则感叹国企树大根深，要走仕途根本没有自己的分儿；而看起来雄心勃勃的孙增贵更是好高骛远，志大才疏。几人相聚吃火锅的场景也如《净尘山》中的同学会一样针锋相对，暗流涌动，抱怨中暗示着自得，羡慕中饱含着讥刺，相互打量着，较劲着，看谁更接近这个城市，这个时代“成功”的标准。

那么那些看上去业已“成功”的人士呢?《无岸》中的童家羽、柳萍夫妇，一个是机关公务员，一个是受人尊敬的大学老师，生活是“一副有家底的模样”。妻子柳萍“熟悉各种品牌追求生活品质，颈上白金链子松松地挂个碧玉坠儿，手腕上一圈绿莹莹的翡翠镯子”。丈夫童家羽修习瑜伽，自觉“眉宇间有股清气”。他们有自己的房子，装饰得清新脱俗，高雅优美，节假日的晚餐总是选择在环境氛围俱佳的西餐厅。与《净尘山》、《天堂口》的主角们相比，他们过的是真正的“深圳生活”。然而女儿童小童一纸来自美国大学的录取通知书瞬间掏空了看似殷实的“家底”，美好的“深圳生活”再难寻觅，而看上去高傲出世甚至有些仙风道骨的童家羽夫妇也被一下子打回了原形。柳萍的清高不过是在单位与八面玲珑的"社科双姝"较量中落败后的自我保护，而童家羽不练瑜伽的时候，也只是一个深谙职场厚黑却始终不得其志的小小科员。这次的"深圳故事"仍然伴随着一场小型的聚会性质的较量，柳萍同事之间关于孩子出国留学与自己出国度假的话题使柳萍积攒已久的压力与自卑猛然爆发，骄傲地宣传着女儿和她的学校，她的同事们附和着，夸耀着自己的孩子。这个过程是"像释放身体里的毒素般，痛楚而欢乐"的，这些相互攀比着的大学教授们，与铁帅们、张倩女们又有什么不同呢？他们和年轻的一代相比恐惧更深，更加失去自由，失去自我。"成功人士"的标志意味着更加严苛、单一化和实质性的标准，与刚开始工作的小年轻们不同，他们是已经完全被物化的个体，他们的较量无关理想，无关假设，无关未来，拼的都是硬通货——是自己穿的衣服鞋子，拎的手袋戴的首饰，是居住的小区孩子的学校，是休假的地点享受的待遇，是隐藏在漫不经心的表情之下精心经营的生活，精细到日常的所有角落，无处逃遁，令人发指。他们都经历过柳萍现在所面临的窘境，将他们曾经以为的所谓出人头地、受人尊敬、经济独立、思想自由统统粉碎，咬碎牙齿将自己套进更加令人窒息的枷锁。

这是一个不需要个性的城市，容纳着无数渐渐抛弃自我的个人。从铁帅、潘舒墨，到张倩女，再到柳萍、童家羽，我们看到的不仅仅是这个城市艰难生活的人物群像，更是每一个个人在这座城市整齐划一的生活轨迹，他们如何恐惧、挣扎、疼痛，将自己不适应深圳这条流水线的部分割去，埋葬，永远都有新的标准等待着，逼迫着他们不断地削足适履，直到所有的人都变成一样的面孔与样态。潘舒墨不再摆弄自己的琴棋书画，每天回到农民房的第一件事就是洗干净自己唯一的衬衫，他不愿意与张倩女肥胖的身体交欢，却命令自己为了今后的体面生活提枪上马；铁帅也不再在绿茵场上挥汗如雨，甚至不再要求心有灵犀的浪漫爱情，满足于每日给自己做好饭菜的柔顺“老婆”；柳萍也不再幻想自己是清高脱俗的女先生、乖僻才女，每天带着讨好的微笑去向贪得无厌的后勤主任乞求一套“周转房”……蔡东笔下的张倩女每日面对着后盖被封死的电脑进行枯燥的 debug（排除程序错误）的工作，在我看来这是一个绝妙的隐喻，她笔下“深圳故事”的每一个人物都在这样一个封闭的机箱内，对自己做着无穷无尽的 debug 工作，直到自己如同标准的程序一般，完美流畅地运行。

除了深圳，蔡东笔下的另一个城市是北方的小城留州。留州并非是一个真实的城市，我更愿意把它看作是蔡东作品中所有类似的小城的统称。它是时尚繁华的深圳的反面，它是保守的，传统的，人情的，是有根基的。蔡东把她笔下的另一典型的人物形象留在了留州。这一形象很多批评家认为是中国现代文学“零余者”形象的延续，而我更愿意将他们与波德莱尔笔下的“浪荡子”划为一类。他们有一定的才华，却算不上天赋异禀，他们看起来潦倒落魄，实际上却有自己的执着与讲究，更重要的是，他们早早地脱离了现实的社会生活，不愿与庸常的大众为伍，不仅仅是觉得自己的才华会被埋没，而是因为这样为五斗米折腰的生活如同卖艺一般失格，正如“浪荡子”不仅仅是衣着讲究流连花丛的风流男子，更是拒绝现代性、反抗现代生活的贵族遗少。正如波德莱尔所言：“一个人除高雅之外别无主张，他就将无时不有一个出众的、完全特殊的面貌”①，“具有同一种反对和造反的特点，都代表着人类骄傲中所包含的最优秀成分，代表着今日之人所罕有的那种反对和清除平庸的需要”。②《净尘山》中的张亭轩，早年是高中音乐教师，但他认为校长根本不懂音乐，埋没了他，于是“辞官归田”，过起了闲散仙人的生活。他会唱昆曲，会泡功夫茶，亦略通文墨，吃穿用度都极其讲究审美性，颇有“肉不方不食，席不正不坐”的气派。他不工作，也不做家事，终日高谈阔论，将整个留州城的奇人异士都聚集在了身边。他周围环绕着与外界格格不入、仿佛时间静止的空间，任何闯入他空间的人都必须按照他的规则行事，必须诗意，必须文雅。《木兰辞》中的陈江流是师专的美术老师，专修国画，他曾经做过艺术家的梦，但最终留下的只剩艺术家的忧郁气质和审美的生活习惯。他排斥进取，排斥经营，认为自己并不是不求上进，而是拒绝这种浮躁和庸俗的人生展开。他的生活态度如同国画一般讲究清淡、单调和意境，因此他厌烦志得意满积极为他谋划的妻子，中意淡雅精致举手投足都显得漫不经心又充满诗意的邵琴。而在得知邵琴八面玲珑精于世故的一面时感到破灭，看到在广场上翩翩起舞的妻子李燕时又重拾了爱情。虽然张亭轩与陈江流是自己困顿生活的“罪魁祸首”，但我们在字里行间却看不到蔡东一丝一毫的责怪。她理解他们，甚至羡慕和敬佩他们，她在字里行间保护着这样的人物，替他们的不识时务、不识抬举和窝窝囊囊辩解，他们并不是故作姿态，并不是附庸风雅，更不是逃避现实，而是自愿地遗世独立，企图达

① ［法］波德莱尔著：《现代生活的画家》，《波德莱尔美学论文选》，郭宏安译，人民文学出版社，1987年，第499页。

② 同上，第501页。

到更为自在的生活，渴望建立一种独立的形而上的价值体系，不愿意被拖进世俗的泥淖当中。这样不食人间烟火的人物是不可能活在深圳的，深圳的张亭轩和陈江流只会成为另一个童家羽，另一个林君，做着仙风道骨的表面文章，以这种夸张的姿态掩饰自己内心的浮躁与煎熬，但是在留州，这样的出世却是真诚的，具有实在的反抗现代性的意义与精神价值。

这样的留州在蔡东的笔下似乎已经具备了精神家园的气质，但是与深圳从始至终不曾改变过的形象相比，留州在蔡东创作中的样貌变化更引起了我的注意。在她早期创作的《断指》、《结发》等篇什中，这个城市是俗气的、市井的，充斥着街头巷尾的闲言碎语，连亲情都模糊地带着算计的成分。比如《断指》中余建英与侄女最终对簿公堂以及与妹妹余建珍之间的冲突，《结发》中大舅后两次失败的恋爱，都体现了一种小城市特有的混杂着乡土气息世故精明的小市民习气。然而自《往生》一文开始，留州的面貌开始发生变化，它开始变得更为质朴、纯良，交融着世俗的人情味与民间传统的道德律。同样是街头巷尾的闲谈，却夹带了更多的善意，连广场舞老太太的八卦都带着劝解的意味。到了《福地》，通过“葬礼”与“祖坟”的双重意象，蔡东已经完全建立了留州的“精神故乡”形象，文中的人物傅源感叹：“我从这个地方来到人间，等着，等着，再把使用了多年的身体归还给这片地。”而这样的结局让他觉得“变得开阔，浩大，有来历”。而这种对故乡充满诗意的想象则来自于对另一个城市深圳的漂泊感和对失去故乡的恐惧：“从小城留州到大城深圳，女儿的心底也有惶然和惊惧，但女儿已然离不开深圳，女儿这一代的日子跟她们不同了，有些什么东西变了，总归是变了。”类似的文句频繁出现在以深圳为大背景的小说作品中，留州作为故乡显得质朴、亲切却难以亲近。被冰冷的深圳日渐侵蚀的年轻人渐渐感受到一种对“根”的渴望，与他们心中“出人头地”的理想展开了激烈的斗争，他们想“回家”，却感到“不甘心”。而对于傅源、童家羽这样的中年人来说，拼搏对他们来说已经毫无意义，他们对未来的恐惧已经达到了“我希望自己在精子阶段就被淘汰，我希望游向卵子的那个不是我，我要是没被生下来该有多好”的地步，然而他们也离开故乡更远，不仅仅是他们早已无法割舍自己现下的生活，更在于故乡对他们的遗忘和抛弃，甚至于在死后魂归故里也成了奢念。正是这样永无止境的游离感，塑造了一个仿佛是在想象中的留州，一个永远回不去的故乡，一个安放了所有游子精神寄托的故土。

然而留州在蔡东的小说里并不因此而显得虚无缥缈，被塑造成桃源仙境小国寡民的存在，相反，她通过日常生活成就了留州。蔡东的“留州物语”给我留下最深印象的倒不是前文所谈到的“浪荡子”形象，而是生活在留州的女人们。余建英、邵琴、李燕、康莲、劳玉……她们既是新时代的女性，有自己稳定的收入，事业甚至有不错的发展，同样也是传统的妻子，操劳家事立下汗马功劳，她们还是丈夫的贤内助，督促他、体贴他，关键时刻替他跑腿，替他圆场，保全他的面子，她们更是儿女的免费保姆，从吃穿住行恋爱结婚到下一代教育无不操心。在蔡东的作品中，这种具有圣母般奉献精神的中年女性比比皆是，而她们与自己的丈夫之间总是形成一种独特的“慈母—娇儿”的两性模式。《断指》中的余建英，在丈夫因为经济问题与作风问题落马之后，毅然挑起了支付欠款的担子，她非但没有愤怒地与背叛了自己的丈夫一刀两断，反而加倍地惯着他，宠着他，不让他吃苦；《净尘山》中的劳玉自己是事业有成的医生，养着无所事事的丈夫，还精心维护着丈夫的审美与脸面；《往生》中的康莲任劳任怨地服侍老年痴呆的公公；《木兰辞》中的李燕不仅为自己的职称奔忙，更为丈夫能够获得更好的工作鞍前马后、忙里忙外，不舍得他抛头露面受人轻贱，自己就算再苦再累，也只为丈夫能够悠闲地生活，保持那种艺术家的天真与纯粹。邵琴看似清心寡欲为人淡漠，但其实也是一生替丈夫操劳的糟糠之妻。她们以自身的努力满足了家庭的温饱，她们以琐碎的操劳维持了家庭的体面，她们更以一己的牺牲换来了丈夫的尊严。她们身上女性特有的柔顺与坚韧、善良与慈爱已经发挥到了极致，将琐屑与民间的日常生活赋予了光晕与献祭般的仪式感，她们保护的不仅仅是自己的丈夫、自己的家庭，也不仅仅是那些脆弱的男人易碎的审美生活，更是保护了留州作为一个精神地标的特质，一块独立的精神空间，一种归属感和家园感。而在《福地》中，完全是农村妇女的凤婶子对于乡村风俗的坚守与传承从另一个角度展现了这种“留州特质”，将日常生活仪式化是人类审美的原初体现，是赋予看似普通重复的日常生活以灵魂的最终极的方式，只不过在快节奏、工业化和标准化的大城市中早已岌岌可危，但在小城留州却有着完整的展现，凤婶子、陈江流、张亭轩以及李燕等人在这个意义上可谓同源，正是他们提醒着每个人自己所立身的文化立场和灵魂的故园。

但是不可否认的是，无论是陈江流、张亭轩，还是李燕、邵琴，抑或是凤婶子，仅仅靠他们的努力已经无法留住这个理想的留州了。陈江流、张亭轩在本城“文化圈”的落魄证明着精神胜利法的失败，李燕、劳玉的爆发与出走象征着传统女性形象的崩溃，凤婶子的老去意味着传统的风俗文化后继无人，这些都是这个北方小城的巨大危机。也许在蔡东早期作品中的留州才是真正的留州，它也已经日渐浸染上深圳的气息，变得实际、势利和冷漠薄情。深圳的白领们在回忆与短暂的归乡中满足着自己的乡土情结，释放着自己长期积攒的压力，缓解着日渐深刻的绝望与困境，而留州的困境又有谁来解决呢？蔡东并没有给我们答案。

蔡东的创作至今已经进入第八个年头，她笔下的留州与深圳已经相当饱满和完整，与刚开始的创作相比，语言更加圆熟和精到，叙事也更加完整，开始形成明显的蔡东风格。我们看到她的进步，但也害怕她被留州和深圳禁锢住，无法前行。她笔下的人物已经开始出现类型化的倾向，正如我文章所阐述的，可以干净地分割为几个大类。但从她最近的短篇《通天桥》可以看出，蔡东正在进行新的尝试，从语言风格、人物形象到叙事模式都发生了巨大的改变，这种充满了后现代气息的荒诞风格她似乎也驾驭得游刃有余，而主题似乎正是留州的现代化改变。更大的空间、更多的可能性、更深入的思想也许是指日可待的，我们在留州那里找到了深圳的答案，那么在现代化进程中同样在不断前行的留州面临的新的困境，是否会在蔡东的新作中得到解答呢？

但无论如何，她已经做得够好了。

时代女性的身份焦虑

不知道从什么时候起，“女博士”成了一枚独立的性别标签，并拥有一套严格而标准化的刻板印象，她们严谨无趣，年龄偏大，素面朝天，总之完全没有一点女性特征，而被排除在男性和女性之外，成为了让人避之不及的“第三性”。但当我开始阅读孙频的作品《丑闻》时，便发现了她对于打破这种刻板印象的执着。女博士张月如容貌姣好，会自己改制衣服，养花种草也很有一套，她热爱甜食，自己在家的时候常用蛋糕佐以红酒，搭配电视消磨时间，还会抽烟。然而这一切并不足为外人道，在老师和学生面前，张月如还是把自己套进了社会所“认可”的女博士形象中，我们甚至可以从字里行间探查出张月如对自己超出“女博士”形象之外的部分并不认同，她把在家中懒散的生活看作自暴自弃，把自己超出扑克脸之外的表情看作蠢相，把自己在马桶上读书的形象想象得无比猥琐。

我并不想再深入讨论张月如在对“女博士”形象上本我、自我乃至于超我之间的纠结与缠斗，我想这也并不是孙频创作这部作品的主要目的所在，但这种纠结却是一个很好的切入点，身份的认同与分裂是文学作品中常见的主题，《丑闻》所关注的正是张月如所面对的多重社会身份之间的撕裂与纠缠。

女主人公张月如出身农村，家庭条件并不富裕，可想她的求学之路也应该并不是一帆风顺，她博士毕业之后成为大学老师、知识分子，但却是学术江湖中地位最低的小讲师，没有科研项目，上课学生也不听，只能在修水管的农村少年那里找回点尊严与优越感。三个男人则代表了当下城市社会的三个阶层。李文涛是精英、大学的院长，他有学识，有见识，有财富，有手段，身边环绕着数不清的莺莺燕燕；周小华是平民，读书不多，但有份手艺，有点小钱，因而也有一点生活情趣；水管工则是最底层，靠劳力挣钱，在生存线上苦苦挣扎。

故事围绕着张月如与这三个男人之间不稳定的男女关系展开。在近年来的中国文学中，一夜情、第三者这样非固定的男女关系成为反复描写的对象，这种带着强烈陌生感的亲密关系可能曾经还在某种程度上是浪漫与自由，而在今天则承载了更多物化的考量与计较。在这篇作品中，男权社会中女性的物品化以及女性对这种物品化的自我认同展现得淋漓尽致。张月如在被院长李文涛约谈的时候几乎掩饰不住内心的激动与兴奋，这不仅是因为她仰慕这个优雅、绅士又成功的男人，也不仅是因为她作为女性的魅力被重新发掘，更多的是她将与李文涛的关系简化为一场交易，她可以借此评职称、拿项目，甚至成为院长太太，为此她去买了衣服，甚至想用情趣内衣将自己包装成一件更加可心的商品。然而即使她已经将他们之间的交易放到了如此物质的层面，却仍然没有估算到她在李文涛眼中物化的程度，李文涛没有给她任何好处，甚至没有去宾馆开房，仅仅是在办公室里把她“使用”了一次而已。如果说张月如在李文涛身上所受到的打击她还可以自欺欺人，将这次交易单方面升华到感情的层面，甚至用“男人向下睡，女人向上睡”来解释自己在这场一夜情中与李文涛地位的不平等，那么周小华就是更让她认清自己“物”属性的人。张月如与周小华的关系始于周小华对她的崇拜与恭维，她第一次在男女关系中看到自己知识分子的优越性，周小华对她精神上的叹服转为对其身体的膜拜，这一点让张月如十分受用，并认为自己在“向下睡”的过程中获得了尊严与胜利。然而随着“炮友”情谊的深入，周小华逐渐忘记了张月如的社会身份，对她的称谓从“张老师”到“张博士”再到没有称谓，她和别的女人已经没有任何区别，而她的自尊与情感需求也令周小华感到厌烦，最终离她而去。给张月如致命一击的是入室抢劫的水管工，他完全抛弃了平日的善良面孔，不顾张月如平时对他的厚待，或者说正是她的厚待让他起了抢劫的心思。在小说的最后，抢劫犯水管工在张月如的钱与身体之间选择了身体，她在这场残酷的较量中把自己摆在了和之前相同的位置，彻底沦为一件物品。

《丑闻》是一部饱满紧凑的作品，我们可以发现在这篇三万三千多字的小说中，作者孙频想要囊括的内容很多，上文所提到的女性的物化及其自身的物化认同是其中之一，张月如农村女性与城市知识分子双重身份之间的冲突也是孙频想要表达的重要部分。城乡冲突在女性书写中常常表现为性观念的冲突与撕裂，对张月如来说，作为一个城市知识分子，熟读波伏娃《第二性》的女性主义者，她要求自己开放、自由，不要将性看得太过严重，正如她的好友解燕青所说，为什么只能是男人把女人睡了，不能是女人把男人睡了呢？但是农村出身的张月如无法像解燕青一样洒脱，她童年的乡村生活带给她根深蒂固的传统观念，她对性与感情的尺度与要求是纯情而守旧的，同时是男权化的，她总是对男性采取臣服和讨好的态度。当然，孙频在描写这种性观念的挣扎时有她的独到之处，张月如的痛苦不仅仅在于她身体里两种观念的冲撞，更在于这两种观念逐渐杂糅交会之后变得更加深刻与矛盾。从传统的角度，她恨李文涛的绝情，恨他“上过了却不负责任”，也恨周小华让她在不知情的情况下成了第三者，恨他不忠，但在这种传统女性的怨恨中也融合着她作为现代女性对爱、对独立、对平等的感情的要求，混杂着她对自己小农思想的厌恶，对自己不自觉在两性关系中的奴性的不齿。在极度自尊与极度自卑中来回轮转，对他人的否定与对自己的否定同时啃噬着张月如，最终使她的身份认同完全崩溃。她无法获得李文涛和周小华对她合法地位和身份的确认，让她无时无刻不感到自己是一个“倒贴的贱货”，而她又无法说服自己去享受与二者的性爱，无法像她自己所希望的那样，在这样短暂的亲密关系中维持自己的独立与尊严。她不得不将自己置于最原始的女性身份，对一直处在她对立面的，却又是她一直以来所依附的男性痛下杀手。

英国散文家阿兰·德波顿在《身份的焦虑》中将哲学与宗教列为解决当代人身份与阶层焦虑的途径，但我们发现对于张月如却很难适用，这说明了具有农村青年、知识分子与女性三重身份的张月如们在面对多重身份时所面对的更为复杂的困境。她们不仅要面对越来越固化的社会阶层，感受到外来者在城市游戏规则中的绝望与无助，还因为她们的女性身份而面临更多的拒绝与潜规则，同时这二者并非相互孤立，而是交叉融会，形成更大的恶意。并且正如前文所说，张月如们内心的煎熬与矛盾也因多重身份而变得更为纠结，熟读《第二性》却难以用哲学宽慰自己，好友解燕青在西藏发来的禅语“看清自己的恐惧才能真正宽恕自己”似乎也难解心结。《丑闻》渴望展示这个女性所遭遇的所有痛苦与愤怒，她繁杂而混乱的生活与内心似乎要冲破纸面满溢出来，我们也因此能看到作者所经历的困惑与茫然，当代女性究竟怎样才能获得真正的社会认同与自我认同？她们何时才能真正从性别的枷锁中解脱出来，获得性别角色与社会角色的平等与平衡？我想这是一个太过宏大的命题，无论如何，孙频已经将她们所面临的困局与挣扎表达得比较完整了。

意象、语言：费滢的自足世界

费滢是一个少年有成的写作者。高一她出版了自己的散文集《经常走神的女孩》；高二那年她凭借短文《平台》获得了“全球华人少年美文大奖赛”的金奖，并入选了高中语文教材；高三毕业时她“走题”的高考作文《人情与季节》又再次引发了关于高考作文评分制度甚至中学文学教育的大讨论。那时的费滢好像一直处在少年写作者的风口浪尖，在突然如雨后春笋般纷纷林立的文学少年里，费滢无疑是另类的。当费滢再次进入人们视野的时候，好像突然之间完成了蜕变，在一派青春、疼痛和尖锐当中，她的作品显出了与她的年龄和阅历不相称的老成与平和，甚至已然形成了独特的“费滢风格”。她可能不像别的“八零后”作家那样风起云涌，公开发表的作品数量也并不多，但顽强的文学生命力以及鲜明的“费滢”记号，却让人无法忽视。这是一个以质取胜的写作者，通过这些作品，我们已经能够猜想和勾画出一个属于她的文学世界。

蔚然纷披的意象营造

费滢的文学是一张意象密布的网络，这些意象无疑是指向费滢自身的，虽然对读者来说，它们有时幻如迷宫。她所使用的几乎每一个词语都有着属于费滢自己的词条解释，从费滢的高中时代开始构建的语义词典，至今已经蔚然大观，生长出无数相互纠缠勾连的枝枝蔓蔓，构建出一个费滢专属的文学“异世界”。

之所以称费滢的意象为“异世界”，是因为她对意象的处理有其独到之处。她习惯在作品中过曝自己熟悉的人、物、景象与事件，将日常事物以一种抽象的形而上的标准打乱重排，分类整理，再重新组合成一个与现实充满距离的存在。以她的诗歌《写给四月的茵陈》与《夏天》为例，这两首诗歌充满了强烈而又清新的意象，如同一张又一张低对比度而高曝光的相片冲击着你的视觉。《茵陈》中老去的丝瓜瓤和茂盛生长的蒿草，看起来一个代表着衰落与腐败，一个象征着顽强与生命力，对立的一组意象在费滢这里却殊途同归。她将蒿草的生命前溯，追问它作为“茵陈”的历史。不论生长还是死亡，都在《茵陈》中讲述着不可重复的时间与不可回溯的往事，最终会聚到了被束缚与围困在“过去”的“我”的痛苦之上。同样，《夏天》以几组繁复的长句缀连起许多关于少年与乡村生活的意象。劣质冰棍和它散发出的凉气，闷热的天气与悬垂静止的树叶，地板缝隙间的陈麦与野草，还有晚饭时的红烧鲫鱼与丝瓜汤……这一切看似随意，却是精心选择的选择与排列组合，是乡村少年夏日所感到的最大的诱惑与最重的烦闷，也同样是田园生活深植的内力和明显的破败之间不断的缠绕和搏斗。

费滢对意象的挑选与再塑是严格而精细的，它们当然要具有足够的代表性和隐喻功能，然而更重要的是它们必须是细微的，在感觉上是唯我的，它们在质地上是互文的，有着内在咬合的可能。这样的标准在诗歌这样体量较小的文学体裁中体现得也许更为隐秘，而在她的一些短篇小说中就显得更加直观。以《归游》为例，小说以一个乡下孩子进入城市的过程为主线，因而在主人公眼前展开的所有意象，都明确地指向了两个方向，一是对城市的探寻，二是对故乡的回望。值班室的电扇，马头牌的棒冰，剪裁过的小叶黄杨，迷宫一般的烂尾板楼，走廊上忽明忽暗的灯，滴答漏水的厕所，游龙一般灵活的自行车，废弃的浴缸与伴着铁锈的自来水，费滢搭建的城市不是宏大光鲜的，她也不去进行全面或完整的叙述与印象表达。对她来说，这些充斥在城市角落中的细节是一个农村少年进入城市的直接通道，虽然这些物件一般来说并不具有审美意义，但经过费滢的再造，这些城市深处的意象带着它们本身的低俗与污渍构成了一段少年“我”的奇幻旅程，成为孩子眼里、心中的城市底色。尤其是两个小女孩在废弃的浴缸里映着夕阳洗浴的场景，这种虚幻与日常、蒙尘与纯粹水乳交融的冲击力达到了峰值，相比起采用鳞次栉比、灯红酒绿与遥远的乡村构成的城乡话语的对立模板，费滢的方式可能更加独特而富有深意。

这种标新立异的尖锐不偏不倚在运用于少年对故乡的回忆。别扭的塑料脸盆与蛇皮袋，田埂上弟弟在迎风撒尿，剥完蚕豆后发痒的手指甲，鳖骨拼装的辨别风向的仙鹤……费滢并没有执着于在已经俗套化的城市背景中对乡村桃源式的美化，显然，这些场景和体验同样带有作者对乡村的特殊感受。费滢无奈而不无快感地看着它们的每一次挣扎式的亮相，这些亮相都伴随着由城市意象所引领的压倒性胜利：行李被城市的新家容纳，田埂被规整的城市景观带所接替，蚕豆不过是幼儿园“试验田”的产品，仿佛巫术道具般的鳖骨随着爷爷的去世而不再神奇。乡村生活的遗忘，乡村价值的虚无就在这些细节的不断闪回与替代中几不可察地发生着。不需要故事，更不需要立场的伸张，意象的选择、营造和相互搏击成功地诉说了《归游》的不可归与无可游。可以说，《归游》令人难忘与感怀之处，就在于费滢对于琐碎而又整饬的意象的堆叠与重构，正如骆以军的评价所说的那样，费滢是一个出色的“感受者”，不论是形态，还是声音、气味，她都具有足够的敏感度，这种感受力足以让她建立起属于自己的一个具体而微的世界。这个世界具有强大的表现力，她自信地将那些庞大而精细的意象徐徐铺陈在读者的面前，看着读者感受于其中，沉浸、迷醉，不知所终……

作为目的的语言迷宫

“费滢式”意象写作的成熟固然依靠了她细腻而敏锐的感受力，也更得益于她独特的语言表达。回过头去看，费滢与语言的亲密关系几乎天定。她的语言称得上早熟，在成长期就已经与少年式的幼稚卖萌、天真浮夸的写作方式划清了界限。她最初发表的散文作品就显出令人惊讶的老练与朴素，不可思议地有一种周作人与汪曾祺式的气息。费滢早期的这种行文风格似乎还在延续，却已经在实质上发生了重大的飞跃。在我看来，费滢的写作在这几年的最重要的突破，正是发生在她的语言上。她的语言已经逐渐成为她写作最大的目的。

以语言作为目的进行文学创作，这样的主张在三十年前曾经蔚然成风，许多先锋派的作家都进行过这样的尝试，声称“语言就是一切”。然而到了 20 世纪 90 年代之后，文学创作，尤其是虚构类文学的主流又重新回归了故事。至于 70 后、80 后的作者，大多数更是以故事登场的。而费滢却好像重新捡起了先锋文学的旗帜，在不断的实验中，力图将语言的效能发挥到极致。2009 年费滢凭借短篇小说《鸟》获得第 31 届联合报文学奖短篇小说大奖，这篇小说叙事性几乎为零，全由描写细腻的片段通过蒙太奇的方式组合而成，充满张力、动态与画面感，给人的阅读感受如同观看一部制作精良的台式青春电影。大奖评委给出的评价是“将文字的物质性表现得非常妩媚漂亮”。的确，小说的语言虽然看似是她少年时代那种简单无华的散文风格的继承，但这篇不到万字的作品给人带来的充盈丰满的质感却是少年费滢不曾有过的。费滢的语言已经成为她独树一帜的招牌，与其说费滢通过不断的语言磨炼来达到对她意象与精神的精微表达，不如说她在通过精神勘探与意象经营的不断细化、深入和完美来推进她的语言实验。这种推进现在已经越来越纯粹，越来越靠近语言本身了。

在阅读费滢作品时，我常常会感受到无法突破、无法抵达的苦恼。她的语言实验太过自足。费滢的试验田是充分个人化的，私密的，如同一间镶满不同角度镜子的房间，虽然有着完整的内在，却总是以碎片化的方式示人，或如碎片，或如万花筒一斑，破碎而又光怪陆离，企图窥得全豹是要费些心智的。小说《山高水长》（又名 *naga*）是一个非常典型的例子，这篇两万五千字的作品可以说是费滢语言实验的集大成者。作品展现了她一贯的叙事风格，占据主体的是大量的对话与独白，叙述与描写已经退居幕后，一切都在仰仗语言本身的表现力。故事很简单，大概可以概括为“我”对朋友 naga 生病透析期间生活的一段“记录”。这份“记录”的时间是非线性的、网状的，穿插着“我”童年的回忆，故事间不断地闪回切换充分显示出了文本的实验意味。由于这两个并行的线索本身在时间上也并非一个维度，就更加深了叙事的难度，然而这一切在费滢这里仿佛是自然而然的。《山高水长》使她在《鸟》时期的独白与对话交相缠绕的回忆性叙事进一步得到了加强。叙述形式在这里已经是思想的直接呈现，通过碎片化的散点结构，展现命运的飘忽，思考过去与现在的互文关系，展现不可捉摸的存在感。在这部作品中，费滢对多种语言形式进行吸收与改造，不论是方言还是外国语、典籍、民间传说或是网络上的流行语，都成了她的语言资源。费滢将自己的触角伸向语言生活的方方面面，它们虽然物质，简洁，但更加具有弹性，这就是我所说的现在的费滢同少年时期貌合神离的另一种质朴。与过去以简单精准的语言描摹某一个对象的那种语言风格相比，现在则是在更广阔的话语背景下对语言的加工，直接、精致，具有内在的力量和文化质地。不论是《鸟》，还是后来的《朝天宫》直至《山高水长》，我们都可以看到费滢对日常语言的质感与表现力的挖掘和展示。在《朝天宫》中出现了南京方言、上海方言乃至一部分“京片儿”，从日常语言的角度来看，这些方言其实并不地道，但费滢的目的并不是“地道”，而是借助方言这一语言通道，来表现某种特定的语言形式及其潜语言所独有的特质，比如南京方言的直白与稚拙，上海方言中的实用与体贴，京片儿蕴含的圆滑与世故，还有典籍的古雅、传说的夸张，这些质地并不仅仅通过自然的发声体现，它们的书面魅力只有通过一定的改造，比如遴选、削减、强调、突显和催化，才能在文学作品中完全地展现开来。在《山高水长》中这种改造的范围就更大也更为成熟。在段落与段落之间，费滢不再费心追求某种语言风格上的统一，而是更为自觉地展现一种语言的自在状态。“我”与 naga 之间的对话带着明显的港澳台式“国语”风格，多语气词，中西方语言混杂，语序混乱，用词夸张等等，这种语言贴合了 naga 对疾病的调侃以及表现

"我"对 naga 的体贴和迁就。而在叙述"我"的童年往事时，费滢的语言又带有明显的大陆氛围，用词谨慎，色彩暗沉，多停顿与短句等，一下就将作品拉入"我"童年的那种压抑与痛苦当中。《山高水长》虽然看起来无序、随意，但表面的汪洋恣肆之下，就是这种一字一句反复雕琢的精致与用心。可以说，经过多年的积累，费滢已经能够充分地在作品中展现语言的魅力，她已经可以随心所欲地打造出一个丰满、多样、精致而合目的的语言世界，这是属于她的"七宝楼台"。

自给自足的属我世界

行文到此，想做一小结。这小结是我的阅读猜想，也是对费滢的提问。费滢在为谁写作，为什么写作？这是我读完她的作品之后经常要思考的问题。她爱惜自己的羽毛，从不轻易发表作品，每部作品都可以看到她的进步与坚守。我猜想，这是一个坚持着创作个人化的写作者。她对庞大的外部世界并没有太大的兴趣，也不想涉足除了自身经验与精神体验之外更广阔的部分，那些都不是她愿意动筷子的菜。因此，她的作品中常常只有一个"我"，最多会有一个"你"，一个为了"我"而设置的"你"。我想费滢是自尊甚至有些高傲的，她也许只是为了自己而写作。至少从目前的作品看，她不会迎合阅读，更不会迎合市场。写作好像是她自己的事，是她的生活方式，是她存在的见证，最多，或许是为了与那些身份不明的可能存在的同道分享。这样的写作姿态在当下可以说是凤毛麟角。我不想因为强调费滢的写作而否定其他的写作，但是我坚持写作立场与方式的多样化。如果写作只为了市场，如果写作比的就是作品的印数，如果作家比的都是得奖和粉丝的多少，如果我们都在争先恐后地挤向现场、挤向广场，如果为了所谓的可读性而牺牲语言的个性和优雅，牺牲写作的难度……那么作为生命与精神个体的写作者，他如何来安顿自己？又如何追求技术的难度与精神的高度？写作的结果千万不能像那个传说中的小和尚，数来数去，唯独忘了自己。假如这话还有些道理，我是不是该向费滢致敬？她追求的是拥有自己的世界，自己的城堡，她是先锋的写作，是精英的写作，是可以寄予希望的文学的寻梦人。

现实主义的复杂性与多样性

——评李黎和秦三澍的诗

中国新诗诞生以来，诗究竟应该呈现出怎样的面貌，汉语又可以赋予诗多少新的可能，是使人们永远在关注、争辩和实践的主题。本期新星座的两位诗人李黎和秦三澍的诗作，二者努力的方向大相径庭，但却让我们看到了当代中国诗歌丰富的可能性和深厚的潜力。

李黎的诗大部分较短，题材多着眼于日常生活中某些细小的场景和细微的感情，语言也多为琐碎的、日常的口语，这种大白话一般的诗让我们想起于坚，在多年的“总体话语”统治之后，如何将被遮蔽的日常生活重新展现并作为独立的审美对象，是于坚致力于在诗歌界进行的革命。李黎的很多作品是抛弃隐喻、抛弃所谓“诗意”的，他的诗歌通过淡化意象，淡化文体的界限来展现一种真实的、生活化的、个体的生命体验。他的作品一部分以个人经验为主题，如《住院楼》：“去年十月，接到母亲的电话后/我在住院楼进进出出一个月/很多个夜晚，我坐在那里，看着药水/一滴一滴滑向父亲的身体/在所剩无几时我站起来，怕自己睡着/在即将滴尽时我按铃，护士总是迟到。”阅读时，这一段仿佛是一位老友坐在我们的对面，向我们讲述自己如何照料患病的父亲，没有故弄玄虚的意象、隐喻和借代，好像也无所谓什么节奏和韵律，只是一种自然流淌的叙事，一段真实普通的人生。这些作品取材于普通的家庭生活，《亲子游》、《家里的书》、《时光》、《简单的数学题》、《我的背景》、《爬行的女儿》……他的诗从未冷眼旁观，而是作为积极的参与者，展现着他个人生活中的柴米油盐。而另一部分则以旁观者的眼光记录下一些生活中常见的场景，如《周五的傍晚》："走完五天的人，走在路上，站在车里/走向周末或其他地方/周五的傍晚拥堵不堪/一场雨，又让拥堵变成停滞。"完全写实地描绘了周五傍晚城市大堵车的场景。相似的还有《远去》、《不见》、《抽烟》、《讣告》、《烟头》、《和楼梯对话》、《快捷酒店》等等，截取日常生活中往往被人忽略的小场景和小画面，给人一种丰子恺小品画一般灵动又细腻的感觉。

李黎的诗虽然看似充满着拉家常般的随意感和亲切感，但不知为何，他的诗中总是弥散着若有似无的沉郁气息。李黎的作品最大的特点就是将生活主体化，在他的诗中，楼梯、照片、楼房、烟头都是有生命的，它们有自己生命的轨迹，会青春，会老去，会死去、消散，"这就是一天，以它的方式成为一天/不以我们的方式，我们只是我们，我们由古至今/我们抽烟，似乎这样可以把自己融入今天"；"我用脚踩踏地面，算是打招呼/但面对人类，楼梯又沉默起来/它大约想和璀璨的夜色一道/在不远处打量上下此刻的生活"，甚至在他的笔下，时间和空间都有自己的命运和寿数，也同样要经历生与死，感受身强力壮与年老色衰："2010 年走进了它的中老年/它的叹息，从我们的后背/径直穿过/我们因此目光寒冷，不敢正视/所有事物"。我不知道是否父亲的病让李黎感受到死亡在身边的徘徊，他诗中不断出现的死亡的阴影使李黎看似温柔平淡充满烟火气息的诗平添了悲凉与失控。他的作品几乎从未使用过自上而下的上帝视角，他永远是平视的，这是不是也从另一个角度说明上帝已死，从此就算是时间和空间都无法掌握自己的命运，那么被裹挟其中的人类就更加狼狈仓皇，什么都无法握住，一切都会像李黎给女儿讲的故事中的那个箱子一样，“箱子呢，我怎么没有看到箱子/我说，前几天吧，箱子已经变成了灰尘，永远离开了”。李黎的诗给了日常生活一种新的解释，它不再是我们叙事中的背景，而是成为被描绘的主角，是独立存在的生命体，它每一天都在诞生，又每一天都在死亡，我们被裹挟在这不断轮回的生生死死中，为自己的老去悲哀，为父辈的逝去伤痛，再为新一代的茁壮成长欢欣鼓舞。这本是人类最基本的生命体验，是我们赖以存在的价值共同体，但我们却往往被生活所展现的五光十色的幻象所遮蔽。李黎的作品不论是从主题上，还是从表现方式上，都在让我们抛却一切虚伪的矫饰，虚无的追求，来探寻生活与生命最原初的动力与意义。

秦三澍的诗则是走向另一个极端。李黎的诗歌是质朴的，素面朝天的；秦三澍的作品则是华丽的，繁杂的，将诗的文体元素发挥到极致的。他的作品充斥着大量的令人目不暇接的意象，并将这些意象以一种难以理解的语法规则串联在一起。李黎的作品无限贴近我们熟知的生活场景，而秦三澍则致力于从日常生活中剥离出来，构建出属于他自己的光怪陆离、天马行空的诗歌世界。我与秦三澍有过一课之缘，那是黄蓓老师的波德莱尔作品选读，因而当我阅读他的作品时，总会不由自主地回忆起他上课时对波德莱尔诗作的侃侃而谈，而法国象征主义诗派的印记也的确在他的诗中比比皆是。如《日日新》中鲜明的波德莱尔式的“审丑”意象聚集在一起：“更坏的是，卫生间用来挡风的厚纸板/也加快腐坏，像患上肺穿孔，/喘粗气，还假装撒娇的样子：/他不知道这病存不存在，/这么说有没有冒犯谁。”而马拉美式的暗示更是无处不在，秦三澍似乎一定要将物象推向离场，奇特的比喻性的意象和无法通顺的句型构成秦三澍诗歌的主体：“两束光假装在密谈。/我们如此近，隔着簧片般的风，无以/借一根手指凿开你宽松的泪眼。/这如同，在注视的延长线上/虚构出一座谎言之山。/谎言，被我草草填回词矿的剩余物，/如今已露出它黝黑的引线。”（《迷园：命名》）在这一段里，一切日常生活都被遮蔽，改为我们不常见的，无法想象的，无法拼合的物件、场景和动作，然而却又是落在实处的，他将语词的一般语义拆解、重构，能指与所指都打乱重来，并仔细安排着它们的组合，精心地连缀和切断。这样的诗给人以距离感，初读会让人感到头晕目眩不知所云，但这也许正是秦三澍想要的，消灭一切语法，消灭一切固定搭配，将诗这一文体所能达到的语法创造性做到极致。他打破读者对语词的刻板印象，使他们失去对他的诗进行理解的语义基础，“在这样的诗歌中，语言不再是传达。……说得尖锐一点：他言说，是为了不再被理解”。①

但是一旦超越了这令人头痛的第一阶段，当我们穿透他为我们设下的谜语般的语言幻景，我们便会发现秦三澍诗歌的内核其实还是相当传统，甚至是相当古典的。他对现实意象的摒除，对日常化表达的抛弃，并非如象征主义诗派那样着力于取消实物意象存在的意义，而使词语达到纯粹的精神性存在的高度，却是将对现实的感悟乃至批判，通过这样的方式迂回曲折

---

① ［德］胡戈·弗里德里希著：《现代诗歌的结构：19世纪中期至20世纪中期的抒情诗》，李双志译，译林出版社，第107页。

地表达出来。他以象征主义的手法，去走一条与其相反的路，他将自己飘忽的无法抓住的思维的产物以一种夸张的方式实体化，可见化。“看见一支笔，削去了/命运彩票的直角，但它背后的字/你刮不透。相片里更深的眼睛/后退着，探出一把镊子。”讲述的是对命运的不可控；“先是彼处错身的青峰，借平行的跨江电缆/互通有无，商量着寻一个合适的焦点：/视线从船腹散开，抽取眼力的丝线/平铺或打褶，织就一段更新的景深。/木橹被取代，轰鸣的电机虚晃了几下/古猿声，方知万重山轻如纸，已渡过游船。”思考的是现代与原始的碰撞与融合；“阳台上，我亲眼所见鸟与鸟搏斗，/却不敢把蔽住自身的灌木/想象成藏娇金屋；那些土著选民/把硬币大小的光柱，塞进自己的腰包。”展现的是零余者对世俗浮华的冷眼旁观；“确实，你的选择让我对夜里的雾/缺乏翻云覆雨的决断，/为一场云雨意味着，被焊接的/两个截然的空间，必须输送同样的疑云/和体力。……”透露着对爱情与欲望的失信与渴望。这些主题我们其实相当熟悉，如果换一种表现方式，甚至会让人觉得太过务实，但秦三澍却以他独特的技巧，在遮蔽与闪回之间使这些主题变得更为复杂和深邃起来，甚至于给人一种后现代的错觉，将传统的现实主义的诗歌主题归于荒诞与虚无，留下了更广阔的思索空间。

当然，秦三澍对诗歌的探索还不止于此，《过龙女湖心洲》、《避世篇》等篇目展现了他新的尝试，他的技巧已经开始冲破西方诗歌的局限，转向中国的古典诗词。在这两篇作品中我们可以隐约看到东坡词的意味，而将传统典故化用在诗歌意象中的尝试也让人眼前一亮，他似乎也开始慢慢撕开他与读者之间隔绝的窗户纸，以一种更令人会心的方式表达自己。总之，作为一个不断探索诗歌技巧的作者，秦三澍已经做得很好，并且还可以走得更远。

当然，这篇短评立足于我对于这两位作者目前已有作品有限的阅读之上，只能就诗论诗地浅谈辄止，两位年轻诗人未来可能会继续沿着当前的诗歌道路继续走下去，但也有可能开辟新的诗歌路径，探索更多的可能性，又有谁知道呢？

诗的远方和眼前的苟且

——小评熊森林与庄凌的诗

2014年高晓松的一句“生活不仅是眼前的苟且，还有诗和远方”可说是当年最佳鸡汤金句，甚至到了两年后的今天，这句话还被频频使用，并衍生出各种版本。如果刨去其中鸡汤的内涵不算，我们倒是可以从这种表述中看到普通读者对诗歌的态度：诗属于远方，与当下的琐碎和平庸相对立，是高雅的，审美的，难以企及的。但对于一个拥有悠久的诗歌传统的国家来说，诗从来就不仅仅是远方，更是眼前的苟且，在抒情诗之外，更有许多的诗人密切地关注着现实，如实地描绘着现实，传承着诗歌的现实主义。

当然，随着时代的变迁，这种“现实主义”诗歌也在不断变化，从杜甫的《茅屋为秋风所破歌》到刘半农的《一个小农家的暮》，再到于坚的《尚义街六号》、欧阳江河的《咖啡馆》，我们可以看到对诗歌在书写现实的过程中逐渐琐碎化、一般化、零度化的过程。慢慢消失的典型意象和隐喻，逐渐抽离的主观情感，不断口语化的唠叨诗行，展示着诗歌在内容与形式上与生活、与个人无限贴近的表达。本期新星座的两位诗人正是这种“现实主义诗歌”的践行者，并向我们展示了年轻一代诗人对生活与诗歌的独特感受。

熊森林作品并不多，风格似乎也并没有固定下来，但他“性冷淡风”的字面与背后饱满的感情构成了一种独特的张力。以《三年半》为例，熊森林将一段温馨但无果的恋爱以一种非常琐屑的方式展现出来，装修边角料做成的切菜板，老家带来的腊肉，还有半夜要抱着去上厕所的撒娇的女朋友，这些看起来很细小的物件与场景却足以让我们在想象中填满一段温馨可爱又有一点拮据的生活。然而这段生活并没有圆满的结局，“听说你在家门口的小城/当老师，与警察结婚生子/我则走越来越窄的路”。也只是这么短短的一句平实的叙事，像是交代。诗并不长，也没什么起伏，全诗最直白的抒情是一句简单的“我感到快乐”，但这冷静甚至有点冷淡的描写中却能让我们体会到背后强烈的情感，已经成为昨日黄花的逐渐褪色的欢愉，和并没有随时间流逝而淡去的悠长的遗憾与伤感。类似的还有《睡姿》、《很小的船》，从不同的侧面描写了一段感情，抑或是一段拥有感情的生活。他总是着眼于一些细碎的个人体验，比如《睡姿》中女友卷走了被子，《很小的船》中女孩子对先卸妆还是先睡觉的挣扎，都是一些并不“诗意”的片段，但熊森林将它们不加修饰地放在作品中，并让人体会到作者下笔时的莞尔、无奈，甚至进一步感受到落笔之后从回忆中脱出时的迷茫、不甘甚至是虚无感，奇异地有了超越生活的哲思，这是笔者最欣赏熊森林诗歌中的一点。这种生活碎片带来的张力也出现在他其他题材的作品中，比如《早餐》和《烛台》是两首很短的小诗，使用的都是口语化的语言，一种常见的生活用品引申开去，在有限的篇幅中浓缩时间和空间，将童年的乡村生活与当下的城市日常联结在一处，杂糅起对遥远故乡的思念，对童年的追忆，对现状的思考与迷惘。相比之下，《早餐》一作还带有些微的希望，疲惫的都市生活如同一碗剩饭，然而经过温暖却还能让人回忆起田野间的香气和自由，而《烛台》就更加灰暗一些，也让我们看到熊森林的更多想法，被赋予过多概念的人生就如同烛台，已经失去了本身的原初的意义，附加值越来越多，而生命本真的内涵却越来越暗淡，直至沉入黑暗，消失不见。

当然，熊森林也尝试过对日常生活零度描写之外的其他方式，比如《夏至》、《独处》将生活转为隐喻，《书籍骑士》、《骑马的年轻人》则更是跳脱出了现实主义的框框，前者有着堂吉诃德般的讽刺感，后者虽然篇幅较短，却有一种史诗般的宏大感，这些尝试展现了他在诗歌上更大的野心，也同样令人惊喜。

如果说熊森林的作品显得私人和内向，着重于自我的生活经验的话，那么庄凌就更像是一个生活的旁观者。作为一个年轻的女诗人，庄凌显然对身边女性的生活境遇给予了极大的关注，尤其是父辈祖辈的女性。《自私》、《关门》、《晒被子》、《母亲穷得连眼泪都没有了》、《雪悄悄下了一夜》等作品，都直白地表达了她对母亲、奶奶、外婆等老年女性的同情。在庄凌的笔下，她们的一生是痛苦的，束缚的，而且这种苦痛是难以言说的，沉默的。她用外在的意象如蝴蝶、门和钥匙、被子、雪等等来比喻她们，更通过直接展示她们的生活轨迹来刻画她们，这些作品用语非常随意，就好像是田间地头没头没尾的聊天一般，她将这种不讲究做到非常讲究的程度，将这种拉拉杂杂的大白话做成了这两代女性乏善可陈的凄苦生活的注脚。而作为新时代的新女性，庄凌对同代人的描写就要轻快很多，相关的作品展现出一种游戏性的满不在乎的活泼。《启蒙》中少女朦胧的畏惧与情欲，《春天，有多少少女破土而出》中对少女标配的总结，《天真》中对爱情的满不在乎和对幸福的自信，《同学聚会》、《人生如戏》中对男女关系的颠覆定义等等，都让我们看到了新生代女诗人所独有的全新的、开放的人生观和价值观。

但庄凌的作品中最让笔者触动的还是她作为他人生活旁观者的一系列作品。这种旁观渗透在她生活的方方面面，在她眼中这些生活都是诗化的，她已经不需要作什么太多的修饰，不需要技巧，不需要节奏，不需要隐喻和意象，甚至不需要形容和描摹，只需要用眼睛将它们记录下来，再如实地反馈到创作中去。《艺术家》、《英文歌》、《年关》、《感冒》、《奶子房》、《父亲的腰病》、《有些人走着走着就不见了》等等篇什，都使用了这种零度记录的手法。以《英文歌》为例，作品描述了一个爱唱歌的水果小摊贩，她并没有能够习得英文歌曲的文化程度，可能仅仅是依靠对发音的死记硬背，但这并不影响她从歌曲中获得快乐和生活的力量。这是一件小得不能再小的事件，但仔细思考起来却耐人寻味，诗言志，歌咏情，抽离了歌词的歌曲似乎也同样可以表达和倾诉，这是作为诗人才会注意到的生活细节。另一首《年关》记录的是春运大潮，写得十分细腻和温柔："火车上挤满了回家过年的人/各种方言一团和气/脸上的疲惫也莫名亲切。"这种宏大场面也被庄凌消解进每个人的内心体验："失踪一年的人像蘑菇一样冒出来/换上新衣服就是一次涅槃/我们奔波一年什么都忘记/亲人，老乡，青梅竹马，还有初恋/我们都要一一相认。"不得不说，庄凌的诗歌看似随意而松散，但她却在这种随意中展现着她的敏锐和精确。归乡人如同蘑菇，貌似凭空出现，却不知他们的根系早已深植在故乡的土地，而只有回到了故乡，才能挽救他们一年来失忆一般麻木而空虚的精神生活，人的灵魂只有在故土才能复活，涅槃重生。

和熊森林一样，将乡村所代表的传统生活与当下的都市生活进行比对也是庄凌作品的重要主题。寻根一直是中国当代文学的重中之重，尤其是在城市化进程越来越快，范围越来越广的今天，乡村的失落已经无可挽回，诗人只能在城市的角角落落寻找乡村的影子。《街角的花店》、《夜路》、《寻人启事》等作品，都在微小处寻觅着有关乡村生活的回忆。但我们可以看到庄凌这一代的诗人已经不同于前辈，他们对乡村和城市都有着极其复杂的情感，我们可以读出她对城市生活的游刃有余，世故老练，但她却无法对这种生活产生归属感："在偌大的城市/我更不敢深夜出门/满天霓虹闪烁/却照不亮冷漠的眼睛"；乡村没有海子笔下丰收而荒凉的谷堆那么实在，但仍然是庄凌们内心无助时想要归来的家园："小城的街角上有一家花店/很奇怪花店没有名字/只是门口摆满了鲜花/不时有行人在门口驻足/闻一闻故乡。"但更多的是迷失，是无路可退，是即使对生活进行再细致的观察都无法察觉的故园，是即将消失的每一个自我："那些寻人启事的照片似乎都面熟/像我的老乡与亲戚/上个月在济南经十路/我不小心上了一辆出租黑车/和很多少女一样，至今下落不明。"无根可寻，无枝可依，这不仅仅是我们心灵上的走失，更是落在实处的，渗透在我们日常生活的方方面面。通过庄凌对细节的记录，我们看到自己早已融化在这每一刻，慢慢失去踪迹。

诗人王小妮在《关于诗歌的笔记》中云："诗根本不需要'体验生活'。活着本身，还不算生活吗？把诗写得真切透明。不是描述一团雾，只需要擦净玻璃上的污浊。这种诗自然就是好诗。……我们活着，就永远有诗。活着之核就是诗的本质，除非张开手把它放掉。手拿着本质，还左顾右盼什么？"描绘生活，将庸常特殊化、价值化，这在诗歌创作中已经并不新鲜，诗歌可能已经不再属于远方了，眼前的苟且也同样可以书写出真正的诗意。如何探寻、定义、赋值日常生活，如何将日常生活真正诗化，我想熊森林和庄凌已经给了我们不错的答案。

无法评论的人生

前两天有一篇著名的鸡汤文在朋友圈里疯狂流转，作者将扬斧砍死自己孩子并自杀的农妇比作“盛世蝼蚁”，哀叹弱势群体在这个世界的生活的艰难与无助。这样马后炮地分析当事人心理状态及周边社会环境的文章实在太多，然而魏思孝的这篇作品，却是这一个个悲伤故事的前传。

赵学是一个生活在城市底层的待业青年，他白天不起床，晚上打游戏，整日无所事事。他居住在一个很不怎么样的小区，有寥寥可数的几个朋友，有些朋友连名字都不甚清楚。这样一个赵学，最后死了，也不知道是为什么死的，好像是被人打了，然而是什么人打了他呢？也不知道。如果我们进入这个故事，出现在赵学的死亡现场，我们会不会发现他的死亡呢？如果我们在隔天的新闻里看到了这起意外，我们又能回忆起什么、还原什么呢？

我想大概什么都还原不了，追溯不了，解释不了。虽然作者的视线遍布赵学日常生活的每个角落，他凌乱的房间，他简单的生活轨迹，他单调的人际交往，但仔细回想起来，却会发现我们除了他的名字，对他几乎一无所知。他来自哪里，定居何处，靠什么生活，父母是做什么的……一切都是未知数，不仅如此，魏思孝笔下的赵学对他自己的了解也同样是糊涂的、肤浅的、平面的。他并不哀叹生活的艰难，只觉得无聊，但是要说他孤僻怪诞，他又好像具备正常的社交技能，生活对他来说只是普通的、麻木的，他没有什么期待，没有什么理想，也没有什么埋怨和愤怒。和他同一个小区的居民也是如此，他们的生活毫无波澜，没有人关注，连他们自己也并不关心自己的生活状况。作为一个群体，他们被冠上“底层”、“弱势群体”的帽子，他们可能会被观照、被研究，也会被同情、被关怀，但这其中的每一个个体，他的生活、他的背景却往往是空白的，是不为人知的，甚至即使被关注，也无聊到无法研究、无法分析。而魏思孝则发现了他们，发现了作为个人的赵学，发现了常常被忽略的、悲悯以外的、非脸谱化的平凡的赵学。

然而赵学死了，他无聊麻木的人生突然因为这戛然而止而变得离奇和丰富起来。这样的非正常死亡在他所居住的小区里并不罕见，“赵学入驻赵庄小区，在此期间小区每年保持着死五六人的速度”。其中有一个小姑娘，因为恋爱纠纷被男友杀死，上了本地新闻，成为全城人短暂的谈资。那么其他人呢？是不是有很多人像赵学一样，不知什么原因被打，甚至没有意识到自己被打得很重，命不久矣？赵学最终倒在了网吧的座位上，他的死亡又会被社会新闻怎样描写呢？然而魏思孝的故事戛然而止了，在他看来，这死亡事件激起的是死水微澜还是轩然大波都并不重要，他关注的只是一个普通的人，他的生命没有任何亮点，他的死亡也是如此随机。他用一篇菜谱作为全文的结尾，菜谱的文字是客观的，没有感情色彩的，但它的背后是愉悦，是幸福，是充满烟火气的富有生机的生活。而赵学的故事魏思孝同样使用了平静甚至冷漠的笔调，在零度情感的叙写背后却是深渊，是悲伤，是黑暗，是没有活气的人生。相比赵学的意外死亡，他短暂而无奇的人生，随意开始，随意结束，根本没活明白的人生才是真正悲伤的故事，而死后他的生活可能经历的曲解与误读，又是另一种悲哀了。如果以那张菜谱为开端去揣测这个死者的生活，那么赵学的人生是不是会被描写成某种卑微的明亮和希望？这样的故事我们已经听了太多，我们需要魏思孝这样的故事，只有他明白，这一只好吃的蛋对于赵学来说，也许并没有那么重要，他毫无所谓的生活，是不能被一只蛋拯救的。

年轻的思想

——读杨澄宇长篇小说《晨光》

作为一位八零后的写作者来说，杨澄宇的小说实在本分。没有炫目的技巧，没有抓人眼球的情节，没有天马行空的想象，有的只是老老实实的一个故事，而且是一个并不算新鲜的三角恋爱的故事。但正是这些叙述背景，衬托出《晨光》那种当下罕见的清新与纯洁，仿佛是从遥远的“八十年代”，那个激荡着思想与艺术的岁月，一下子“穿越”而来。

在这个小学生都已经开始“恋爱”的时代，我们或许会觉得杨澄宇的故事过于保守和单纯了。尤其是像李文这个人物，只是在爬山的时候拉了一下小艾，就觉得“心有如电击”，并肩走一走，就激动得话都说不全了，让人觉得纯情到了需要“脱敏”的地步。就算比较“大胆”的角色洛云和琴琴，也不过是主动和自己喜欢的对象走在一起，多说了两句俏皮话，有一些疑似暧昧的肢体接触而已。大概现在的大学生一定会觉得诧异了，这些“指标”在眼下根本够不上一场校园恋爱的准线，而更像是父辈们所经历的爱情体验，或是某种推迟了的“情窦初开”。至于后半部分毕业之后的三人故事，五年如一日心灵独白般的情书，洛云拼尽全力只为自己的所爱，小艾孤注一掷的选择，也同样不像我们一般理解的青年学子社会化后的爱情。

也许作者的本意就不在于一场风花雪月，那只不过是一条整理青春思绪的线索。如果在爱情故事之外调整一下阅读视角，《晨光》可以算得上是一次哲学叙事。所以书中虽然不乏校园内外的场景，但我们可以明显看出，作者对人物内心世界的兴趣远胜于他们的外显的生活。从灵谷寺的沉思，到宿舍的卧谈，再到思辨版的情书，作者与李文，如庄生梦蝶般地抒发着对人生乃至整个世界的哲学思考。在这一点上，杨澄宇是恣意的，不仅是主人公李文，包括洛云、小艾、琴琴、老邱、陈经济……每一个人物都是一个小小的思想家，都有他们从不同角度对生活和世界的定义。只不过，他们的思考并不是单纯形而上的玄想，而是源于他们的现实生活，似乎可以这样说，他们的生活是思想的，或者，他们的思想是生活的。校园，以及后校园生活，杨澄宇笔下的人物境遇显然已经涵盖了当下新社会人这一群体面临的诸多矛盾：就业的压力，生活意义的迷惑，背井离乡的孤独，独自打拼的焦虑，都得到了充分的展开。李文对未来前途的迷惘与摇摆，没有背景的洛云和陈经济因为一个仅有的保研资格而暗流涌动，老邱的退学复读带来了年龄与经济的双重压力，小艾远在老家的母亲是她难以割舍的负重与牵挂……他们由此出发，但方向却不是现实路径的选择与艰难前行，而常常奔向各自的内心世界，或者说，杨澄宇试图通过个人的内在升华以解决来自日常生活的困境，用生活哲学来构建一条通往解脱与救赎的道路。这便是杨澄宇的青春叙事，他让一个寻常的展现当下年轻一代现实困境的“问题小说”获得了意外的深刻性。

回过头来似乎可以解释作品中干净到极致的纯情了。《晨光》中的爱情，是一种我们无法类比也无法使之落地的形而上的爱情。它固然不属于当下的快餐式情感生活，也同样与80年代那种刚刚从禁欲状态解放出来的夸饰性体验有着本质的区别。我们无法从爱语的吐露、两性的相吸、利益的考虑等等表征上判断这段爱情的到来或终止，也不能将它们作为衡量爱情深浅的标准。它更多的是一种精神与心灵的依偎，是一种超越了日常爱情的灵魂的沟通与呼应。它本身就是杨澄宇的哲学的一种，通过对爱情的独特推演，杨澄宇进入了一种可以称之为原爱情的伦理内核，不论你身处何方，不论你在现实生活中的付出与得到，不论你有没有说出来，更不论你是否在世俗的意义上拥有了爱人……只要当两个人在思想的层面上擦出了火花，只要两个人在精神的世界里相互理解、惺惺相惜，甚至不需要彼此，当一个人在这样的情感氛围中感受到了灵魂的洗礼，那么，他便与爱情相遇，而且，它虽然可能是平静的，似有若无的，但却是纯粹的，凤凰涅槃的，能够给人以救赎新生的爱情。因此，即使失去了远方的那个“她”，老邱仍然可以拥有自己的爱情；即使不知道那个哈佛的女网友是否真实存在，陈经济也一样获得了爱情；即使洛云付出更多金钱与心力去为小艾做更多的事，也阻挡不住小艾对自己爱情的顿悟；即使李文已经接受了家人安排的相亲，他与小艾的爱情也不会因此而消亡。真正的爱情是最基本的人生哲学，是每个人最困难但也是最简单的自我修行。

对于一部耽于沉思的作品，技术层面的分析意义不大，不论是文体杂糅的手法、叙事人物的转换，还是多线索的复调结构，都不过是杨澄宇为表达自己的思考而选择的某些合适的渠道而已，思想本来就需要对文体和技术的超越。《晨光》虽然是薄薄的一册，虽然行走着你我似曾相识的当年同学，但它不是可口的点心，不是心灵的鸡汤，更不是青春励志、职场指南，它是一种召唤，对内心、对精神、对这个世界，有比我们现实生活利害更重要的事情。

思想，应该是我们每个人告别青春的成人礼。

第三辑

《何典》

——被赋予的现代性

晚清时期，小说已经成为一种广泛流行的文学形式，种类繁多，数量惊人，但如此众多的小说作品，最终受到文学史家和近代小说研究者青睐的，却往往只有那么几部。有些小说在发行期间红极一时，但却入不了研究者的法眼，有些小说默默无闻，却在沉寂多年之后被研究者发现，赞誉有加。而那些时常被文学研究者提起的著作，往往是以具有现代性著称。这种“现代性”，不仅仅是指作者使用了相对现代的技巧和形式，还有这些小说中所反映出的思想主题上的现代性特点——反抗压迫、强调个人等等。《何典》就是这样一本小说，它曾经备受冷落，然而在出版将近五十年之后又接连受到著名学者的关注，直到现在，对它的研究还远没有停止，但是对其“现代性”的阐发却有着越来越多的质疑之声。那么研究者们是如何界定这些小说的现代性特征的呢？在这些小说被推向经典的时候，我们是否应该审视我们对这些近代小说的评价和解释，以防止过度阐释和预设？

一、《何典》其书

《何典》成书于乾嘉时期，但是正式刊印出来却已经是光绪年间。作者张南庄现在已经难以考证其详细身世，但据《何典》“上海餐霞客”跋中所说，他是当年上海“高才不遇”的“十布衣”之首。小说采用章回体，共十回，讲述的是鬼界三家村的一个财主活鬼和妻子雌鬼，年过半百却没有生育，便去庙中拜佛求子，回来之后，雌鬼便有了身孕，生下了儿子活死人。活死人满月时，活鬼盖庙还愿，没想庙落成当天却闹出人命，凶犯逃走，活鬼被贪财的土地老爷当作替罪羊逮捕，雌鬼花费大量钱财才将其赎回。但活鬼却身受重伤，不久便死去了。寡妇雌鬼另嫁刘打鬼，但刘打鬼好赌成性，不久便散尽雌鬼家财，雌鬼也郁郁而终，留下了孤儿活死人，托付给了自己的弟弟形容鬼。形容鬼将活死人带回家中，却恰逢新官上任，必须离家，舅母醋八姐便虐待外甥，活死人不堪忍受，离家出走。之后活死人遇上仙人，受其指点，决定去向鬼谷子先生学习，并与臭花娘结下婚约。最终活死人在鬼谷子先生处学成归来，正遇上青面大头鬼等地痞流氓叛乱，活死人便与臭花娘以及一干师兄弟齐心剿除叛乱者，受到鬼界皇帝阎罗王的嘉奖，当场封官晋爵，并赐婚活死人与臭花娘。

这部小说全部由吴方言写成，语言俚俗，诙谐幽默，每回末尾均有“夹缠二先生”的点评，与正文一唱一和。这部小说刊印之后很快便散佚，直到 1926 年刘半农在书摊上觅得，重新标点出版，这本薄薄的小说才重又出现在文学界的视野中。新版的序由刘半农作，鲁迅撰写题记，林语堂、吴稚晖等人也对其有极高的评价。刘半农认为它不仅语言诙谐，讽刺性强，并且有一种打破一切束缚的自信而豪迈的气概。鲁迅也认为《何典》有一种反抗旧文人“故作清高”的姿态。

二、文人小品或意义的曲解

《何典》之所以会在其作成大约五十年之后才重新受到关注并付印，这和当时的政治思想环境不无关系。当时已经有思想家和文学家提出了要在文章中见真性情的要求，并且工商业的进一步发展，也使得读者群扩大，像《何典》这样以“怪”取胜的作品也因此而显得格外突出。因此，从一开始，《何典》所受到的关注，就在于它敢于反抗传统。也有研究者将其归类到揭露讽刺小说一类，认为它开了晚清讽刺小说的先河，因为《何典》虽为“鬼书”，但写的却不是“鬼事”，其中所描写的鬼界种种，全不似之前的鬼怪小说一般上天入地、幻化变形，而是如同人间一般，照常穿衣吃饭，乃至生老病死，与其说是志怪小说，不如说是披着鬼衣的现实主义作品，正如鲁迅在《〈何典〉题记》一文中所说的，是“谈鬼物正像人间，用新典一如古典”①，并说“便是信口开河的地方，也常能仿佛令人有会于心，禁不住不很为难的苦笑”。② 所以《何典》当中，既有贪赃枉法徇私舞弊的朝廷官员“饿杀鬼”，也有一世勤恳吝啬却朴实的财主“活鬼”，有嗜赌成性吃软饭的“刘打鬼”，也有风流倜傥文武双全的“活死人”……总之，在人间所能看到的众生百态，都可以在《何典》中找到对应的“鬼”形象。虽然篇幅很短，但是，将社会的黑暗，

① 清·张南庄：《何典》，工商出版社，1982 年，第 6 页。

② 同上。

人情的冷暖，官场的腐败都包含在内，很接近晚清时期出现的揭露社会黑暗面的谴责小说。当然，因为其成书较早，也有研究者认为《何典》一书，实际上是介于反叛和回归之间①，虽然小说揭露了社会的黑暗面，但活死人最终的封官晋爵仍然没有逃脱“学而优则仕”的儒家传统，小说的结尾甚至还很有点“才子佳人”小说的味道，活死人和臭花娘情深意重，最终郎才女貌，阎王赐婚，实在是皆大欢喜。更有最近的研究者认为，活鬼的死，显示了作者还没能反抗封建主义的统治，而活死人协助阎王打败青面大头鬼的叛乱，是对革命的一种否定。②

这种看法应该说很有一点过度阐释的意味。的确，《何典》一书的确是有心反叛，但在百年来的研究中，竟然将这一本只有五万余字的小说阐释到如此地步，实在是一种强加和误读。王德威先生在《被压抑的现代性——晚清小说新论》一书中曾谈到过谴责小说，他认为谴责小说所达到的效果也许已经超过了作者自己的预期，用时下流行的话语来说，达到了一种“被谴责”的境地，也就是说，这些谴责小说原先的意图，也许并没有后人所解释和分析的那样严肃和高尚，它们本身带有的游戏性和幽默感，在很大程度上削弱了作品的批判性。它们很可能只是为了满足读者猎奇的需求，正如今天的网民往往沉迷于网络那些离奇的“八卦”事件一样。这个理论

① 韩玺吾：《〈何典〉：叛逆与回归》，湖南文理学院学报（社会科学版），2004年3月第29卷第2期；王韬：《连篇鬼话的含义——评〈何典〉对传统价值的否定》，明清小说研究，2008年第3期。

② 李世桥：《谈鬼物正像人间，用新典一如古典——〈何典〉简论》，南都学坛（社会科学版），1999年5月第19卷。

笔者认为在《何典》一书中也同样适用。在《何典》写出的乾嘉时代，改革甚至革命的思想的流传还不甚广泛，同时，虽然已经出现商业化书籍的流通与买卖，但是读者阶层却并未广泛深入到平民，换言之，书籍的主要作者和读者阶层仍然是饱读诗书的士大夫阶层，流通的主要手段仍然是私人手抄。所以《何典》一书，可能只不过是不得志的文人的一篇游戏之作，朋友间的唱和而已。《何典》一书由署名“过路人”（即作者张南庄，笔者注）所著的序中有云：“无中生有，萃来海外奇谈；忙里偷闲，架就室中楼阁。……不过逢场作戏，随口喷蛆；何妨见景生情，凭空捣鬼。”① 这样的序言，无疑显示了作者一种游戏的态度，对贪官污吏的讽刺，对社会黑暗面的揭露，也并没有超过“朱门酒肉臭，路有冻死骨”或是“半匹红绡一丈绫，系向牛头充炭直”的思想水平。而全篇中的“夹缠二先生”评论，也并不是文学批评性质的评述，而更近于朋友之间的读后交流，玩味鉴赏。与其说是揭竿而起的反封建之作，不如说是一个怀才不遇的文人所发的一场大牢骚，朋友之间传阅传阅，相视一笑而已。《何典》本身的幽默和调侃也无不透露出这样的讯息。这一点鲁迅曾在他给增田涉的信中也有体现，他虽然认为《何典》有批判现实主义的倾向，但仍然是将《何典》作为一部“滑稽戏”介绍给友人。

但不能否认的是，即便是不从批判现实主义或者反封建的角度来看《何典》，我们还是可以从中看到中国传统小说向现代小说过渡的萌芽。首先，《何典》一书展示了一种与传统读书取士的“成功学”完全不同的价值取向。《何典》开篇便有

① 清·张南庄：《何典》，工商出版社，1982 年，第 27 页。

一首《如梦令》:“不会谈天说地,不喜咬文嚼字,一味臭喷蛆,且向人前捣鬼。放屁放屁,真正岂有此理!”这首词常常被研究者作为反抗传统和封建主义的明证,笔者认为,这句话带有一定戏谑的成分,也许并不是严厉的反抗,但是却含有轻蔑的意味,而《何典》的现代性,也并不是体现在如《儒林外史》那般沉重的鞭笞,将那十年寒窗对人的戕害近乎荒诞地、血淋淋地展示出来,而是用这种轻蔑的态度,体现了一种超然物外的洒脱。同样,活死人最终虽然是建功立业,但却不是经由四书五经、科举取士,而是通过学习传统所不齿的“鬼谷子”的歪门邪道挽救了对野蛮的叛军一筹莫展的国家和君王,颇有一点闹剧的性质。反观文质彬彬饱读诗书的白面书生形容鬼,反倒是面对兵临城下的匪徒和军心涣散的士兵束手无策,最终不得不以死殉国。这种强烈的反差,也同样显示了对传统的反叛,使得《何典》不再拘囿在怀才不遇的文人苦闷的发泄之上,而是超然于那种“怀才求遇”之上的,对于“才”和“遇”的否定和批判之上。

其次,《何典》虽然是一部章回体的小说,但是它已经超越了传统章回体小说每一章节独立成篇,或是线索过长过疏、漫无边际的叙事方式,而是初步有了现代小说的完整的叙事框架。小说篇幅不长,也没有多余的线索、人物和情节,每一个情节都是环环相扣,整篇叙事非常流畅,甚至还有一些伏笔。比如第五回中写到形容鬼离家做官,虽然之后有三章内容形容鬼都没有出现,但是在第九章叛军来袭时,形容鬼再次出现,并以身殉职。同样的还有黑漆大头鬼,他在小说的第二章打死了破面鬼之后便逃之夭夭,但张南庄同样也没有让他只是跑一个龙套,而是让他在小说的最后从藏匿躲罪的山中走出来,成为叛军的首领。这样细致的人物安排,前后呼应的情节设置,节奏紧凑的叙事风格，就已经初步具备了现代小说的特点。

第三，《何典》的人物性格都具有一定的复杂性和立体感。前文已经说过，《何典》虽说是鬼书，但描写的鬼已经不是传统志怪小说中的具有超凡能力的鬼怪，也同人一般有七情六欲乡情的市侩，只不过是生活在鬼界而已。因此，它摆脱了早期志怪小说鬼形象的单一性和程式化，而具有了人一般复杂的性格特征。鲜明而立体的人物形象，也同样是新小说的特征之一。而《何典》中的鬼，性格各异，形容鬼的忠义、活死人的狡黠、醋八姐的刁蛮、色鬼的贪婪，都表现得淋漓尽致，并且有些角色身上还会有不同的性格相互交错，比如勤恳却吝啬的活鬼、善良却懦弱的雌鬼、八面玲珑的六事鬼等等，不一而足。因此，《何典》在人物形象的塑造上，也已经超越了传统的小说而接近近代小说。

三、文白之争与方言写作

《何典》一书为研究者所关注的另一个焦点，便是它所使用的语言形式。首先《何典》全文由吴方言写成，袁进的《中国小说的近代变革》一书曾经提到：“《何典》是中国第一部运用方言做小说的作品，开了近代方言小说的先河。”① 运用方言写作，小说的语言就必须脱开传统文言的束缚，因为方言正是在日常生活中时时在用的鲜活的语言，充满了市民阶层的生活情趣和创造性。刘半农作为白话运动的倡导者，自然对《何典》这种活泼的白话写作大加赞赏。鲁迅也曾在《〈何典〉

① 袁进：《中国小说的近代变革》，广西师大出版社，2009 年，第 11 页。

题记》中说：“三家村的大人穿了赤膊大衫向大成至圣先师拱手，甚而止于翻筋斗，吓得‘子曰店’的老板昏厥过去；但到站直之后，究竟都还是长衫朋友。不过这一个筋斗，在那时，敢于翻的人得魄力，可总要算是极大的了。”[①] 这一句对《何典》在语言方面的革新有着极大的肯定，在新文学刚刚起步的阶段，这样的一部“奇书”，当然是会被作为白话文文学的先驱来看待，从遥远的乾嘉年间被拉到现代，颇有一分严肃的革命感。

张南庄本人也在《何典》一书的序言中表明了自己对文言八股写作的厌烦和排斥：“全凭插科打诨，用不着子曰诗云；讵能嚼字咬文，又何须之乎者也。”[②] 的确，《何典》中的语言，从不避讳乡野俚语，有些我们在今天的写作中仍然会避讳甚至感到不堪的字眼，在《何典》中却写得明明白白，全无顾忌。在研究者看来，这便是白话文对文言文的宣战，或是对传统的精英创作语言的垄断从内部打开了缺口。鲁迅曾在《为半农题记〈何典〉后，作》中提到，当时刘半农在为《何典》的出版做广告的时候，有大学教授和学者认为《何典》的语言实在是令知识分子“斯文扫地”，因而颇为愤慨，然而鲁迅却觉得，有见识的学者未必要之乎者也，而满口雅言的往往是虚伪的假道学。而刘半农则将《何典》的语言解释为对文言文的嘲讽，他在《重印〈何典〉序》一文中指出，《何典》一文语言的精妙，不仅仅在于张南庄对村俗俚语的自如运用，更在于他将土到不能再土的句子和传统文人小说中的雅句串联在一起，两下相对比，造成了一种格外滑稽的语言效

---

① 清·张南庄：《何典》，工商出版社，1982 年，第 6 页。

② 同上，第 27 页。

果。而这样的语言效果，正是建立在对文言文的庄严和神圣性的消解之上的。①

的确，张南庄的语言与同时代的《浮生六记》相比，实在是极其俚俗的，对比明末清初的早期白话文小说，他也有着相当大的突破性。因此将《何典》作为白话文的先声和早期的范本，的确是有道理的，尤其是在新文学运动刚刚有了一定成果的时期。但是，笔者认为，方言写作的最大优势，或者说方言写作的最大生命力，并不在于与文言文的抗争上，而是在于方言本身所带有的文化性的因素。虽然鲁迅和刘半农所推崇的，都是《何典》所使用的“白话文”，但毫无疑问，他们之所以会觉得《何典》是一部优秀的白话文作品，是建立在他们本身都来自吴方言区，能够体会文中的吴方言日常俚语和典故这个基础之上的。方言之所以成为方言，不仅仅是语音和语法的不同，更因为其背后的市民文化的支撑，因此一些简单的用词，往往会因为其背后指涉的隐喻性的语义，而达到出其不意的效果。

首先，“鬼”一词，在吴方言中本身就是一个语义丰富、带有高度隐喻性的词语，很多的成语、俚语、歇后语都和“鬼”字有关，比如“鬼画符”、“怀鬼胎”、“讨债鬼”等等，都是吴语区方言中经常出现的，有着吴文化中特有的指示对象。可以说，如果不使用方言，《何典》中的“鬼”便会少了一层指示的含义，也许就会变得索然无味。同样的，小说中的很多其他词语也是因为同样的原因而变得出彩，在《何典》中，张南庄经常运用一种“反源”式的手法，将原本已经不

① 清·张南庄：《何典》，工商出版社，1982年。

具有实指意味而在日常生活中只会使用其引申意义的词语返回它们的实指本源，如将“两面三刀”还原成“刀”，将“鬼画符”还原成“符”，将“冷板凳”还原成“板凳”等等，将“肉弄堂”、“抄弄堂”还原成“弄堂”，将这些成语断章取义当作名词使用，但又适时地将它们所携带的引申意义嵌入其中，使得了解其引申含义的读者展开联想，从而脱离了语法的限制，用一种双关的方式，传达出了丰富而饱满的含义，这便是《何典》的语言魅力所在，将“典故”生活化、乡土化，也许是张南庄采用方言写作的最大原因。

四、结语

近代文学作品离我们已经越来越遥远了，尤其是小说，由于在近代一直没有得到正统文学的接纳和承认，很多的作者都是化名写作，这使得我们更加难以窥知这些小说创作的原因、目的和过程，但也因此给后世的研究者留下了宽广的阐释空间。而每个时代，又有着每个时代不同的精神面貌和思想潮流，所以对作品的解读，总是离不开时代的限制，但有时太过具体和务实的阐释也许反而会遮蔽作品本身的面貌。以《何典》为例，正是想说明时代对作品阐释产生的影响，这其中没有对错好坏之分，但一部简单的作品却折射出了不同时代研究者的精神面貌，这倒是一个值得研究的话题。

夹缝中的未名者

——浅论台静农的未名社时期创作

在中国现代文学史上，提到台静农的名字，就一定会让人联想到“乡土小说”，台静农于20世纪20年代在《莽原》杂志上发表的一系列书写自己故乡的短篇小说，被后来的评论者称为除了鲁迅之外最好的乡土小说。的确，台静农的创作生涯是非常短暂的，最主要的成就也就是他在未名社期间所出版的两部小说集《地之子》与《建塔者及其他》。但当笔者准备通过这两部小书来探究台静农笔下的“羊镇世界”的时候，却发现台静农的小说创作实际上并不只有乡土小说这单一的维度，即使只看这二十多篇短篇小说，就可以发现还有与其乡土小说平行发展的另一小说类型——革命小说，以及为数不多的几篇描写恋爱主题的作品。那么，为什么唯独乡土小说这一类型在台静农创作研究中形成了气候，而其他类型的小说却被大多数的研究者一笔带过甚至于忽略不计呢？尤其台静农的革命小说创作正是在邓中夏、郭沫若等人的倡导下进行的，为什么却没有在革命文学史上留下一笔呢？

笔者查阅了台静农的生平资料。他出生于安徽农村，曾在北京大学国文系旁听，后来由朋友引荐认识了鲁迅，参与了其所在的“未名社”。1927年后，任教于辅仁大学、厦门大学、山东大学及齐鲁大学等。抗战后，举家迁四川，任职国立编译馆。1946 年赴台，后任台湾大学中文系教授。但是奇怪的是，大部分的研究资料集中在台静农与鲁迅的关系上，以及他赴台后的杏坛轶事。然而从 1933 年至 1946 年这十多年间，几乎就只有台静农的自述来填补。而有关的传记对于他在未名社期间除创作之外的其他活动，也往往语焉不详。举一个最简单的例子，台静农在未名社期间曾经三次被捕，而这三次被捕的原因，只说是因被怀疑为共产党员。至于为什么被怀疑，却模糊带过了。

并且，在台静农赴台之后，有些研究资料表明他对过去“忘得一干二净”，鲜少谈论自己过去在未名社的生活以及与鲁迅的关系，埋首国故研究，已经完全看不出当年文字斗士的身影。① 这中间到底发生了什么，我们究竟能不能从他的早期创作中窥得一二呢？笔者将以《地之子》和《建塔者及其他》为材料，对台静农这种“始自于隆隆终至于默默”的文学现象。

一、台静农的乡土小说特点

前文中也已经提到，台静农自与鲁迅相识之后，两人的关系便逐渐深厚起来。有研究者曾统计过二人通信的次数，其中台去信 74 封，鲁回信 69 封。在京期间，台静农拜访鲁迅 39

① 古远清：《台静农：从奋争呐喊到无为而治》，选自《几度飘零：大陆赴台文人沉浮录》，广西师范大学出版社，2010 年。

次，鲁迅回访5次[1]……鲁迅与台静农过从甚密，由此可见一斑，台静农便是在鲁迅的指引之下走上文学创作之路的，也是鲁迅指导他“从熟悉的生活中取材”[2]，才使得台静农开始专注于乡土小说的创作。现代文学史家杨义先生认为台静农的小说从内容到风格，皆师法鲁迅，现今的大部分研究者也持这样的观点，然而笔者却认为，台静农固然是向鲁迅学习了很多，但是他的乡土小说，却和鲁迅的作品有着些微的差异。

首先，台静农的小说的确带有鲁迅式的对封建主义毫不留情的批判。纵观《地之子》及《建塔者及其他》中的乡土小说，凡是代表着封建主义的人物形象，或者说是所谓“得势者”，台静农无一不作了最彻底的批判。比如《新坟》中的五爷，不仅贪生怕死、不顾亲情，使得四奶奶的儿女被大兵杀死，还在他们死后诈骗四奶奶仅剩的钱财，使其无家可归，以致疯狂；《蚯蚓们》中的各位官人，完全罔顾小李的意愿而买走他的妻子；又如《负伤者》中的张二爷霸占别人的妻子还理直气壮，以及两面三刀的署长从中拉皮条还占去了大多数的典银；还有《人彘》中的吴大老爷，只不过是佃户签了三斗课稻，便要了他的性命……这些人物形象在台静农的小说中的面貌总是冷血、绝情、虚伪的，台静农也不惮以最坏的方式来描写他们，从某种程度上说，这种彻底的不遗余力的批判是台静农师承鲁迅的一个方面。

但是，当面对自己笔下那些来自故土的普通老百姓时，台

---

① 严恩图：《鲁迅与台静农》，《安徽师大学报（哲学社会科学版）》，1983年第1期。

② 施军：《论台静农的小说创作道路》，《淮阴师范学院学报（哲学社会科学版）》，2002年第4期。

静农却显示出了更多的悲悯、同情甚至于感同身受，而不是批判。这一点笔者认为台静农是不同于鲁迅的。台静农在描写人物的时候，比鲁迅更加凄惨和悲凉，但这种悲凉，不是在哭号和受难这样直接的、狂风暴雨般的激烈和正面冲突中展开的，而是通过一种柔软和温存体现的。比如，《为彼祈求》中陈四哥对主任的拜别，《吴老爹》中吴老爹的少主人最后的交代，《烛焰》中犹豫张皇的父母，《天二哥》中烂腿老五最后的陪伴，《蚯蚓们》中妻子月光下的哭泣……总之，这些人物凄凉的身世总是因为他们内心的不忍和软弱而显得更加凄凉。诚然，在台静农的笔下也有很多“看客”的形象，他们出现在茶馆里、集市上，对别人的困境报以围观，甚至于发出观众的漠然的大笑，然而即使是这种看客的形象，在台静农的笔下，也时常展露出有限的温情。比如《拜堂》中的田大娘和赵二嫂；又比如《红灯》中的最后一个场景，当很多人聚集在河岸上看河灯漂过时，得银娘的小红灯飘然而至，孤独地引领着一大串河灯，而这个场景将之前还在调笑的人们感化了：

> “哦！哦！看那灯！”杂乱的人声，顿时停止了，都转移到河灯上面去了。
>
> “前面是一个小小的红灯引导呢。”
>
> 大灯沉重走得迟慢。这小红灯早顺着水势，漂到大众的前面了，它好像负了崇高的神秘的力量笼罩了大众，他们顿时都静默，庄严，对着这小红灯。直待大灯来到的时候，小红灯已孤独地渐渐地远了。①

---

① 台静农：《地之子 建塔者》，人民文学出版社，1984 年，第 26、27 页。以下摘自本书者均不再注。

以上段落充分显示出台静农笔下看客的复杂性，他们和那个被看的人原本是同样的，他们也会同情、会肃穆、会给予那些苦难的人以些微的帮助，他们是有缺点的，是有劣根性的，更多的时候他们是好像毫无感情的围观者，但他们的内心与那些被看的人始终是同构的，他们围观别人的困境，而当他们自己面对困境的时候，他们也能坦然地面对别人的围观。比如《拜堂》中的汪老爹，对于自己二儿子和大儿媳的婚事，他是一个不折不扣的看客，冷嘲热讽；但在小说的最后，他独自对着油条喝酒的时候，邻居们对他家这桩奇异的婚事旁敲侧击地打探的时候，他也没有任何的窘迫，坦然地说："居然他两个弄起来了！"这种同构性区分了鲁迅和台静农，和鲁迅小说中的"职业看客"不同，台静农笔下的这些小人物可能代表了更真实而广泛的中国农民的形象，而台静农在洞悉了他的人物之后，则比鲁迅更多了一份体谅。这体谅与鲁迅的"哀其不幸，怒其不争"是不一样的，台静农并没有将自己的人物对象化，而是感同身受地体谅他们困苦的生活，体谅他们自私的内心，体谅他们最直接和最基本的对生活的欲望。正因为这份体谅，台静农在批判的时候便多了一分犹豫，正如他自己在后记中所说的："素园看了，他很满意我从民间取材；他遂劝我专在这一方面努力，并且举了许多作家的例子。其实在我倒不大乐于走这一条路。人间的酸辛和凄楚，我耳边所听到的，目中所看见的，已经是不堪了；现在又将它用我的心血细细写出，能说着不是不幸的事么?"可以想见，对农民的同情已使他不愿再对他们多加批判，而如今我们回过头来看看，台静农笔下的这些人物，也许至今还活在农村，以他们顽强的生命力软弱而又坚韧地活着。

二、台静农革命小说特点

《地之子》主要以乡土小说为主，而《建塔者及其他》则是以革命小说为主，《地之子》中的第一篇《我的邻居》也可以算作是革命小说。这样算起来，未名社期间的台静农创作的革命小说大致有九篇，而乡土主题的小说则有十四篇。笔者在阅读了这九篇革命小说之后，不得不承认研究者对它们的忽略是有原因的，这些小说写得实在是过于浅显和单一了。小说的模式大致是相同的，内容也大体相同，一般采用了书信体或是日记体来推动叙事，讲述革命者为了新的世界不断斗争乃至被捕，最终献出生命的故事。这几篇作品，叙事不足而说教过剩，人物形象也很单薄，对立冲突也很鲜明，的确从小说本身来说，不具备太大的研究价值。有些研究者认为这是因为台静农所在的未名社在五四之后的文学社团里是一个相对左翼然而又比较纯粹的文学社团，他对革命有向往，甚至有过参与——他协助过自己的老乡共产党员王青士做过地下工作，但是，这些革命的具体行为离他仍然是遥远的，他三次因为被怀疑是共产党员被捕入狱，但都被释放了，因为他只是无辜受到牵连而已，所以他充其量不过是革命的外围参与者，要写出震撼人心的革命文学，也许是强人所难了。

但是笔者认为，这些小说背后所蕴含的作者的心理却是值得探讨的。普实克在《普实克中国现代文学论文集》中有一篇题为《二十世纪初中国小说中叙事者作用的变化》的论文，他认为中国小说叙事者的现代化正在于打通了作者和小说中的虚构人物之间的道路，使得叙事者不再只是单纯客观的讲述人，而是将作者的主观感受代入了叙事人当中。① 而韦勒克在《文学理论》中也有类似的观点："可以说现实主义作家在创造人物时主要是观察行为或'移情'。"② 也就是说，在叙事人和作者之间，是有某种统一性的，而笔者认为，当叙事人为第一人称时，这种统一性将更加强烈。

如此，当我们再回到台静农的小说创作时，就会发现这样的现象：乡土小说绝大多数都是以第三人称叙事，而革命小说则全部由第一人称叙事。也就是说，在台静农的小说中，最能够通向他自身内心的，不是乡土小说，而恰恰是这九篇单薄的革命小说。如果我们再进一步分析这些革命小说中的叙事人，就又会发现，这些叙事者的形象基本是统一的——是革命的同情者，然而也同样是革命的怯懦者。《建塔者及其他》的开篇《建塔者》的基调是昂扬的，可以看出，叙事者也同样是革命者当中的一个，他是准备好牺牲的，然而，他却是写到的四个革命者中唯一一位活着的人。而在《昨夜》中，"我"相对于秋，总是"惭愧的"，"谈着旧调子"的，"悄然地混在人群中"的。《死室》中，"我"依然是革命的幸存者，收到了已经去世的革命者相托的日记，而在日记的最后，革命者这样写到"我"："有一次，芝姐（即叙事人"我"——笔者注）问我：'许久不听见拷问庚辰君，想是严重的时期过了。'当时我没有回答，仅冷冷地向芝姐一笑。她还不知道，我至爱的庚，早已成就了他的伟大了！"可见"我"的觉悟也是较低

① ［捷］亚罗斯拉夫·普实克著：《普实克中国现代文学论文选》，李燕乔等译，湖南文艺出版社，1987 年。

② ［美］雷·韦勒克、奥·沃伦著：《文学理论》，刘象愚等译，三联书店，1984 年，第 87 页。

的。如此种种，还有《历史的病轮》中的“我”在得知朋友的妹妹因革命而死时，想到的是她的母亲，而不是革命事业，被朋友呵斥；《遗简》中“我”对 K 的死误解为浅薄的殉情……总之，这些叙事人的形象往往是渴望进步，而又含着几分软弱的，而这些，是不是会让我们联想到上文所说的台静农？如果我们再联系为数不多的几篇爱情小说，则更可以看出这些小说背后一位作者的自卑与怯懦，而有时如此地执着和不屈。如《白蔷薇》中不敢表白的小男生，《苦杯》中坐在后排的男同学，乃至于尚未刊载此二集中的《懊悔》中费尽心机的密斯柳……这样，台静农的形象越来越鲜明地穿过时光的迷雾和传记的遮蔽呈现在我们眼前。

三、结语

看起来，台静农的《地之子》与《建塔者及其他》中的乡土小说、革命小说和爱情小说是格格不入的三部分，但是仔细推敲起来我们就可以发现，其实这三者之间存在着一种隐秘的联系，台静农对农民批判的不彻底性和他在革命小说中所表现出的隐隐的懦弱，以及在爱情小说中不自觉流露的自卑是同构的，他对封建主义的激烈的批判和他革命小说中显在的慷慨激昂是同构的。在他身处的动荡的时代，他虽然身处大都市，但他内心仍然和那个遥远的故乡有着千丝万缕的联系，他在城市里所受的种种磨难，提心吊胆的生活，社团经费的短缺和社员思想的差异，对他来说又何尝不是另外一种和乡间朝不保夕的生活相似的苦难体验？有很多的现代作家都如同台静农一般始自于隆隆终至于默默，他们也许不那么呼风唤雨，也不那么悲壮献身，甚至于，他们不愿意做一只出头鸟，但他们是是非分明的，是坚韧而世俗的，他们的复杂性正充实着现代文学，填补着现代文学。也许正是他们，才使得现代文学传承到了当代，使得现代文学更多了一些我们当代的研究者所能感受到的共鸣。

从“天人合一”到“无我之境”

——浅谈近年来中国生态文学

“生态”、“生态文学”、“生态文化”，这些词语对于当下的中国来说已经不再陌生了，自1986年沙青的报告文学作品《北京失去平衡》发表以来，中国的生态文学已经走过近三十年。这三十年里，中国生态文学创作及其理论研究从起步到发展并一步步走向成熟，近年来的生态文学创作与研究与20世纪80年代相比，已经发生了质的变化。

与国外的生态文学流派发展相类似，中国的生态文学创作也经历了从单纯的环保实用主义向自然主义转变的过程。在最初的十年中，中国严格意义上的生态文学多为纪实性的报告文学，主要以展现人对自然环境的破坏为主题；而之后的十年，则是不断反思人与自然关系的十年，将人置于自然环境当中来讨论人与自然的共生问题；到了第三个十年，“人”在生态文学中的角色似乎被淡化，更多自然主义的作品开始出现，近年来的生态文学已经呈现出越来越繁荣与多样化的趋势，而在生态文学的理论构建上，也出现了新的声音。

从“狼图腾”到“重返狼群”

2004年出版的《狼图腾》无疑是当年图书市场最大的赢家，同时也被许多研究者认为是中国生态文学创作的转型之作。无疑，以狼的视角进行写作可说是中国生态写作的创新，其中所蕴含的“狼图腾”所象征的精神意味更是一种突破，它打破了以往生态文学中以人为主宰的主流话语立场和“保护环境”的教化与警示意味。在姜戎的生态价值观中，人与天地万物已经不仅是平等，而是近乎卑微的存在，人类狂妄的开垦与杀戮，只能换回他们自己都无法承担的报复，因为这是对天不敬，对神不敬。之后，一种复古的、敬天祈神的自然生态观，与狂放的、英雄主义的草原游牧精神不断展现在近年的生态文学作品中，《可可西里狼》、《野猪王》、《圆桌舞台》、《青旗·嘎达梅林》、《大悲原》、《乌妮格家族》等一系列相似主题的作品涌现出来，占据了生态文学的半壁江山。2012年的作品《重返狼群》则可以说是这一主题的极致，为人类所救助的狼，必须要回到与人类隔绝的“纯粹”的自然中去，方能获得自身生命的圆满，看似人与自然又再次隔绝，似乎有悖于生态主义“整体生态”的含义，但人类不再介入其他生物的生老病死，意味着人类的主体性隐退消失，而自然又能以自己的价值与伦理日复一日地运行下去，这难道不是更深层次的“天人合一”吗？以“无我”观万物，让自然为其自身立法，上述这些作品的精神内核，并非是回到上古时期的自然崇拜，也非对现代工业文明的全盘否定，而是出于对生态哲学的深入理解与阐释，所带来的信仰与敬畏之心。

“一个人的村庄”到“大地书”

现今的研究整理资料中，近年来出版的一些乡土散文，已经都被纳入生态写作的范畴之内。从《大地上的事情》开始，笔者一直非常关注这种更为微观的生态书写。出版于2006年的《一个人的村庄》和《遍地药香》在笔者看来，都是非常不错的生态主义作品。对家畜家禽、农作物以及乡野动植物的书写可说是当代中国生态文学的另一维度，也许并不像大漠孤狼那样雄浑阔达，然而却诉说着更为细腻和亲切的自然物语。刘亮程的《一个人的村庄》还原和扩大了故乡的内涵，把千百年来中国文人不断精神化的家园与故乡重又落实在土地上，将家中的牲口、砖柴都作为乡愁的对象，极尽怀想与感念。《遍地药香》的描写则集中在并不属于耕作范畴内的乡野植物，与作者的童年趣事交织在一起，构成了一幅怡然自得的田园图景。两人的乡土叙事都展现着同样的生态主义观点：利用，并尊重。生态主义并非要完全回到茹毛饮血、物竞天择的远古，而是在对自然的开掘、利用中常怀感恩和敬畏的态度。2012年出版的《大地书》则融合了乡土叙事与传统的生态散文，作者徐刚可说是生态文学的一面旗帜，《大地书》由于其体裁的关系，也可以说是徐刚生态主义观点的集中展示。从这些文字中，我们可以清晰地读出与前二者的相同，不论是身边时时可见的乡土植物，还是远方大漠里甚至在过去被视为没有生命的岩石，徐刚都赋予了相同的敬畏之情，而这样的情怀，已经越来越成为生态散文的主流。

从“天人合一”到“无我之境”，这可以说是近年来生态文学作品的主流，不论是对广阔大漠的雄壮书写，还是对乡野环境的精微描述，都让我们看到当下生态文学逐渐摆脱以往教化文本的刻板印象，展现出一种人与自然融为一体，甚至自然中浑然忘我的精神气质，这是对西方生态主义的理解，亦是对传统中国哲学的回望。鲁枢元的《陶渊明的幽灵》则是中国生态主义文学融汇东西的理论成果，这部著作在 2014 年获得鲁迅文学奖，让我们相信中国的生态文学一定可以走得更深、更远。

社会再生产的创造性可能及其意义

——浅谈保罗·威利斯的《学做工》

保罗·威利斯的《学做工》一书成于1977年，被誉为是"20世纪社会学、人类学和教育学的经典著作"，"伯明翰学派民族志研究传统中最受推崇的典范著作"（赵勇编，《大众文化理论新编》，北京：北京师范大学出版社，120页，2011）。在此书中，保罗·威利斯的主要实验对象是"一个镇上十二名受中等教育的工人阶级子弟"，主要的研究课题是这些工人子弟如何一步步继承父辈工人阶级职业及文化范式，从而完成文化与社会再生产。从主题上来说，《学做工》一书似乎是承袭布尔迪厄的"教育再生产"理论，资本主义不平等的教育骗局与困境并非保罗·威利斯的发明创造，然而《学做工》一书之所以获得备受尊崇的地位，是因其对再生产理论的创造性解释，不仅超越了前人的单向性再生产理论，对20世纪80年代的教育学和人类学著作都有着深刻的影响。2013年，《学做工》一书在中国出版，笔者认为，此书对于中国的教育现状及社会现状而言，都有非常重要的启示意义。

一、民族志研究下的英国工人子弟生态

《学做工》一书总体分为两个部分，第一部分为民族志，第二部分为分析。在民族志部分中，保罗·威利斯以对话与陈述相结合的形式对研究涉及的主要对象（十二个“家伙”及其家庭）、对照组（包括与“家伙们”同校的“循规生”、在高级文法学校学习的“循规生”以及在高级文法学校就读的“家伙”）以及制度/权威层面（教师、校长及相关文件、规定的引用）的日常生活样态进行了描述，以期对其定义的“反学校文化”进行轮廓描写。保罗·威利斯首先对“家伙们”的行动方式进行了文化元素的提取，包括对权威（即教师/循规生/学校制度）的反抗与抵制，“家伙们”非正式群体的构建及模糊规则（反对告密），校内违规活动（上课睡觉、哄骗和逃学，以“知识无用论”为基调），“找乐子”（包括对学校/社区的小规模暴力破坏、对群体内及群体外人员的言语/非言语冲撞和挑衅，并将其视为来学校的“唯一”原因），校外违法活动（寻找刺激，如抽烟、喝酒、打架等等），性别歧视（对女性的猥亵性想象及对妻子的物化期待）以及种族歧视。通过这一系列文化元素的描述，保罗·威利斯基本建立了对反学校文化的形象白描——一种充满“男性气概”的、崇尚体力（武力）的、对知识不屑一顾且对制度充满挑衅与反叛的青少年文化。

在民族志书写的第二个阶段，保罗·威利斯从阶级和制度两个方面对中等学校工人子弟的这种反学校文化进行更深层次的刻画。在阶级层面上，保罗·威利斯试图在更大的工人阶级文化背景下，也就是以父辈的车间文化作为背景理解反学校文

化真正的本质和意义。首先，反学校文化与车间文化在内核与主题上是一致的，第一，他们都推崇男性沙文主义。第二，他们都试图在正式的制度与权威之外建立对过程的控制；其次，反学校文化与车间文化在表达方式外在体现上也是如出一辙（包括非正式群体的建立和群体内外的界定，对告密者的姿态、言语挑衅及伤自尊的玩笑，甚至包括欺骗与偷盗）。第三，在文化的基本态度上，二者都推崇经验至上与知识无用论。

而在制度层面，保罗·威利斯从教育的基本范式及其变体的角度阐明了“家伙们”与学校及教育的基本范式之间的矛盾以及反学校文化形成的深层次动因。在他的田野调查中，与作风不良的“家伙们”构成对照的有四组对象，最重要的是与“家伙们”同属于工人阶级子弟的循规生们。保罗·威利斯看到了在民族志中就已经体现出的阶级分化，随着资本主义社会生产结构的逐渐稳定，教育系统及意识形态的欺骗性及控制欲不断显现出来，而是否发现并反抗这种制度成为工人阶级内部的分水岭，“家伙们”对于学校的反抗并非完全出于青春期的叛逆（与中产阶级学生对照），而是继承自自己家族传统的对学校的不信任，对知识与文凭的不在乎，虽然教育制度通过或妥协或更加高压的方式化解“家伙们”对学校和学习的反抗，但“家伙们”及其家族总是能够一针见血地指出这些教育改革背后一成不变的控制性与虚伪本质。

在民族志的最后一个部分，保罗·威利斯对“家伙们”的就业情况进行了跟踪，调查了他们的就业渠道、方式，与正式就业指导之间的冲突与无视以及研究对象及其对照组对工作的适应情况，从而证实了反学校文化与车间文化之间的同构性以及工人阶级向中产阶级流动过程中所产生的阻碍与困境。

二、"重获主体性"的工人阶级文化

《学做工》一书的第二部分对民族志部分的资料进行了分析，并提出了保罗·威利斯自己的文化再生产理论。以往研究者一是对再生产研究往往是单向性预设，仅仅从统治阶级的角度来解释社会再生产，将工人阶级这类被统治阶级的文化参与设定为完全被动的类型，教育也因此被看作社会再生产的重要环节，是将从属阶级从意识形态上同化的最主要的方式。如果以这种理论作为前提，哪怕是在中等学校都为数不多的"家伙们"的反叛行为就无法上升到文化研究的高度，而只能作为一种无意识非理性的小打小闹。布尔迪厄在此基础上有所发展，他在一定程度上肯定了底层阶级的文化自主性与阶级之间的流动性，也即工人阶级子弟最终成为工人阶级，在一定程度上是他们自身的主观选择。然而，在布尔迪厄的著作中，这种选择是无奈的，是工人阶级子弟无法获得向上流动的资本与能力之后，不得不选择的最终归宿。无疑，这样的选择前提也同样是建立在对上层阶级文化形态和意识形态充分认同的基础之上的。而另一类如汤普森虽然强调了工人阶级在建立自身文化时的自主性，将工人阶级文化的形成与英国传统文化相结合，将工人阶级的形成提到了价值与信仰的高度，十分浪漫主义和理想主义。

而保罗·威利斯的文化再生产研究则与前者不同。首先是研究视角的转变。在《学做工》书后的访谈中，保罗提到自己也是出身工人阶级，曾经是循规生当中的一员，所以他更有资格也更有优势完全进入到他所调查的工人子弟的语境当中，获取他们更多的信任，从而使自己的民族志的描述更为真实和可靠。与此同时，保罗也完全地从这种语境出发，发现底层工人阶级在教育和职业选择的过程中基本是完全自主的，而非像以往的研究所展示的那样，是被动的、无奈的、愚昧的。其次，保罗·威利斯向我们展示了一种源自底层文化自身的文化自豪感，底层工人阶级的文化再生产很大程度上源于他们在工业化过程中不断形成的对资本主义价值观和意识形态的部分洞察（包括对抽象劳动的自觉等等）所导致的蔑视以及对传统文化中承袭下来的男性沙文主义文化的自豪这新旧两个部分，而非迫不得已的选择。再次，保罗·威利斯对于非正式群体的反抗提升到了文化的高度，底层工人阶级的再生产在它的青年时代可说是获得了一定的胜利，因为“家伙们”比循规生更早地站到了正式意识形态的对立面。正如前文所言，部分洞察到了资本主义生产力及生产关系的虚无与欺骗本质，这种反抗是自觉的，是创造性的，甚至于在某种程度上造成了正式对非正式的妥协。

以上三点可说是反学校文化在打破阶级结构层面上的积极意义，仿佛下一步便会像《共产党宣言》中描写的那样会掀起工人运动的高潮（事实上这样的运动也切实地存在过），然而这种对资本主义生产关系的实质性洞察以及自觉的反抗为何最终仍然指向了阶级的固化呢？保罗·威利斯用“部分洞察”一词指出了“家伙们”最终走上底层工作岗位的复杂原因以及反学校文化在进一步进化为车间文化时的妥协与迷惘。首先，从反学校文化内部分析，以男性沙文主义为中心的反学校文化的重要基底是父权制，父权将体力劳动、汗水、艰辛的工作、养家糊口视为男性的自尊与责任，并将其与文书工作的体面、斯文对立起来，将后者视为让人不屑一顾的女性气质与行为选择，然而这种对抽象化的简单劳动的肯定恰恰从物质与文化两方面将“家伙们”推向了底层阶级。一方面他们的劳动力可以直接等同于体力，从而失去向上流动进入中产阶级工作的可能性，成为抽象劳动力的符号。另一方面对自身的定位将他们限定在“脑体分工”的体力劳动位置，从未考虑过成为脑力劳动者的可能。

其次，从外部社会环境分析，与意识形态、正式和权威的交缠是反学校文化在反抗的同时无可避免的。在民族志部分保罗就曾经提到过，学生在实行反抗行为的时候，会无法遏制地产生道德上的负罪感，这种负罪感正是正式的意识形态对非正式群体文化的一种入侵。随着这种文化的进一步发展，意识形态的侵蚀将会越来越深刻，在“家伙们”肯定体力劳动的同时，伴随着的是他们对脑力劳动极其鄙视却又无能为力的矛盾心态，并最终导致一种宿命论的自我认同和阶级固化；同时，意识形态的侵蚀更是将底层工人阶级所洞察的资本主义实质表面化，在学校教育与政治舆论中刻意抹平阶级差异，将一切不平等、挫折、失败、丑恶都上纲上线到人性的高度，使受到剥削的劳动力忘却剥削，更进一步的阶级团结与反抗也就化为了泡影。这一部分的论述与以往文化再生产理论有一定的相似性，我们仿佛看到了布尔迪厄、保罗·弗莱雷的影子，但与前一部分相融合之后，却产生了完全不同的意涵与效果，我们无法预知这些青年工人的未来，但《学做工》的分析认为，这种再生产仍然是自主的，是积极的，是创造性的，是变化的，是充满希望的。

三、荒谬感——教育的新内涵

读完全书，我们不禁会产生一种荒谬感，反学校文化的目的缘起是为了反抗资产阶级的规则和制度，使得工人阶级能够获得完全的自由与自主以及对生产的控制权，但最终的指向却是完全适应了资本主义生产的规则，符合了资产阶级的利益——对于那些循规生来说，结果也是一样，他们未必真的信奉资本主义的价值观，但他们对正式意识形态的暂时妥协也并未给他们带来群体性的向上流动，真正流动到较高阶层的只是凤毛麟角的个人现象。出现这种吊诡的结果，笔者认为教育仍然是这个文化再生产过程中最关键的一环。虽然《学做工》一书出版之后，也受到了很多的质疑，从定义的存疑到方法论的使用不当等等，但从教育学的角度来看，《学做工》一书无疑给我们提供了更多想象和发展的空间。

自《爱弥儿》以来的资本主义教育观，在 20 世纪逐渐开始处于"礼崩乐坏"的状态，文化教育学理论的兴盛为研究者打开了新的维度，教育不再作为单纯的启蒙或是获得知识和教养的途径，名为教育实为控制与剥削的观点不断涌现。这里的教育指向学校的教育制度，而教育制度则更与社会认同、公共知识、阶级划分有着不可剥离的联系。社会学家如布尔迪厄、扬、福柯等人都曾对教育与知识当中的权力冲撞和文化霸权有过相应的描述，而保罗·弗莱雷则从另一个角度将教育与被压迫者的解放联系在一起。保罗·威利斯的《学做工》将研究重点放在青年工人走上社会之前最后几年的校园生活，显然也有这样的用意。反学校文化渴望将学校对学生的控制（不论是身体上的直接控制如空间和时间的限制，社会学上的阻碍如不良的校园记录和较差评分，还是精神上的操纵如破坏工人阶级的体力优越感等等）踩在脚下，渴望得到支配自己人生的自由，但实际的效果却只能达到非正式与正式的相互妥协，而这种妥协绝大多数是由非正式群体作出的，家伙们虽然和中产阶级子弟在学校的胡闹有阶级和文化本质上的区别，但他们却没有完全越过正式规则给他们设下的底线。不仅学校教育，家庭教育也同样因为父辈的局限而使青年工人们无法真正走出困境（虽然他们自己认为自己已经是自由的生活状态）。

当代教育逐渐走向教育方式多元化与终身教育的开放式教育观道路，因此我们可以将布尔迪厄、保罗·威利斯等人的学校教育空间继续展开，“家伙们”在父母那里得到的信息，在非正式群体中习得的习惯与行为，街道社区所给予的评价，还有最终在车间所感受到的车间文化，包括他们在日常生活中不断的自我思考，是否都可以算作是教育的一部分？这种教育为什么没能最终指向反抗？保罗·威利斯给我们的解释是，意识形态无孔不入，以学校教育为阵地，渗透进了每一代工人阶级社会教育与自我教育的毛孔中。因此，在对下一代的教育中，也必然出现非此即彼的选择，要么将孩子继续培养成“家伙”，要么以自身的“教训”劝诫自己的下一代，让他们直接成为顺从的循规生，而这两条道路，实际上是殊途同归的，他们也曾想过改变世界，但也只是想想而已。《学做工》的结果虽然看上去充满悖论，但实际却是逻辑自洽的，底层阶级对自由的追逐恰恰禁锢住了他们通向真正自由的步伐，而改变的关键还是在于教育制度，社区教育、家庭教育以及自我教育的根源依旧是学校教育，如果能够将非正式群体的洞察形成一种亚制度，那么教育的结果是否会有所不同？保罗·弗莱雷的《被压迫者教育学》已经给出了一种路线图，可能还有新的方法论会产生，《学做工》对于教育与反教育的悖论式展现，给教育学和社会学研究者提供的启发显然是极为重大的。

四、结语

从 1977 年至今，已经快四十年过去，在这过去的四十年里，整个世界都在发生着剧烈的变化，不仅是英国，全世界的生产系统都完全换了个样。那么保罗·威利斯的再生产理论是不是已经失去意义了呢？笔者认为未必。原先的工人阶级可能已经改头换面，在世界的各个角落也有着不同的生态样貌，但保罗的研究仍然有借鉴之处。首先，他的研究方法是可以引用的，只要能够进行足够充分和客观的田野调查——尽管这并不简单——我们可以完成对某一种亚文化的描述，从而了解它的来源和现状，并预估它的发展，对于仍然充满着不平等和差异的这个世界来说，底层文化、亚文化仍然是改变的突破口。其次，对于中国来说，真正的工人阶级正在形成，而保罗·威利斯的《学做工》对于我们来说，更是有着不可替代的意义，虽然从深层次的文化结构来说，我国与英国可能存在着巨大的差异，比如"读书无用论"的支持者在两国就有着明显的阶级与文化差异，但是在不断被资本主义与全球化生产裹挟的中国，《学做工》这样的著作仍然具有前瞻性的指导意义，给了我们更多的信息和可能性，去应对逐渐加深的社会阶层差异和矛盾。

参考文献

【1】［美］保罗·威利斯著：《学做工——工人阶级子弟为何继承父业》，秘舒、凌旻华译，译林出版社，2013 年。

【2】［美］保罗·弗莱雷著：《被压迫者教育学》，顾建新等译，华东师范大学出版社，2001 年。

【3】［美］E. P. 汤普森著：《英国工人阶级的形成》，钱乘旦等译，译林出版社，2013 年。

【4】江发文：《被压迫的底层与底层的解放——读保罗·弗莱雷的〈被压迫者教育学〉》，《社会学研究》，2009 第 6 期。

【5】张家军：《论教育再生产——教育功能的社会学审视》，《贵州师范大学学报（社会科学版）》，2009 第 1 期。

【6】吕鹏：《生产底层与底层的再生产：从保罗·威利斯的〈学做工〉谈起》，《社会学研究》，2006 第 2 期。

邱小刚：迷惘的老江湖

邱小刚出生于1964年，1999年开始成为论坛写手，当时他的ID是“三七”。2002年之后，“三七”从论坛上隐退，改写专栏了，换了一个笔名，叫“刀尔登”。直到现在，刀尔登的名字依然时不时地会出现在一些周刊的专栏当中，出了好几本小书，在新浪微博上，他有两万九千个粉丝。

作为一个网络写手，三七出现得实在太早了，在网络生活尚且只有“论坛”一种形式的时候，三七已经成为了“海内华文网络第一才子”，被称为继鲁迅和王小波之后的第三个大家而广受崇拜。2002年他的“灌水文章”还出版了，取名《玻璃屋顶》。然而在论坛还未退出网络交流的核心圈的时候，三七这个名字就已经从他发迹的“中青论坛”上被注销了。2004年“中青论坛”评“十大网络写手”，和三七同时出道的和菜头、魔鬼教练等人都在列，唯独三七已经被人遗忘了。不再是三七的邱小刚，换了一个名字叫“刀尔登”，在杂志上连载一些读史的小文章，后来也结集了，叫做《中国好人》。刀尔登再次“红”了起来，知名度多多少少维持到了现在。对于像我这样的读者来说，刀尔登就是刀尔登，但对于出生六七十年代的老网友来说，却是不知刀尔登而只知三七了。

一、无迹可循的“三七”

如果在百度上查找“三七”，后翻十页都只会是一种草药的名字，这让我多少有些诧异，曾经大红大紫的 ID“三七”，就这样悄无声息地消失了吗？我找到三七曾经入驻过的中青论坛，现有用户量 29 万，连天涯的百分之一都不到，无法想象，这个论坛在网络尚未普及的时代，曾经是中国的几大“黄金论坛”之一，与天涯是并驾齐驱的。在论坛上搜索用户名“三七”，有 12 条搜索结果，但没有一个是当年的三七，后来看到三七的网友，当年同为写手的“和菜头”写的文章，才知道三七当年是注销了 ID 的，而且时间非常早。在今天，我们注销人人账号，注销微博账号，并不是一件了不起的事情，甚至当我们重返这些网络社交圈的时候，会发现和我们的账号相关的一切事物，不论曾经写下的日志、发过的照片还是曾经的好友，都保持着我们离开时的模样，没有丝毫改变，但在三七的时代，注销却是决裂性质的离开，就算你重新注册同样的用户名回来，之前写下的帖子，与别人的回复都将荡然无存；一次注销，将永久割裂你和你的从前的网络关系。虽然说到了现在，和菜头也早已不在中青论坛，但在当时，三七的注销，应该是引起了一些波澜的吧，在别人看来，是不是有一点“道不同，不相为谋”的意思呢。

三七注销，当年论坛上有些什么看法，现在也都已经烟消云散，不见踪迹。从和菜头现在写的文章的口气来看，似乎还有些忿忿，三七当时自己的意思也无从考证，但从他后期的访谈中还可以觅得一些蛛丝马迹。在与凯迪论坛的网友“夜话”的时候，主持人问他：“据传，你曾经以‘三七’作网名，在凯迪社区初创之时就在这个社区活跃过一个时期，这个‘三七’ID，有何典故和讲究?”他的回答是：“我一直说，‘三七已死，三八当立’，却总有人提这个名字，让我有点苦恼。十年前‘三七’这个名字，取自一个故事，说如果有人坚持认为三七等于二十八，就让他接着这么认为好了，大家谁也不要告诉他。‘三七’写的东西，除了些开玩笑的，多是不成熟的，随意的。我现在并不重视那些东西。”① 由此可见，三七的网络创作，他自认是游戏性质的，并没有多少价值，但在他早期的帖子《谈谈文风》（后被转载）中，我们却可以看到三七当时对网络写作的重视：“上论坛数月，意外地发现，是网络上的文字，急就的多，却往往胜于网下的，大概就是因为心里‘做文章’的念头淡一些，写出来的话，虽然真白，却朴素动人。”② 可见当时的三七并不是将这些帖子当作游戏文字发出来，而是将其作为一种新鲜的创作形式进行实践，他心里甚至希望能够开创和复兴某种文风。再看三七结集的帖子，就更可以作为我这一揣度的依据。

《玻璃屋顶》与其说是一部“灌水帖”的合集，不如说是一部相当符合传统意义的杂文集，它并不是一本单独出版的小册子，而是“曾经北大”系列丛书中的一本，这套丛书的目的是推出北大中文系毕业的一批新人，并希望借此推出“北大新文人”这一概念，由陈平原先生撰写总序。三七之所以位列其中，首先肯定是因为当时他在网络上已经有一定的名气，但更重要的是他的文字能够彰显北大学生身上的一种

---

① 引自网页 http://club. kdnet. net/dispbbs. asp? boardid = 1&id = 7908605

② 引自网页 http://www. douban. com/note/13790455/

“特殊的气质”①，能够反映一种“‘如还未收割的稻子一般新鲜、朴素、直截了当’的思绪，是对于个体的思考、经验的‘合法性’的自信”。② 虽然北大的几位老师的书评都没有直接涉及到这本《玻璃屋顶》，但是其所具备的这种代表性在这些概括性的评语中也已经可见一斑。

《玻璃屋顶》全书共61篇短文，均长不过两三千字，多是些回忆过去，影射当下的文章，从内容和思想性上看，很符合传统杂文的标准。行文语气轻快，点到为止，字里行间颇有模仿鲁迅杂文的痕迹，模仿到了有些语句几乎要恢复七八十年前那种半文不白的腔调的地步。三七自己也在一篇《和鲁迅著作有关的私人经历》中坦承了鲁迅对自己的影响：“鲁迅不知道我的存在，但在我的想象中多次见到他，坐在他的对面。以前我当他是老师，现在我当他是故人。”这样的小文章贴在2000年左右的网络上，肯定是会引起轰动的。首先，它们充满了知识分子式的对社会、文化、政治的人文关怀；其次，它们所涉及的方面是新奇的，观念是颠覆性的；第三，它们有着令人熟悉且尊敬的鲁迅体，精干而诙谐，既不卖弄，又不失思考性；第四，它们诚如作者所言，以一种朴素的文体写就，充满了谦虚、诚意与真实。的确，三七的帖子充满了聪慧与才气，仿佛抑制不住地流泻出来，让人不禁会心一笑，之后又能低头沉思。他的文章显示出他巨大的阅读量，而这些阅读量却能够毫不经意地嵌合在文字间，而不给人以特别掉书袋的感

① 陈平原：《教育背景与现世关怀》，三七《玻璃屋顶》前言，新世界出版社，2002年。

② 洪子诚：《“曾经北大”会带来什么》，《博览群书》2002年第1期。

觉。并且我们可以进行合理的想象，这些收在《玻璃屋顶》中的文章，已经是经过了筛选和编辑的，原先呈现在网络上的原生态，又该是怎样汪洋恣肆，海阔天空呢?

但是从这本书中，我们已经可以隐隐看到三七对自己的网络书写渐渐产生的矛盾心态和迷茫感，在三年的创作和网络阅读中，他已经隐隐看到这种写作形式可能面临的问题——模仿太多往往跟风而难以自成一格，行文散漫不负责任，急切幼稚而缺乏深意，又或是过度雕琢匠气太足等等。说到底，除了少数几位，大概很少有人把帖子当作正经文章来写吧，多半是新鲜起来说两句而已，而众位读者膜拜归膜拜，大概也不会将帖子等同于文学作品。三七却不同，他曾经对网络写作中的“大话西游”体进行批判，对自己写作的幼稚进行过反思。的确，三七的文章虽然读来叫人快意，最后总有余味令人思索，然而却仅仅是余味而已，不用说读者了，恐怕作者都难以将自己的余味想明白，只好戏谑了事。更重要的标志是，他在《玻璃屋顶》中将自己的文章分为“半开玩笑”、“不开玩笑”、“开玩笑”、“没开玩笑”四辑，又在后记中提到，自己的这些文章多是自己的游戏之作，或是博朋友一笑的玩意之作，或是不知所云糊里糊涂之作。将自己辛苦写就的文章作这样的概括，恐怕不仅仅是谦虚之词，三七心里对网络写作的失望和否定也足可见矣。对三七来说，不论他在网上发表第一篇帖子的初衷是什么，是一个饱读诗书的人发现了表达欲宣泄的窗口，还是希望做个正经作家时得到了如同至宝的自媒体，网络都是他开始“文学改革”的园地和途径。然而江湖险恶，国将不国，自己虽是个中高手，却难免独孤求败，要退隐山林了，只希望大家都不要记得他曾经的幼稚才好。然而直到今日，三七都难免要怀念曾经的中青论坛：“在凯迪社区的一次和读者的交流里，一位叫布衣飘飘的读者问：邱先生，我在《瞭望东方周刊》读过你的专栏，文字非常冷静，隐隐地会有无奈的痛楚；但你在《绝妙好辞》上的文字却又非常调侃幽默，让人不禁会开心大笑。说古的深重，话今的轻快，你喜欢哪个‘江湖’呢？刀尔登回答：后一个，可惜不能长驻。”①

二、退隐山林的刀尔登

离开网络论坛之后，邱小刚自己的私人生活也发生了巨大的变化，他离开了供职多年的报社，开始卖文为生了。前文还没有提到过，邱小刚 1982 年考上北大的时候，是河北省的高考状元，但来到了北大的邱小刚，却不再是标准意义上的好学生，他翘课到挂科，常常发表“反动言论”，自己一个人看书看到走火入魔的程度。同时他又腼腆害羞，性格内向，据他的同学说，大学四年，他从没有和女生说过话；别人有什么要帮忙的事情，他也不会拒绝，他自己也在文章中写过，他经常被人欺负，有点儿傻。但邱小刚在大学时代最引人注意的，是他特立独行的姿态，一种好像要排斥所有的俗世事物于己之外的姿态。他大学毕业的时候，老师曾经暗示他，只要送礼，就可以留在北京，可是他却“怕麻烦”回了河北。他在河北社科院继续着他的读书生涯，却因为不堪俗务而离开。他来到了朋友编辑的《河北杂文报》，却又因为要坐班而辞职。他一直在逃离，即便生活在城市里，也仿佛处在无人之境。离开报社的他开始写专栏，然而却并不勤奋，只要稿费够用，便惜墨如金

① 白墨：《刀尔登：大隐于世》，《学习博览》，2012 年第 6 期。

绝不再写。连偶尔的采访也绝不多谈，对访谈者的要求甚多，非常害怕打扰。

有人认为这是真正的隐士，他并不对外界发表什么退隐的宣言，搞得人尽皆知才淡出江湖，而是悄无声息地就离开了所有人的视线。许多人认为这证明了邱小刚的高风亮节和从他大学里就一直延续下来的文人傲骨，我倒有些不同意见，正如和菜头所言："三七成为隐士之后，我对他的个人进境和生活很感兴趣。奈何消息太少，一直不能解渴。我非常好奇，在一个现代社会里一个人做出三七那样的选择，回退到隐士的状态，会是怎样的情形，内里又是怎样的心态？"① 这同样是我的疑问，从网络写手的位置上隐退下来的三七，转身一变成了刀尔登，他离开网络，会不会也同样是一种逃避？反正都是虚拟的身份，何不摇身一变从头再来？究竟是傲骨，是孤僻，还是他太过入世而不得不出世呢？

从邱小刚的生活轨迹来看，他的确是一个孤僻的人，他害怕和人打交道；但他也是个有点傲气的人，他的害怕，恐怕是怕自己在与人交往的过程中被别人同化。他在被称为"第一才子"的时候，就十分推敲自己的文章，朋友曾经戏称他是用衡量王国维的标准在衡量他自己，因而他往往对自己的文章不甚满意。他渴望别人的关注，但是又害怕这种关注变了质，捧杀了他，或者在这关注里有人觉得他不够好，打击了他。我认为他退出论坛有可能也出于这样的考虑，希望能够换个渠道，从头开始写。在我看来，他不但不是一个不注重外界评价和交往，自娱自乐高山流水的隐士，而是一个爱惜自己羽毛到

---

① 和菜头：《三七这个人和他的书》，《学习博览》，2011 年第 11 期。

无以复加的写作者，不论是作品，还是对外的个人形象，还是自己的生活，都要一一妥帖地打理好再示人。

刀尔登连载的内容是读史，这些读史的文章结集，题目叫作《中国好人》。和之前一本文集的杂乱无章相比，这本书的内容和主题统一了很多，用一句大白话就能概括：好人不一定就好，而坏人也未必就坏。整本书涉及很多的历史人物，从一个新的角度来讲述历史故事，挖掘出历史人物背后被人忽略和篡改的故事，将那些在史书中反复书写至脸谱化的人物重新丰满和立体起来，从而颠覆中国古代历史叙事中的传统价值观，用当代的个人主义和人道主义来重新阐释。他通过编年史的顺序顺次讲来，将古代中国是如何将朴素的价值观一步步扭曲，并 从“忠”、“孝”两个观念入手，解释古代士大夫和君主如何改写儒家和法家的原典和宗旨，使得整个国家逐渐走向道德缺失的过程缓缓展开。文章依旧是短小精悍，鲁迅杂文风格不改，只是语言更加精炼，力求寥寥数字就描写到位，显得文章更加紧凑，也更显精美。每篇文章的结尾也更加追求微言大义，在戏谑之中发人深省。整本书看下来，所有的文章竟然严格要求起承转合到自成八股，实在是令人惊叹。幸而三七才气尚在，许多老读者都表示亲切有加，流畅有余。有评论者说：“书评家赞他的文章宗鲁迅惟妙惟肖，并不觉得这是过誉，然而还是以为是不太确切的。他有着鲁迅批判和深刻的风骨，但是招式和鲁迅还是很不相同，窃以为鲁迅是更为直白、激烈，出手就见凌厉。刀尔登则是内敛深厚的功力，缓缓走来的大侠，轻轻拍你一掌，笑笑走了，等你回过神来，品味他的掌他的笑时，却感到五脏六腑都受到了震动。”[1] 这样的评价不可谓不高，也确实说得到位，或者说，达到了刀尔登所期望的效果，然而再次借用和菜头的话：“才子书算是到头了。”[2] 和菜头和刀尔登差不多同时出道，多少有些瑜亮之争。和菜头写刀尔登的文章，也多少有点刻薄，但是在众多评刀尔登的文章当中，我认为这却是最贴切的一篇，大概也有些感同身受吧。刀尔登另起炉灶，运用三七的才气和阅读量，希望能作出不同于三七的厚重读物，在我看来，却是比三七更钻牛角尖了。如果说三七时代的邱小刚还意气风发能够不管不顾地说话的话，那么刀尔登时代的邱小刚则成了一个完完全全的写书匠，为了能够造出精美的文章而小心谨慎，甚至连读者的反应都已经考虑在内，什么样的写法能够恰到好处，令人惊叹。

诚然，《中国好人》的确给人以耳目一新的感觉，即使是在读史读物不断扩张的现在，他的读史书仍然显得新颖好看，选题也给人深刻之感，看到传统的清官被解构，奸臣被平反，总让人觉得十分奇特。但是三七时代的毛病并没有因为更大的阅读量和更多的写作练习而得到克服，刀尔登仍然不能十分清晰地表达自己的思想，他的文章，犀利固然犀利，然而刀锋指向哪里却非常模糊，虽然能够引起读者的思考，然而思考来思考去也还是一团糨糊。究其原因，大概是因为刀尔登为着文章好看，花枪太多，隐喻、影射、嘲讽、戏谑，打击面太广反而不知道要打什么了。更严重的问题是，刀尔登的思考并没有从

---

① 樊晓敏：《语言外，尽是层层余波——读〈中国好人〉》，《杂文月刊》，2011 年第 10 期。

② 和菜头：《三七这个人和他的书》，《学习博览》，2011 年第 11 期。

三七时代得以深化。拿这本《中国好人》和《玻璃屋顶》相比，从思想维度上几乎没有任何的扩展，如果将《玻璃屋顶》定义为对常识和民主自由的普及本读物的话，那么《中国好人》不过是托古喻今的《玻璃屋顶》而已，甚至更加浅显，几乎是一部让人要重拾道德和价值观的心灵鸡汤，虽然好看，但是要说能够给人留下深刻印象就谈不上了，反而显得和之前的杂文千篇一律，无甚新意。

三、正要上路的邱小刚

刀尔登的另一部著作2011年也已经出版了，可以看作刀尔登的新尝试，题目很拗口，叫做《七日谈———字母表，以及希里花斯人的合理生活》（以下简称《七日谈》）。从这部书，读者可以看到刀尔登的明显变化。刀尔登早在大学的邱小刚时代就曾经创作过小说，现在虽说是重拾旧业，写出的作品确实完完全全的不同了。《七日谈》写的是“我”与张三七日的对话，小说由两条并行的线索构成，一是“我”以字母表的方式叙述的别人的故事，二是张三对“我”讲述的希里花斯国的故事。希里花斯国是一个虚构的国度，但由于和“我”所处的“我国”使用同样的语言，可以看作是一种寓言式的投射。这本书被格非称为“奇书”，认为它“剧情相当简朴，看起来也没有什么了不起的地方，但读起来非常有味道”。[①] 的确，这本书可以说是刀尔登写作的转折点，这不仅仅是指它的体裁，而在于在这部书中刀尔登放弃了自己经营多年的写作

① 格非：《谦虚、克制又有味道的寓言》，《中国企业家》，2011年第21期。

方式，终于开始直面写作这件事情了。这本书的构成并没有多么精巧，有一些单调，有一些松散，可能不应该把它称为一部中篇小说，而应该算作是一组短篇小说的合集，甚至由于刀尔登极其朴素的语言，这本书简直是一组短篇小说故事概要的合集。写惯了小品文的刀尔登，或许已经难拾长篇叙事的能力，但是这对刀尔登来说，头一次变成了无所谓的事情，他所求的，只是将自己的想法写出来而已，所有的技巧都不在他的考虑范畴之内。另外，《七日谈》相比较前两部著作而言，显得更加普世化了，开始从人类生存的角度，探讨什么才是“合理的社会”和“合理的生活”。希里花斯国作为一个投射，却和投射的本体并不那么紧密，张三的故事和“我”的故事，并不是那么互相勾连的。可能对刀尔登来说，希里花斯是一个集合，他第一次不将自己的目光紧盯在自己所处的这个国度，虽然这本书仍然让人难以思考明白，但是这种不明白至少放大到了全人类的社会处境上了。

正是在这部书发行后不久，邱小刚在访谈中表示，自己以前写的，不论署名刀尔登，还是三七，都是游戏之作，只有署名邱小刚的，才是真正的严肃作品。这一番话，再次否定了之前的《中国好人》和《七日谈》。也许正是在《七日谈》的创作中，邱小刚找到了真正的为文之道吧，他还是如同过去一样住在石家庄，和过去一样拒绝访谈，和过去一样还是不能正视自己过去的创作，但从他的身上，我们能够看到的是早期网络文学创作者的认真和严肃，和当下的网络写手相比，邱小刚还是那么特立独行，从刚入网络的少年意气，到退隐山林的小心翼翼，到如今从头再来，邱小刚这一代网络写手的轨迹大概不会再在后来人的身上重演了，他层层叠叠的自我否定大概再也没有新的写手会经历，现在已经是人人都可创作，人人都有读者，人人都可能成名的时代了。可以说，邱小刚作为 20 世纪 60 年代出生的网络写手，可能是最后一个对文学、对写作还抱有理想和敬畏的网络写手了吧。

量变到质变的娱乐毒瘾

——浅议《甄嬛传》及其改编

2007年，已经是网络小说非常繁荣的年份，这一年的年底晋江文学网又多了一部新的连载小说《甄嬛传》，几日之内便有千万点击量。2009年这部小说正式完结出版时，作品连带着作者已经在网络小说读者当中大红大紫。2011年，《甄嬛传》被改编为电视剧搬上荧屏，使其获得了更大的受众群，更多的关注。到现在，《甄嬛传》已经不再是当年的网络小说，而是妇孺皆知的一个文化品牌，与其相关的原声大碟、定妆海报乃至小游戏都已大卖，甚至语言风格都已经成为一种体式，这不能不让人惊奇。在《甄嬛传》之前之后，有很多相当走红的网络小说，与《甄嬛传》可以说是旗鼓相当，改编为电视剧的也不在少数，却似乎没能如《甄嬛传》一般进一步获得家喻户晓的效果。笔者认为，这种成功是由于《甄嬛传》小说文本与改编电视剧作品之间反差与交错的关系，这种关系使得《甄嬛传》能够渗透进更加广泛的受众群体。

一、小说《甄嬛传》与少女情怀

初读《甄嬛传》时，笔者最大的疑惑便是这部小说为何要以自传体来创作。《甄嬛传》的视角可以说是非常混乱的，全文以第一人称叙事，但是却大量充斥着以第一人称视角所无法达到或者显得非常反常的描写与叙述，如第三章《棠梨》中，有一段对甄嬛话语的描写：

> 我的声音陡地透出森冷："甄嬛自知承受不起！"我看见哥哥脸上含愧，缓过神色语气柔婉："哥哥难道还不明白嬛儿，实初哥哥并非我内心所想之人，嬛儿也无内心所想之人。"

此处的"声音陡地透出森冷"和"语气柔婉"这样的描写方式通常在第三人称叙述的作品中使用，用在这里，并非第一人称与第三人称之间发生转换的所谓"双声效果"，反而是一种较为生硬的拼凑，显得不伦不类。这样的描写在全文中比比皆是，流潋紫出身中文系，基本的文通句顺应该可以做到，为什么她宁愿用这样别扭的表达方式也要使用第一人称呢？这便与她小说的受众息息相关了。

笔者的高中时代，2006 年左右，网络小说已经是生命力旺盛，很多在网上红火的网络小说已然结集出版，比如穿越小说的鼻祖《梦回大清》系列，包括后面的《宫锁心玉》、《步步惊心》，可以说是每个女生课桌里必备的消遣读物。笔者还记得自己后桌的女生对《梦回大清》痴迷不已，甚至在课堂上偷看到当堂痛哭被老师罚站。到了大学之后，同屋的女生便开始读《甄嬛传》了，也是夜夜通宵泪千行。这些小说何以如此吸引年轻女性尤其是高中至大学阶段的女孩子呢？这是因为这些小说大多数都有一个特点，就是由女主角使用第一人称进行叙事。

第一人称叙事对读者来说是具有代入性的力量的，由于通篇由“我”来叙述，读者很容易对书中的女主角进行自我代入乃至于自我替换，认为文中的“我”便是读者自己。如此原本就感人肺腑令人肝肠寸断的爱情故事就更加显得凄美动人，加之文中的女主角无一不是沉鱼落雁、倾国倾城，更加丰富了这些尚在青春期的女孩子的自我想象。时下有一个流行词“公主病”，根据百度百科的解释：“公主病（公主症候群；英文：Princess Syndrome），指一些自信心过剩，要求获得公主般的待遇的女性，类似的名称有港女。公主病者多数是未婚年轻女性，自小受家人呵护、伺候，心态依赖成病态，公主行为受娇纵，有问题常归外因，缺乏责任感。”在大陆，这类症候群患者的出现和发展，与言情小说的发展，尤其是古装言情小说的发展实在是息息相关，相辅相成。从早期的张小娴，到现在的金子、流潋紫等人，无一不在反复渲染和教导女性如何将自己活成，或者说想象成一个公主，如何倾国倾城，绝代风华；如何鹤立鸡群，才貌双全；如何追求者甚众，世间男子不论高低贵贱高帅矮矬都必须拜倒在自己的石榴裙下，并且永不变心为其肝脑涂地死不足惜。这些充满了青春期朦胧的少女情怀的桃花幻梦实际上千篇一律，但却非常扎实地满足了这一时期的女孩子，尤其是被淹没在学业中的女学生们的美人梦与爱情梦。《甄嬛传》在此中并无十分出众之处，甄嬛人见人爱，除了她的哥哥，每一个见过她的男人都爱上了她，无一不被她收服得妥妥帖帖。这和港台的早期言情小说并没有什么分别，只不过那些公司总裁、国小同学、单位课长被替换成了皇帝玄凌、王爷玄清、太医温实初乃至于赫赫可汗摩格而已。虽然《甄嬛传》是一部宫斗小说，内核仍然是一部言情小说，甚至除了甄嬛之外，《甄嬛传》中的其他女子也是痴情人儿，流潋紫自己也在后记中写道，自己创作这部小说，千说万道，不过是一个“情”字而已。因此，《甄嬛传》在小说阶段基本只为情窦初开的女性读者所津津乐道，而没有获得更大范围的受众，也没有形成什么更加广泛的影响，除了使少女患上“公主病”之外，并没有什么大的害处，随着年龄的增长，少女终将为人妻为人母，公主病也自会痊愈。

二、电视剧《甄嬛传》与万千世态

《甄嬛传》的巨大转机出现在它被改编为电视剧之时，宫斗题材的电视剧向来并不少见，笔者所能回忆起的最早成功的宫斗剧是香港 TVB 所拍摄的《金枝欲孽》。《金枝欲孽》之所以被称为宫斗剧而非宫廷言情剧，是因为其着重于女人与女人之间的争宠斗争，而非男女之间的儿女私情。剧中一共只有三个男人，皇帝、侍卫和太医，这三个男人与众多女人几乎没有任何真情真意可言，而是充满了算计、争斗和利用。此剧一出，观众没有为其中的感情戏所打动，反而将其奉为“职场宝典”，更有分析将其中的男女角色进行分层定级，和单位当中的职位对号入座，总结出一套新进职场的女人如何通过和各个层级的男人女人相处才能获得升职和权力的秘籍。在此之后的香港宫斗剧更为职业化，比如《宫心计》几乎是完全照搬《大长今》，将宫斗的主体从妃嫔变换为宫中女官，更显得与现实生活密切相关。

前文已经说过，流潋紫是写言情小说出身，《甄嬛传》虽然号称宫斗小说，但是内核仍然是言情，宫斗不过是体现“情”字这一目的的手段而已，而且除甄嬛外，其他的女子如徐燕宜、朱柔则、朱宜修、慕容世兰、安陵容、沈眉庄等等，都有自己所钟情的对象，整部小说可以说是多部悲惨言情小说的大合集，用宫斗串联起来。但是在《甄嬛传》改编成电视剧的过程中，言情的意味和气氛却被大大地压缩了，徐燕宜、甄珩等支线的感情戏全部删去，弱化主线的感情纠葛，甚至篡改了原著中一些斗争的爱情动因，将权力斗争放在最重要的位置上，将《甄嬛传》完全改编成了一部纯粹的宫斗剧。这样的《甄嬛传》也同样被称为“当代职场宝典”，甚至有人总结出其中的“三十六计”，一计一计加以分析和总结。而在选角方面，原先小说中皇帝玄凌与王爷玄清都是玉树临风的翩翩佳公子，但是在电视剧中却只剩玄清一个帅哥，玄凌选用陈建斌来出演，更加淡化了受众心中甄嬛与玄凌的感情，使得玄凌更加处在一个被嫔妃们利用的工具化的帝王的定位上，只唯一突出甄嬛与玄清的爱情故事。另外，电视剧《甄嬛传》还摒除了原作中大量的渲染和抒情，将剧情沥干紧凑。这样的剧情与演员安排非常接近早期的《金枝欲孽》，但是《甄嬛传》远比《金枝欲孽》要复杂和曲折得多，也狗血得多。既有权力斗争，又有爱情故事，还有三角关系（皇帝—甄嬛—王爷、甄嬛—王爷—浣碧等等）、婆媳不和（太后—皇后、太后—甄嬛）的因素，因此除了靠早期的小说读者来撑住收视率之外，更吸引了职场新鲜人来学习晋升之道，还有热爱狗血八点档婆媳剧的中老年观众，各类观众各取所需，也使《甄嬛传》收视长红。

也正是这样，《甄嬛传》所带来的消极影响也逐渐凸显出来。首先是使职场新鲜人改变了对职场的态度，搞好人际关系、善于谋划策略成为职场生活的第一要务；第二是混乱了观众的价值观。在关于《甄嬛传》的讨论中，几乎每一个角色都充满争议，都有人为其辩白，即便做过什么十恶不赦的坏事，也自有“圣母”感叹其命运不公，哀其不幸，这样的态度也同样体现在对社会现象的讨论上，小到让不让座插不插队找不找小三，大到坑蒙拐骗杀人抢劫，总有人抬出社会不公、命运不平来为其辩护，仿佛社会有问题，所有人的错误都可以被原谅。笔者认为，社会道德的下滑，和《甄嬛传》这样的电视剧不无关联。

三、结语

在天涯社区的“娱乐八卦”板块，关于《甄嬛传》的讨论多达75页，而其中的80%是关于电视剧《甄嬛传》的讨论，从衣着服饰，到演员才貌，从真爱党，到权术派，不一而足，足见这部电视剧改编得成功。在全民娱乐的时代，最成功的文化消费品便是能够使全民都陷入狂欢的产品，而《甄嬛传》就是这样一部作品，从某种意义上说，电视剧《甄嬛传》虽然脱胎于小说《甄嬛传》，但却是完全不同的一部作品，它已经超越了流潋紫耗时两年写下的长篇言情，摆脱了流潋紫狭隘的小儿女创作，而呈现出一种多元的娱乐样态，杂糅、并包而又不失重点。可以说它包含了当下流行剧目的一切元素，排除道德观察和教育意味，使所有的观众都沉浸在扣人心弦的剧情当中。这是娱乐至死的趋势，是排除了价值观的全民狂欢，是一剂从前的言情小说所不能匹敌的更加深刻的娱乐吗啡。

第四辑

史铁生研究综述

2010年12月31日，史铁生因病辞世，这位中国当代文学史上的传奇作家，在被疾病和瘫痪困扰的近40年中，写下了几十万字的作品，这实在是令人惊叹的奇迹。他的创作主题、创作内容和创作手法，在中国当代文学史上特立独行，他深沉的宗教思考，执着的人生追问，温情的关爱和犀利的质疑，还有那云遮雾绕层层开启的叙事手法，一直以来吸引着无数读者和研究者。可以说，他是中国当代文学史上独一无二又无法取代的文学家之一。

一、对史铁生创作阶段及类型的划分

了解和分析史铁生的创作过程，对他的作品有一个宏观的归纳和分类，是进行深入研究的第一步，但无疑，史铁生的创作思想和创作过程有一定的复杂性，加之在很长的一段时间内，他并没有十分受到主流文学史的关注①，所以对他创作历

① 张均认为史铁生一直试图进入文学史的书写，但是因为其视野和创作方式的特殊性长期受到主流文学史的忽略，详见其《史铁生与当代文学史书写》，《南京师范大学文学院学报》，2009年第1期。

程的梳理总是不太完整，且零散地分布在各类史铁生研究的论著中。

有一部分研究者认为史铁生的创作具有清晰的历时性阶段，所以倾向于将他的作品按照创作的顺序进行划分。最简单的便是以 1985 年为分水岭，将史铁生此前的创作称为“实写”，着重的是对日常生活场景的描述，而此后的创作则为“虚写”，是一种沉入冥想和灵魂的创作。①

有些研究者则在此基础上进行了二次细分，如梁鸿将史铁生的创作分为了三个阶段：第一阶段是“知青文学”时期，以一种自传的形式，描写乡村的日常生活与温厚乡情。第二阶段是“残疾创作”阶段，这一阶段也是有层次的，在这一阶段的初期，史铁生并没有能够摆脱残疾所带来的痛苦，执着于对生死等话题的探讨，以及描写残疾人在社会生活中所遭受的隔离、孤独与歧视等等精神上的绝望境地，并且近乎偏执地追问“宿命”，哀叹命运的无常。但到了后期，梁鸿认为史铁生已经超越了朴素的宿命观，而是更加深入并发掘出了“差别”这一概念在史铁生思想中的重要意义，天地万物都是辩证统一的，没有差别的世界只会是一潭死水。至此，史铁生的作品开始有了明显的哲理化、宗教化的倾向。第三阶段以《务虚笔记》作为代表，在这一阶段，史铁生开始超越人肉体的残疾以及人类的存在，直逼人类的内心世界，思索人类的灵魂。

持类似观点的还有薛林荣，在《向死而生——史铁生小说的母题解读》中，薛林荣将史铁生的小说创作按照“生之梦”和“死之舞”两大主题按照时间顺序分为四个梯度，第

① 这种分期方法受到很多研究者的认同，详见汪政、晓华：《试说史铁生》，《读书》，1993 年第 7 期。

一梯度为先天性的探究和早期的回忆，由史铁生 1984 年之前的小说创作构成；第二梯度是从《山顶上的传说》到《毒药》，也就是 1984 年到 1988 年之间的创作，这一梯度的作品直面并执着地探究生死问题；第三梯度是从《礼拜日》到《小说三篇》，由 1988 年到 1990 年之间的作品构成，这一阶段史铁生开始以一种陌生化的方式，试图消解和蒙蔽生死问题，着重人生哲理的演绎书写；第四梯度从《我与地坛》到《务虚笔记》，涵盖了史铁生 1991 年到 1996 年之间的小说创作，这一梯度是第二梯度思考的升华，史铁生变得更加平和，将生死作为一个轮回和不得不经历的事情，感情变得平淡，而叙述变得冷静，少了叙事而多了思辨①。

上述的两种划分方式应该可以算作是历时性划分的代表观点，虽然并没有能够涵盖史铁生的所有创作，但是很多其他研究者在研究中都倾向于将《务虚笔记》之后的作品划归为一个风格主题相对统一的创作阶段，所以几乎可以说这两类观点是比较全面的。对史铁生的创作历程进行编年式的总结对于始终没有受到当代文学史写作足够重视的史铁生来说是非常重要的②，虽然也有研究者如陈顺馨等人试图将史铁生的创作历程划入当代主流的文学趋势和文学运动中来，将其创作主题概括为寻根，创作手法归结为先锋③，但大多数研究者还是倾向于

---

① 薛林荣：《向死而生——史铁生小说的母题解读》，《飞天》，1999 年第 7 期。

② 张均：《史铁生与当代文学史书写》，《南京师范大学文学院学报》，2009 年第 1 期。

③ 陈顺馨：《论史铁生创作的精神历程》，《文学评论》，1994 年第 2 期。

将史铁生作为一个中国当代文学的独特案例来探讨[①]，因此编年式的总结对于还原史铁生创作的心路历程，了解和挖掘这位独特作家的长成是极其重要的。

当然，史铁生的创作又带有一定的复杂性，作为一个长期瘫痪的残疾人，生理的残障在很大程度上局限了他的生活范围，也延宕了他的创作周期，所以史铁生的创作从来都不是一蹴而就，而是历时多年反复挣扎和推敲的过程，造成了史铁生每一阶段的创作都可能掺杂了他各个时期的思想成果和技巧，形成一种交互的作品样态，这就给编年式的创作总结造成了难以完全涵盖的障碍。所以对史铁生的创作进行总体研究的研究者们往往会在纵向编年的基础上，再使用横向概括的方式，试图更加全面地涵盖史铁生各时期的所有作品。[②] 因为如果说思想的发展和变化还是平缓的、渐进的，没有太大的突变和反复的话，史铁生创作的美学特征就不太容易按照时间顺序进行概括了，史铁生一直在寻找最适合自己的写作形式，他始终处在

① 这种独特性来自于其创作的主题、形式和审美特点等多方面，详见陈婉娴《一道独特的文学风景线——史铁生散文的审美价值》（刊于《当代文坛》2004 年第 4 期），李锐：《自由的行魂，或史铁生的行为艺术》（刊于《名作欣赏》2011 年第 7 期），汪政、晓华：《超越小说——史铁生〈中篇 1 或短篇 4〉讨论》（刊于《当代作家评论》1992 年第 3 期），宋洁、赵学勇《当代文学中的非常态视角叙事研究——以〈尘埃落定〉、〈秦腔〉、〈我的丁一之旅〉为个案》（刊于《天津师范大学学报（社会科学版）》2007 年第 1 期）等研究著作。

② 段崇轩在《论史铁生的小说创作》（刊于《小说评论》2009 年第 6 期）中就认为史铁生的小说是“难以归类”的，而李锐在《自由的行魂，或史铁生的行为艺术》（刊于《名作欣赏》2011 年第 7 期）中将其直接分成了两个大类：经验型的书写和形而上的阐释。

尝试——否定——升华的螺旋式上升中[①]，这期间不仅有反复的重试，也有不断的创新，而这种独特的写作形式的成长，又是史铁生研究中非常重要甚至于可以独立成项的一个方面。[②]因此，很多的研究者专注于研究史铁生独特的美学观念和写作方式，且在论述时往往使用横向分类的方式。

大多数研究者对史铁生的美学历程都有着一致的划分，李锐将史铁生的小说分为两类：一类是以史铁生个人的经历和体验作为主要内容的小说；另一类是经历和体验的描述逐渐退位，而把形而上的追问、表达作为主要内容的作品。[③] 段崇轩将这种还相对模糊的划分做了更进一步的分析，认为史铁生的创作手法有着以下几个维度，一是变革和实验后的现实主义手法，二是融合了散文、诗歌、哲理的表现元素所形成的一种杂糅的文体，三是借鉴了荒诞、象征、寓言、意识流乃至“迷宫”叙事手法充满“现代小说气息”的文本。[④] 三者结合，共同构建了史铁生的“读物”世界。[⑤] 这样的分类方式代表了大多数研究者。当然，史铁生的创作主题和创作形式也是相互关联的，也有研究者根据史铁生“有意味的形式”这一概念，认为史铁生的创作是一个不断突破文学界限的过程，是史铁生

① 对于史铁生创作形式的探讨，一直以来都颇有争议，详见后文。

② 有很多研究者如穆涛、汪政、晓华、王兆胜、邢孔辉等都曾将史铁生的美学单独列出进行探讨，详见后文。

③ 李锐：《自由的行魂，或史铁生的行为艺术》，《名作欣赏》，2011 年第 7 期。

④ 段崇轩：《论史铁生的小说创作》，《小说评论》，2009 年第 6 期。

⑤ “读物”的概念，见汪政、晓华：《超越小说——史铁生〈中篇 1 或短篇 4〉讨论》，《当代作家评论》，1992 年第 3 期。

的创作不断提升至自由境界的过程。①

二、生命的思索和精神的探知

上文已经说过，史铁生的创作一直处在一种绵延和断裂共存的状态下，他的作品既是层层递进、线索明晰的，可以根据不同的特征分门别类的，是盘根错节的，所以笔者也采用在按照时间划分创作阶段的基础上提炼关键词的方式梳理和评述对史铁生在创作思想主题上的研究成果。

史铁生自己曾经在访谈中提到，他的创作实际上是从社会问题开始，逐步走向人本关怀的道路的②，所以在史铁生的早期创作中，关注的是经验，是社会，是文化和日常生活。有研究者认为，史铁生的最初写作与意识形态是高度匹配的，可以划归为“知青文学”和“伤痕文学”的范围③，但是从一开始，史铁生的创作就已经凸显出他的独特性，他并不是控诉的、批判的、声嘶力竭的，而是执意描绘一种仿佛来自远古的带着淡淡伤感气息的温情。④ 虽然他笔下的人物或贫穷，或不幸，故事或悲惨，或无奈，但都给人一种笑中带泪的印象。也

① 邢孔辉：《史铁生的写作观》，《当代文坛》，2004 年第 6 期；洪治纲：《心魂之思与想象之舞——史铁生后期小说论》，《南方文坛》，2007 年 5 月；胡山林：《永远的行魂的心灵实验——读史铁生新作〈我的丁一之旅〉》，《理论与创作》2006 年第 6 期。

② 张专：《一个作家的生命体验——史铁生访谈录》，《现代传播—北京广播学院学报》，1994 年第 3 期。

③ 详见前文陈顺馨的论述。

④ 黄河：《史铁生小说中知青文本的乡土叙事》，《文艺争鸣》，2007 年第 6 期。

许有待商榷，但甚至有研究者称，史铁生完全继承了中国古代士大夫“温柔敦厚”的传统。①

但是，这种温良朴实的故事背后所隐含的，也许是最深沉的无奈和创伤。他的残疾使他的生活和社会多少隔绝开来，对社会问题的批判只能依靠回忆来完成，并且他所面临的最大的敌人，并非是时代和社会，而是被生理残疾所击垮的个体。②所以很多研究者在描画早年史铁生的创作心理时，也并没有忽略他内心的狂躁和愤怒。胡河清在谈到史铁生早期小说的时候曾这样揣度过他的心理：“遭到命运这样猝然不及的辣手，像史铁生原先那种快乐平凡的性格肯定是不会一下子找到一种精神抵御的办法的。他对于自己生存处境的突变的第一个反应是本能的——深深的怨恨和变形的泄愤要求。”③ 吴俊对此也深表赞同，他认为史铁生的作品不论基调如何温情脉脉，在伤感中透着乐观、奋斗和希望，但仍然掩盖不住他内心深处哀怨的情感。④

但是，史铁生并没有长久地停留在自怨自艾当中，他变得

---

① 李庆国：《史铁生论——论史铁生在散文中的人文精神》，《克山师专学报》，2002 年第 4 期。

② 薛毅：《荒凉的祈盼——史铁生论》，《上海文学》，1997 年第 3 期；汪政、晓华：《超越小说——史铁生〈中篇 1 或短篇 4〉讨论》，《当代作家评论》，1992 年第 3 期，第 69 页；荣松：《残疾意识与人类情感——史铁生小说新论》，《当代文坛》，1992 年第 6 期，第 37 页；梁鸿：《史铁生：残障生存与个体精神旅程的哲理叙述》，《北京社会科学》，2003 年第 2 期。

③ 胡河清：《史铁生论》，《当代作家评论》，1991 年第 3 期，第 21 页。

④ 吴俊：《当代西绪弗斯神话——史铁生小说心理透视》，《文学评论》，1989 年第 1 期。

更为宏观了，从狭隘的残疾中走了出来，开始了他对人类“残疾”的追问，他没有“囿于自伤身世的狭窄格局”，他开始对残疾进行一种新的解释。① 在这一层次，对自身残疾的反抗转化为对心理残障的摆脱，他寻求的是人格的尊严、平等和自由的渴望，并且认为只有这样，残疾者的精神重负才能得到完全的解放。这已经不再是简单的对残疾人的社会地位和社会待遇的表象性的追求，而是在“追求生命价值的平等和人格价值的平等”。②

这样的理想用一个简单的词语来概括，便是“爱”。许多研究者都反复提到“爱”这个主题在史铁生这一阶段小说中的作用③，不论是爱情（性爱）还是亲情（母爱），都是史铁生极力赞扬的，在当时的他看来，真正的自由和尊重便是爱，而人类的精神残疾，很大一部分原因就是因为缺少爱。但是，史铁生的这一理想，在研究者们看来，也不是没有经历挫折，他想要达到的理想境界是如此遥不可及，他内心也没有他想象的那样坚定和平和，他还没有完全从第一层次的愤懑中解脱出来。首先他无法完全摆脱残疾所导致的自卑心理，这使得他的

① 荣松：《残疾意识与人类情感——史铁生小说新论》，《当代文坛》，1992 年第 6 期。

② 同上。

③ 张小平：《哲思的心——辨析史铁生的“宗教”观》，《名作欣赏》，2010 年第 3 期；胡健：《史铁生访谈录》，《北京文学（精彩阅读）》，1996 年第 9 期；王尧：《生命由梦想展开——论史铁生散文》，《当代文坛》，1996 年第 2 期；陈虹：《生命之思：散文的别一种作法》，《文艺评论》，1995 年第 2 期。

作品仍然充满阴郁和死亡①，他试图通过外化和对象化自己的苦难来迫使自己直面生存的痛苦，通过这样的转换来达到更高层次的通透和体悟②，但是他似乎又显得过于急切，他对于苦难的书写与其说是一种领悟，不如说是一种自我安慰，他可能并不是非常勇敢，甚至可能是过于怯懦。③

这样的断语对于史铁生来说可能太过残酷，史铁生看起来似乎已经在哲思的文体上越走越远，离开了令人落泪的温情故事，文本越来越艰难晦涩，他逐渐脱离了读者的阅读经验，甚至有些研究者感到了困倦④，但是却越来越令人相信他正是在这样的反复言说中获得了他所向往的超越，而不是简单的自我欺骗。他的思想已经超越了“残疾”的主题，他开始思考“宿命”和“困境”。

“宿命”和“困境”是相互联系的两个概念，由“残疾”所引发的首先是“宿命”，它带着一种仿佛无力抵抗的被抛入感，带着强烈的偶然性，让人无奈和绝望。⑤ 绝望之后面临的第一个问题便是生死的问题。史铁生的生死观一向是研究者们所关注的焦点，在面临仿佛无力摆脱的宿命时，选择生还是死，是每个生命面临的首要问题。史铁生表达了他“反英雄

① 吴俊：《大彻大悟：绝望者的美丽遁词——关于史铁生的小说》，《文学自由谈》，1989 年第 4 期。

② 张新颖：《平常心与非常心——重读史铁生》，《上海文学》，1992 年第 10 期。

③ 同注①。

④ 王兆胜：《困惑与迷失——论当前中国散文的文化选择》，《当代作家评论》，2003 年第 6 期。

⑤ 李东芳：《存在的忧思：史铁生的出发点与归宿——史铁生小说创作论》，《北京社会科学》，2000 年第 3 期。

主义的死亡观”①，拒绝死神的诱惑，努力地活下来。这种看似软弱和恐惧的表达，其实反而是一种更高程度的勇气，因为活着，接受自己的命运，往往是更加困难的。到此，史铁生似乎已经参透了生死，就如同他在《我与地坛》中所说的那样，死是一件不必急于求成的事情，那么就先活着看看。活着，就必须和命运抗争，也要和自己内心绝望的宿命倾向抗争。② 在张新颖看来，史铁生此时已经超越了努力外化苦难的平常心，转化为了一颗与苦难共舞的“非常心”。要将宿命转化为可以与之舞蹈的东西，就首先要承认宿命。史铁生对宿命的定义是一种“规定的情境”，有些人注定要承受苦难，造成美与丑、善与恶等等的差别，维持着对立而辩证的关系，才是这个世界本来的样貌。③ 推而广之，其实每一个人都逃不开宿命，都必须承受苦难，由此史铁生提出了人生的三种根本的困境：“第一，人生来注定只能是自己，人生来注定是活在无数他人中间并且无法与他人彻底沟通。这意味着孤独。第二，人生来就有欲望，人实现欲望的能力永远赶不上他欲望的能力，这是一个永恒的距离。这意味着痛苦。第三，人生来不想死，可是人生

① 陈婉娴：《一道独特的文学风景线——史铁生散文的审美价值》，《当代文坛》，2004 年第 4 期。

② 李松：《熔铸绝境的壮美——论史铁生的生存美学》，《当代文坛》，2002 年第 2 期。

③ 关于差别这个概念，可以说也是史铁生的一个重要概念，详见汪政、晓华：《试说史铁生》，《读书》，1993 年第 7 期；胡健：《史铁生访谈录》，《北京文学（精彩阅读）》，1996 年第 9 期；洪治纲：《心魂之思与想象之舞——史铁生后期小说论》，《南方文坛》，2007 年第 5 期；杨守森：《生理病残与文艺创作》，《社会科学辑刊》，1996 年第 1 期。

来就是在走向死。这意味着恐惧。”① 胡山林将其简要概括为人际困境、欲望困境和死亡困境。这三种困境被研究者反复阐发，“史铁生推己及人，由个体到群体，认识到人永远面对的是困境，冲破一种困境又会有新的困境，困境的永恒构成人一生的苦难。而超越自身局限，实现人生价值，就是生命的意义所在。”② “困境说”成为史铁生的核心观点之一，如果按照史铁生对自己创作阶段的划分，从此他的创作才开始走上了真正执着于人本问题的道路。既然困境是永恒存在的，那么史铁生该如何超越这样的困境呢？许多研究者都给出了相同的答案：用过程取代目的。

对“过程论”的阐发首先是在生存方式的层面上进行的，有研究者认为史铁生之所以悟出了“生命的意义在于过程”这一命题，正是因为其长期的残疾造成的生存的临界体验，而过程正是所有生命在面临挫折和苦难时一种独特的生命在场方式和生存方式③。胡山林《对人本困境的思考——史铁生创作的中心主题》直接将过程对应向了最终极的死亡困境，只有将过程作为意义，才能真正地超越困境，超越生死。他认为，史铁生构建了许多许多人生的困境，而解决的方法只有一个，那就是“过程”。过程是与结果相对立的，最重要的其实不是如何解决困境，重要的是体验摆脱困境的过程，真正的摆脱是

---

① 欧阳光明：《论史铁生的后期小说》，《小说评论》，2009 年第 6 期。

② 段崇轩：《论史铁生的小说创作》，《小说评论》，2009 年第 6 期。

③ 陈玲娜：《史铁生过程论思想概观》，《大众文艺》，2010 年第 6 期。

一种无法达到的理想状态，而解决的过程体现了生命的顽强和智慧，这才是生的意义所在。

也有研究者将这种过程赋予了更高层次的审美意义①，认为史铁生的“过程论”所拯救的，是侧重于精神的方面，而并非具有明显的实践性。② 达到审美的境地，使得对困境的抗争不再显得那么现实和现世，而是在哲学的层面上，从精神的彼岸反观创造生命的过程，获得一种欣赏性的意义。③

薛毅则在这些基础上对史铁生的过程论做了全面的阐述。他认为，史铁生的过程论最初是建立在目的的破灭之上的。他认为在史铁生看来，目的的虚假使他陷入空虚和无聊，无以为继的他只能转而向过程寻求安慰，并最终在过程中达到了审美性的满足。而薛毅却在这时发出了这样的疑问：如果目的本身就是虚假的，那么过程是否就失去了意义？如果没有目的，那么何谈过程，又何谈过程的审美意义呢？笔者认为，薛毅可能误会了史铁生的意思，过程论所反抗的，并不是那个空虚的目的，而是对绝境和绝望的反抗，是对内心的本源性困境而不是

---

① 史铁生自己就曾经将自己的过程论做过此种定义，详见其《我们活着的可能性有多少——与复旦大学学生的对谈》，《上海文学》，2004 年第 7 期；另有张小平：《哲思的心——辨析史铁生的“宗教”观》，《名作欣赏》，2010 年第 3 期；李锐：《自由的行魂，或史铁生的行为艺术》，《名作欣赏》，2011 年第 7 期。

② 胡山林《史铁生创作的终极关怀精神》，《北京社会科学》，2004 年第 2 期。

③ 王尧：《生命由梦想展开——论史铁生散文》，《当代文坛》，1996 年第 2 期。

外在目的困境的反抗。①

说到这里，话题已经转向了史铁生后期作品的一个根本的方向，那就是对内心本源性困境的探索。② 大多数研究者对这一阶段的史铁生作品都有一个相同的概念表述："心魂之旅"，这个表述来自史铁生本人。洪治纲认为史铁生前期和后期的小说最大的不同，就在于因为引入了"心魂"的概念，而使得这一阶段的小说具有"一种强悍的超越性姿态"，并且一步步地解构了他之前所写到的种种带有宿命感的精神困境。③ "心魂"被认为是史铁生后期小说的最核心意象，是当代文学中的一种非常态的视角④，是史铁生所认为的写作的最高和最自由的阶层，是史铁生直面人生根本困境的最终武器。在上文我们已经提到，在史铁生的哲学中，人的根本困境之一便是孤独，是遮蔽，而心魂的出现，使得自由成为可能，也许它还不能最终使人摆脱困境，但至少提供了一种途径，因而也同样给他的过程论提供了更深刻的注脚，"心魂"已经不仅仅是一种提供自由的途径，更是一段旅程。⑤ 毫无疑问，在这一阶段的创作中，史铁生已经远离了个体日常经验的叙述，而与其精神

---

① 薛毅：《荒凉的企盼——史铁生论》，《上海文学》，1997 年第 3 期。

② 欧阳光明：《论史铁生的后期小说》，《小说评论》，2009 年第 6 期。

③ 洪治纲：《心魂之思与想象之舞——史铁生后期小说论》，《南方文坛》，2007 年第 5 期。

④ 宋洁，赵学勇：《当代文学中的非常态视角叙事研究——以〈尘埃落定〉、〈秦腔〉、〈我的丁一之旅〉为个案》，《天津师范大学学报（社会科学版）》，2007 年第 1 期。

⑤ 同注③。

的本质有了亲昵的联系——“心魂”不再属于“史铁生”的代表，而是超越了“史铁生”有了创作主体的地位，是写作的源泉，写作的行为实际上是“大脑对心灵的巡察搜捕和缉拿”。① 与前期相互牵扯纠缠的概念不同，对“心魂”倒是相当的一致，史铁生自己也作了很多的阐释，正如穆涛所说，史铁生后期的创作并没有给批评者留下什么分析的工作，他的写作本身就不能按照一般的经验型文本来研究。更有研究者认为，史铁生的创作在这一阶段太过理性，不仅给研究者的研究带来了难度，连读者也难逃作者意志的压迫。② 在这一阶段，有人说他是耽于冥想，有人说他超越了肉身的界限，“心魂”这个概念，代表的是自由，是欲望，是人最真实的存在，是生命最原初的状态。③

写到这里，我们不能回避的一个问题就是一直徘徊在史铁生作品中的一个重要的概念，那就是宗教。曾有研究者对史铁生的小说意象进行分析和归类，发现其中有大量具有宗教意味的意象，如上帝、天堂、地狱、死灵，还有与宗教有关的如鸽

---

① 邢孔辉：《史铁生的写作观》，《当代文坛》，2004 年第 6 期；史铁生在《我离开史铁生以后》等文中都曾将“我”与“史铁生”相分离，最近发表在《十月》上的史铁生遗作更是表现出了强烈的此种倾向。

② 详见《史铁生的辩证》。

③ 欧阳光明：《论史铁生的后期小说》，《小说评论》，2009 年第 6 期；洪治纲：《心魂之思与想象之舞——史铁生后期小说论》，《南方文坛》，2007 年第 5 期；胡山林：《永远的行魂的心灵实验——读史铁生新作〈我的丁一之旅〉》，《理论与创作》，2006 年第 6 期；于戈：《寻找夏娃与文本解读——论〈我的丁一之旅〉》，《当代作家评论》，2008 年第 2 期；李荣林：《作为文体的散文：灵魂的彰显与照亮——兼论史铁生、余秋雨的散文》，《文艺争鸣》，1998 年第 4 期。

子、地坛、野兽等等。① 毋庸置疑，史铁生的创作是带有一定的宗教感的。也曾经有许多研究者试图将史铁生作品中的宗教与某种具体的宗教进行对比，如石杰就曾撰写过《史铁生小说的佛教色彩》，还有胡河清认为史铁生的作品具有儒道两家的色彩②，还有关于史铁生小说中的《圣经》原型等等③，不一而足。笔者认为，史铁生在进行自己的宗教哲思之前，一定也深入地接触过各种具体的宗教，但他并不致力于以自己的作品来传播某种宗教，也不打算创立自己的宗教教派，所有的宗教意象和原型在史铁生这里只是一个宗教化的符号而已。正如史铁生自己所说的那样："宗教精神是清醒时依然保存的坚定信念。"④ 而很多研究者也正是从这个角度来分析史铁生作品中的"宗教"的，张小平《哲思的心——辨析史铁生的"宗教"观》中就有这样的阐释："史铁生在此强调的宗教是一个宽泛的概念。他肯定所有宗教共有的形而上意义上的关注，即对精神层面的重视，但这并未涉及不同宗教具体的教义。精神信仰是存在诸多差异的，这种差异既相对具有不同教义的宗教，又针对采取不同思考方式的个体。在宏观和微观两个方面，信仰在宗教和个体精神面前产生不同结果。史铁生的信仰无疑是在个体层面上产生的远未涉及具体教义的以个体思考为主体的宗教精神，它和真正的有神论宗教精神有着本质的区

① 郭传梅：《史铁生意象词典》，《南方文坛》，2004 年第 6 期。

② 胡河清：《史铁生论》，《当代作家评论》，1991 年第 3 期。

③ 张勐：《史铁生作品中的"圣经"原型》，《文艺争鸣》，2009 年第 3 期。

④ 史铁生：《宿命与反抗》，《理论与创作》，1997 年第 2 期。

别。”①

史铁生的“宗教”贯穿于他写作主题的方方面面。对于“残疾”的主题，“宗教”强调对苦难的承接：“人世的苦难，不是上帝不存在的证明，相反，是上帝存在的条件，有苦难才可能有追寻，超越就在不必也不能达到目的追求之中。”② 对于“宿命”的主题，“宗教”揭示了宿命的由来和不可抗力；对于“困境”的主题，“宗教”是奋起抗争的精神力量：“史铁生的宗教精神依靠的是自己的精神力量，是‘自救’。”③ 而对于“心魂”这个概念来说，它便是史铁生的“宗教核心”，因为所谓“心魂”，便是指人的精神、灵魂，而“史铁生赋予宗教精神的涵义，其实是对人的理性、人的精神、人的意志、人的力量的赞美。在宗教那里，人生的信念都来自于神，在史铁生的宗教精神中也有一个‘神’，但这个‘神’不是别的，正是人自身，是人的精神。”④ 可以说，无论史铁生走到哪里，宗教思想都是他思考背后的强大支撑，我们也许无法完全概括，甚至史铁生自己也没有能力完全地阐释他自己的宗教观点，但毫无疑问，我们在他的写作之路上，能够看到宗教究竟是以什么样的方式深入一个人的内心，又是怎样为他提供了帮助的。也许相对于那些反复传教布道的具体宗教的文本，史铁生的写作中隐含着的宗教之旅，会更显得震撼和深邃。

---

① 张小平：《哲思的心——辨析史铁生的“宗教”观》，《名作欣赏》，2010 年第 3 期。

② 赵毅衡：《神性的证明：面对史铁生》，《花城》，2000 年第 1 期。

③ 同注①。

④ 同注①。

也有研究者认为，追寻神性，才是史铁生写作的终极目标，例如赵毅衡曾指出：“在这样的时代，史铁生是孤独的。我们能躲避救赎的需要，史铁生不愿躲避。像他那样思索的人，不再享受神性的覆盖时，就无法不感到一种宇宙性的孤独；如果不追索终极关怀，人生就是空无一物的存在。”① 姑且不论这样的评价是否太过绝对，但史铁生的确在创作一种救赎，一种超越的信心和理想。或者说，其实文学或写作本身，就是史铁生自己的宗教，他不断地在写作中寻找自己存在的意义和自己生命的寄托，是自己超越困境、享受过程的体验和通途。②

三、史铁生的美学

汪政、晓华在《试说史铁生》中对于史铁生的创作风格有着这样的概括：“就整个中国新时期文学而言，很难找到可以容纳史铁生写作的位置，不少评论家指出，史铁生属于先锋小说家，如果说先锋意味着对通常文学格局的格格不入，这是对的，但同时却又是空洞的；如果先锋即指中国文坛 1985 年左右或者一直延续到现在的所谓后现代主义，那与史铁生实在

① 赵毅衡：《神性的证明：面对史铁生》，《花城》，2000 年第 1 期；胡山林：《史铁生的文学观》，《锦州师范学院学报（哲学社会科学版）》，1999 年第 2 期；陈玲娜：《史铁生过程论思想概观》，《大众文艺》，2010 年第 6 期。

② 关于写作与生存（或者说是存在）的关系，史铁生曾专门写过《宿命的写作》一文，当然，他的作品中常常也会有类似的表达，对此的研究，详见《论史铁生作品的宗教意识》，《南方文坛》，1999 年第 1 期。

沾不上边儿，相反，史铁生倒显得相当古典。史铁生的写作是一种复古和还原，返还到写作之初，重新接近人与语言、语言与思想、写作与生存的本原性的关系。与现代主义相比，史铁生显得相当人道主义，与后现代主义相较，他拒绝商业化，拒绝无意义的写作。与现实主义相比，他是一种内向的趋于自我的写作，拒绝复制形而下的生活图景。他说：‘以关心人及人的处境为己任的文学，大约可以把描摹常规生活的精力更多地分一些出来，向着神秘的精神出发……’（《自言自语》）因此，史铁生是不见容于任何通行的‘文学’模式的写作者。”①

这篇文章写于1993年，但时过近20年之后，这样的概括和判断仍然显得非常全面和准确。的确，史铁生创作的前后风格变化如此之大，实在是文坛少见。但毋庸置疑的是，他一直游离在主流的文学表达方式之外。② 史铁生前期的风格被研究者称为带有“田园牧歌般”的诗性叙事，笔法细腻，语言质朴，并专注于具体的生活场景的摹画，有研究者认为带有契诃夫的风格③，更有人注意到他所谓“零度情感”的叙述方式④，和当时流行的伤痕文学的“控诉”、“揭露”不同，他的小说显得冲淡而悠远，在不论从内容还是形式都充满紧张感的20世纪80年代，史铁生无疑已经展现了他的另类。

但这还远远不够。也许是因为残疾的缘故，史铁生的创作

---

① 汪政、晓华：《试说史铁生》，《读书》，1993年第7期。

② 见前文，张均：《史铁生与当代文学史书写》，《南京师范大学文学院学报》，2009年第1期。

③ 同注①。

④ 梁鸿：《史铁生：残障生存与个体精神旅程的哲理叙述》，《北京社会科学》，2003年第2期。

从始至终仿佛都和狭隘的社会、时代没有什么太大的关联，他自己也在创作谈中反复表达，写作是一件私人的事件，因此，在 20 世纪 90 年代中国的当代文学逐步跨入了新写实主义的时候，史铁生却又离写实越来越远。他似乎返回了 20 世纪 80 年代，以一种“先锋”的方式——也许用“先锋”一词概括并不恰当——追寻他心目中真正的文学。虽然那时的他尚未摆脱他思维中根深蒂固的关于小文学的概念的内涵，因为从同时期创作的散文来看，他延续了以往一贯的冲淡与平和，语言也呈现了他早期创作的那种带着淡淡哀愁的优美感。但这时的史铁生已经从小说开始入手，消解传统意义上小说的元素。首先，他的小说杂糅了许多不同的文体，而呈现出一种独特的“复调”叙述①。第二，他开始采用一种“迷宫叙事”的手法②，将读者带进他叙事圈套的层层迷雾，人物不仅可以在现实与理想的不同领域里奔走，还可以同时在不同的精神层面自由伸展，并且与之相关的，他抛弃了传统的“典型人物”的刻画方式，而是采用了一种“全息人物”的全新的描写方法，使得人物仿佛被抽离了时代和社会身份，成为可以相互映射的符号化人物，这也使得他小说中的人物彼此之间有着广泛的相似性，也更加深了迷宫叙事的迷惑性。③ 第三是象征和隐喻层面

---

① 洪治纲：《心魂之思与想象之舞——史铁生后期小说论》，《南方文坛》，2007 年第 5 期。

② 段崇轩：《论史铁生的小说创作》，《小说评论》，2009 年第 6 期。

③ 汪政、晓华：《超越小说——史铁生〈中篇 1 或短篇 4〉讨论》，《当代作家评论》，1992 年第 3 期。

的加强，史铁生逐步形成了自己的一套隐喻意象体系。[①] 第四是打破了现实和想象的界限，用一种戏剧的方式来展开小说。[②] 总而言之，史铁生开始通过自己的创作来定义小说，甚至是文学[③]，而这种尝试在他逐渐坠入对人类命运和精神的哲思时，转向了一种更为阐释性的内在书写的执念，力图剥开一切事物和人物的外衣，直击他们的内心甚至是灵魂的深处。

在这里，我们必须再一次提到“心魂”这个概念，因为它不仅仅代表了史铁生后期创作的内在精神变化，更是他写作的外在载体。因为这个“心魂”的存在，史铁生才仿佛获得了一种自由表达的能力。正如前文所说，史铁生这一阶段的写作，可以说是一种“大脑对心灵的缉捕”，所以史铁生的文学创作已经不仅仅是通过上述的写作技巧打通文体之间的界限，更是修改了文学的定义，他的作品看起来已经没有了相对完整的形象，而是呈现出一种碎片化的倾向，一种反复言说的絮絮叨叨而又充满梦呓感的文体[④]，这是追寻灵魂所必然采取的手法，因为灵魂正是一种难以捉摸和确定的存在，它才是文学的真正主体。[⑤] 所以有研究者认为，直到这个时候，史铁生才真正找到了属于他自己的文学表达形式，也是史铁生特有的表达

---

① 梁鸿：《史铁生：残障生存与个体精神旅程的哲理叙述》，《北京社会科学》，2003 年第 2 期。

② 郭春林：《没有救赎的人（类）》，《当代作家评论》，1997 年第 3 期。

③ 史铁生：《写作与越界》，《天涯》，2007 年第 3 期。

④ 洪治纲：《心魂之思与想象之舞——史铁生后期小说论》，《南方文坛》，2007 年第 5 期。

⑤ 李荣林：《作为文体的散文：灵魂的彰显与照亮——兼论史铁生、余秋雨的散文》，《文艺争鸣》，1998 年第 4 期。

形式，一种全然自由的、超越了精神与肉身的边界的文学，也最接近史铁生自己对于文学和写作的想象和理想。① 但是人们不禁要问，史铁生固然一生都在寻找一种全自由的表达，也将这种表达作为文学的终极目的之一，但是是否“心魂”式的碎片化书写，就真的是研究者所认为的最接近自由的表达形式？关于史铁生所使用的这种文体，也有很多研究者委婉地表达了他们的忧思，一是认为文学和哲学不该相互越界，史铁生所写的那些“读物”，究竟还能不能算作文学？② 二是在反复地描写精神的时候，史铁生的作品已经越来越倾向于一种自言自语，而使得他的读者们感到艰难晦涩，接受无能；如果他的作品失去了读者，那么还能不能算作是“自由地交流”？甚至有研究者极端地认为，因为史铁生的残疾身份，使得他的作品总是叫好声一片，而使得一些持不同意见的读者和研究者感到了公开表达不同意见的不便。③ 笔者认为，有这些意见的产生，实在是因为那个曾经的史铁生已经完全被现在这个哲思的史铁生所覆盖了，但如果我们回过头来看就会发现，史铁生所渴望定义的文学，不正是一种全新的定义，并且超越了传统的文学和哲学的界限的吗？虽然从史铁生后期的多篇文章中我们都能找到，史铁生在进行“心魂”创作的时候所感到的困难

① 于戈：《寻找夏娃与文本解读——论〈我的丁一之旅〉》，《当代作家评论》，2008 年第 2 期；马云：《史铁生散文：生命的留言》，《当代文坛》，2003 年第 3 期；以及史铁生《文学的位置或语言的胜利》，《作家》，1997 年第 7 期。

② 孙郁：《通往哲学的路——读史铁生》，《当代作家评论》，1998 年第 2 期。

③ 张均：《史铁生与当代文学史书写》，《南京师范大学文学院学报》，2009 年第 1 期。

——不能写出心中所想的千万分之一，但他仍然在努力创作，这不也正是他一以贯之的“过程论”思想的一种体现吗？如果我们再回到史铁生写作的开端，看看他曾经大声疾呼要求对残疾人的平等和尊重，我们还会感受到表达不同意见的不便吗？所以，史铁生后期所采用的这种形式，也许艰难晦涩不好理解，也许超越了我们日常阅读的经验范围，但是我们不能否认，史铁生的整个创作历程，实在是一个自洽的整体，无论它们前后在风格、主题、内容上有着怎样的变化，对于史铁生来说，它们始终是完整的。我们也不需要讨论这些尝试到底是成功还是失败，史铁生究竟该不该算一个伟大的创新的文学家，我们应该看到的是史铁生一如既往的追寻和实验，让我们感受到一个虔诚的创作者的独特魅力，一种不断超越自我表达的形式的努力，这才是史铁生的文体给所有创作者和研究者最大的启示。正如汪政、晓华在《超越小说——史铁生〈中篇1或短篇4〉讨论》中所说的那样：“史铁生是当代小说家中难得的自觉地为全人类写作和思想的作家，他的写作也不是一般意义的文学创作，说起来很朴素，他只想表达自己的思考，至于以什么方式和文体，那确实是自然而然的。因而也可以说是不重要的。”①

四、结语

史铁生的背影已经离我们远去，纵观这近三十年来对他的研究和评论，加上他自己的创作谈，可以说研究者们的研究是

① 汪政、晓华：《超越小说——史铁生〈中篇1或短篇4〉讨论》，《当代作家评论》，1992年第3期，第70页。

相当透彻的。尤其是对史铁生重要主题的阐释与写作风格的研究，可以说是硕果累累，各有千秋。但是，由于史铁生的身体状况的限制，他的创作的时间跨度总是比较长，所以相对而言，完整的史铁生论述是比较少的，尤其是近几年，他已经逐渐淡出了年轻一代研究者的视野，使得整体的史铁生研究显得头重脚轻。同时，由于史铁生创作的独特性，对他的内在写作研究已经完全淹没了对他社会批评小说的研究，这也是史铁生研究上的一个缺憾。斯人已逝，但他的作品无疑是留给中国文坛的一笔巨大的遗产。他已经无法再提起笔，向世人描述那如同神境一般的世界，那么年轻一代的研究者们就应当担负起这样的责任，将史铁生的作品的生命通过研究和阐释继续下去，使中国文坛的这位传奇的作家能够一代又一代地，滋养更多的读者和创作者。

参考文献：

【1】北帆：《论史铁生小说的艺术变奏》，《小说评论》1987 年第 4 期。

【2】吴俊：《当代西绪弗斯神话——史铁生小说心理透视》，《文学评论》，1989 年第 1 期。

【3】吴俊：《大彻大悟：绝望者的美丽遁词——关于史铁生的小说》，《文学自由谈》，1989 年第 4 期。

【4】何立伟：《关于史铁生》，《文学自由谈》1991 年第 1 期。

【5】苑湖：《沉入静穆——读史铁生的〈我与地坛〉》，《小说评论》，1991 年第 3 期。

【6】蒋原伦：《史铁生小说的几种简单的读法》，《当代作家评论》，1991 年第 3 期。

【7】胡河清：《史铁生论》，《当代作家评论》，1991 年第 3 期。

【8】张凤珠：《从〈我与地坛〉看史铁生》，《文学自由谈》，1992

年第 2 期。

【9】汪政、晓华：《超越小说——史铁生〈中篇 1 或短篇 4〉讨论》，《当代作家评论》，1992 年第 3 期。

【10】荣松：《残疾意识与人类情感——史铁生小说新论》，《当代文坛》，1992 年第 6 期。

【11】张新颖：《平常心与非常心——重读史铁生》，《上海文学》，1992 年第 10 期。

【12】汪政、晓华：《生存的感悟——史铁生〈我与地坛〉解读》，《名作欣赏》1993 年第 1 期。

【13】汪政、晓华：《试说史铁生》，《读书》，1993 年第 7 期。

【14】石杰：《史铁生小说的佛教色彩》，《贵州大学学报（社会科学版）》，1994 年第 2 期。

【15】穆涛：《有远见的手艺人：异想天开的史铁生》，《当代作家评论》，1994 年第 2 期。

【16】（香港）陈顺馨：《论史铁生创作的精神历程》，《文学评论》，1994 年第 2 期。

【17】张专：《一个作家的生命体验——史铁生访谈录》，《现代传播—北京广播学院学报》，1994 年第 3 期。

【18】史铁生：《神位・官位・心位》，《读书》，1994 年第 6 期。

【19】史铁生：《写作三想》，《长江文艺》，1994 年第 7 期。

【20】史铁生：《意志与信心》，《社科信息文萃》，1994 年第 20 期。

【21】史铁生：《史铁生谈体验困境》，《文艺理论研究》，1996 年第 2 期。

【22】史铁生：《无答之问或无果之行》，《北京文学》，1994 年第 11 期。

【23】陈虹：《生命之思：散文的别一种作法》，《文艺评论》，1995 年第 2 期。

【24】史铁生：《熟练与陌生》，《花城》，1996 年第 1 期。

【25】杨守森：《生理病残与文艺创作》，《社会科学辑刊》，1996 年

第 1 期。

【26】王尧：《生命由梦想展开——论史铁生散文》，《当代文坛》，1996 年第 2 期。

【27】史铁生：《史铁生：宿命的写作》，《当代作家评论》，1996 年第 5 期。

【28】胡健：《史铁生访谈录》，《北京文学（精彩阅读）》，1996 年第 9 期。

【29】林舟：《爱的冥思与梦想——史铁生访谈录》，《花城》，1997 年第 1 期。

【30】史铁生：《宿命与反抗》，《理论与创作》，1997 年第 2 期。

【31】［日］栗山千香子著：《史铁生访谈录》，《作家》，1997 年第 2 期。

【32】薛毅：《荒凉的企盼——史铁生论》，《上海文学》，1997 年第 3 期。

【33】郭春林：《没有救赎的人（类）》，《当代作家评论》，1997 年第 3 期。

【34】张柠：《史铁生的文字般若——论〈务虚笔记〉》，《当代作家评论》，1997 年第 3 期。

【35】周政保：《〈务虚笔记〉读记》，《当代作家评论》，1997 年第 3 期。

【36】史铁生：《聆听和跟随——给友人的一封信》，《当代作家评论》，1997 年第 3 期。

【37】汪政、晓华：《史铁生〈别人〉跋（试说史铁生）》，《当代作家》，1997 年第 4 期。

【38】史铁生：《文学的位置或语言的胜利》，《作家》，1997 年第 7 期。

【39】孙郁：《通往哲学的路——读史铁生》，《当代作家评论》，1998 年第 2 期。

【40】李荣林：《作为文体的散文：灵魂的彰显与照亮——兼论史铁

生、余秋雨的散文》，《文艺争鸣》，1998 年第 4 期。

【41】《论史铁生作品的宗教意识》，《南方文坛》，1999 年第 1 期。

【42】胡山林：《史铁生的文学观》，《锦州师范学院学报（哲学社会科学版）》，1999 年第 2 期。

【43】胡山林：《对人本困境的思考——史铁生创作的中心主题》，《当代作家评论》，1999 年第 4 期。

【44】胡山林：《置身神界看人界——史铁生创作视点分析》，《中州学刊》，1999 年第 5 期。

【45】薛林荣：《向死而生——史铁生小说的母题解读》，《飞天》，1999 年第 7 期。

【46】韩小蕙：《90 年代散文的八个问题》，《文学自由谈》，2000 年第 1 期。

【47】赵毅衡：《神性的证明：面对史铁生》，《花城》，2000 年第 1 期。

【48】李东芳：《存在的忧思：史铁生的出发点与归宿——史铁生小说创作论》，《北京社会科学》，2000 年第 3 期。

【49】赵艳：《生命的处境与存在的勇气——存在主义与史铁生的小说创作》，《当代文坛》，2001 年第 4 期。

【50】史铁生、安妮：《写作与超越时代的可能性——史铁生答安妮问》，《北京文学（精彩阅读）》，2001 年第 12 期。

【51】李松：《熔铸绝境的壮美——论史铁生的生存美学》，《当代文坛》，2002 年第 2 期。

【52】李庆国：《史铁生论——论史铁生在散文中的人文精神》，《克山师专学报》，2002 年第 4 期。

【53】史铁生，王尧：《“有了一种精神应对苦难时，你就复活了”》，《当代作家评论》，2003 年第 1 期。

【54】梁鸿：《史铁生：残障生存与个体精神旅程的哲理叙述》，《北京社会科学》，2003 年第 2 期。

【55】马云：《史铁生散文：生命的留言》，《当代文坛》，2003 年第

3 期。

【56】王兆胜:《困惑与迷失——论当前中国散文的文化选择》,《当代作家评论》,2003 年第 6 期。

【57】胡山林:《史铁生创作的终极关怀精神》,《北京社会科学》,2004 年第 2 期。

【58】陈婉娴:《一道独特的文学风景线——史铁生散文的审美价值》,《当代文坛》,2004 年第 4 期。

【59】郭传梅:《史铁生意象词典》,《南方文坛》,2004 年第 6 期。

【60】邢孔辉:《史铁生的写作观》,《当代文坛》,2004 年第 6 期。

【61】史铁生:《我们活着的可能性有多少——与复旦大学学生的对谈》,《上海文学》,2004 年第 7 期。

【62】陈村:《我读〈我的丁一之旅〉》,《长篇小说选刊》,2006 年第 1 期。

【63】陈村:《去找史铁生》,《课外阅读》,2006 年第 6 期。

【64】胡山林:《永远的行魂的心灵实验——读史铁生新作〈我的丁一之旅〉》,《理论与创作》,2006 年第 6 期。

【65】朱伟:《铁生小记》,《书摘》,2006 年第 9 期。

【66】宋洁、赵学勇:《当代文学中的非常态视角叙事研究——以〈尘埃落定〉、〈秦腔〉、〈我的丁一之旅〉为个案》,《天津师范大学学报(社会科学版)》,2007 年第 1 期。

【67】齐亚敏:《史铁生的辨证——对〈我的丁一之旅〉的思考及存疑》,《当代文坛》,2007 年第 1 期。

【68】汪政:《长篇在 2006》,《青春》,2007 年第 2 期。

【69】史铁生:《写作与越界》,《天涯》,2007 年第 3 期。

【70】史铁生:《我早就相信写作是宿命的——史铁生书信选》,《西部》,2007 年第 5 期。

【71】洪治纲:《心魂之思与想象之舞——史铁生后期小说论》,《南方文坛》,2007 年第 5 期。

【72】黄河:《史铁生小说中知青文本的乡土叙事》,《文艺争鸣》,

2007 年第 6 期。

【73】《史铁生书信》,《北京文学（精彩阅读)》, 2007 年第 9 期。

【74】于戈:《寻找夏娃与文本解读——论〈我的丁一之旅〉》,《当代作家评论》, 2008 年第 2 期。

【75】张均:《史铁生与当代文学史书写》,《南京师范大学文学院学报》, 2009 年第 1 期。

【76】张勐:《史铁生作品中的“圣经”原型》,《文艺争鸣》, 2009 年第 3 期。

【77】欧阳光明:《论史铁生的后期小说》,《小说评论》, 2009 年第 6 期。

【78】段崇轩:《论史铁生的小说创作》,《小说评论》, 2009 年第 6 期。

【79】马敏:《史铁生生命意识研究综述》,《文学界（理论版)》, 2010 年第 3 期。

【80】周怡:《都市文化在乡村的传播与冲突——“知青”小说的一种文化解读》,《当代文坛》, 2010 年第 3 期。

【81】张小平:《哲思的心——辨析史铁生的“宗教”观》,《名作欣赏》, 2010 年第 3 期。

【82】陈玲娜:《史铁生过程论思想概观》,《大众文艺》, 2010 年第 6 期。

【83】史铁生:《说死说活（随笔)》,《北京文学（中篇小说月报)》, 2011 年第 2 期。

【84】李锐:《自由的行魂，或史铁生的行为艺术》,《名作欣赏》, 2011 年第 7 期。

【85】陈思和:《中国当代文学史教程》, 复旦大学出版社, 2007 年。

【86】史铁生:《我离开史铁生以后》, 选自《史铁生文集》, 北京燕山出版社, 2008 年。

史铁生年谱

1951年1月4日，史铁生出生在北京草厂胡同39号的小院子里，一个11口人的大家庭，他认为这是一件大事。“于我而言，本世纪下半叶的头一件大事，自然是我的出生。……由于我的出生，世界开始以一个前所未有的角度被观察，历史以一个前所未有的编排被理解，意义以一次前所未有的情感被询问。尽管这对他人来说是一件微乎其微的小事，对历史来说是一个完全可以忽略的小小颤动，但那却是我的全部——全部精神际遇的严峻。”①

史铁生原籍河北涿县，出生地北京，但是对于史铁生来说，“我的故乡很小，仅北京城之一角，方圆大约二里，东和北曾经是城墙，现在是二环路。其余的北京和其余的地球我都陌生。”② 这方圆二里密布着如渔网般的胡同，这些狭窄逼仄的胡同对于史铁生来说，是大半辈子的人生经验：“不是我曾居于其间，是它们构成了我。密如罗网，每一条胡同都是我的一段历史、一种心绪。”③

① 引自《私人大事排行榜》，《花城》，1997年第1期。
② 引自《故乡的胡同》。
③ 同上。

1958 年，入北京东城区王大人胡同小学读书。是年，史铁生搬入了观音寺胡同（也就是后来的前永康胡同）的一个小院子，在这个小院子中，史铁生度过了 19 年。这条胡同和这个小院，史铁生在他的作品中频频提到，不论是在瘫痪前的童年，还是在瘫痪之后的青年时代，这个地点几乎成为了史铁生全部的直接生活经验。尽管年幼，史铁生已与“文学创作”结下不解之缘。10 岁那年，他曾“在一次作文比赛中得了第一”①，姑且可以算得史铁生获得的第一个文学奖项。

儿时的史铁生是个调皮好动的男孩子，擅长体育运动，这在他瘫痪之后似乎已经很少提起，只有从早年的散文中还可以寻得有限的踪迹，看出那时的活力。“记得儿时曾有一面红砖短墙，墙头插满锋利的碎玻璃碴儿，我们一群八九岁的孩子总去搅扰墙里那户人家的安宁，攀上一棵小树，扒着墙沿央告人家把我们的足球扔出来。”② 史铁生一生都没有失掉对体育的热忱，“也许是因为人缺了什么就更喜欢什么吧，我的两条腿一动不能动，却是个体育迷。”③“其实我是第二喜欢足球，第三喜欢文学，第一喜欢田径。”④

1967 年，毕业于清华附中初中。史铁生是“老三届”的学生，1965 年进校的他，可以说是个文武双全的人才。刚开学不久，他的作文就已经在全校传诵，组装无线电也是一把好

---

① 引自《合欢树》，《南风》，1981 年。
② 引自《墙下短记》，《今日先锋》，1994 年第 4 期。
③ 引自《我的梦想》，《中国残疾人》，1989 年第 1 期。
④ 同上。

手，绘画也被老师赞扬有专业水平，更兼他声音浑厚，唱歌朗诵都颇具感染力。人高马大的他在学校的体育比赛中还曾得过冠军，称得上风云人物。然而只上了两年初中，学校就因为“文革”的深入全面停课，直到下乡插队之前，北京所有的中学都处在“战斗”当中。清华附中作为“红卫兵”组织的发源地，革命活动更是轰轰烈烈。在这个众声喧哗的大革命时代，史铁生也曾经满怀忠勇和豪情，“曾和一群同学到清华园里去破过‘四旧’，一路上春风浩荡落日辉煌，少年们满怀豪情”。①

但是随着出身论的逐渐强化，史铁生在这场战斗里早早地被边缘化了。他的出身并不算好，不在“根正苗红”的“红五类”之列，“楼门内外传来了更为革命的呐喊：‘非红五类不许参加我们的行动！’这样，几个同学留下来继续革命，另几个怏怏离去。我在离去者中。一路上月影清疏晚风有缘，少年们默然无语，开始注意到命运的全面脸色。”② 的确，对于年少的史铁生来说，命运已经不仅仅是“不让革命”这么简单了，而是一场被批斗和被打倒的噩梦。他父母的身份是“职员”，处在“黑五类”的边缘，奶奶的“地主”成分直到“文革”结束都没能平反。在史铁生的早期创作中，反思“文革”的“伤痕文学”不在少数，如《兄弟》、《爱情的命运》以及被研究者看作半自传体小说的《奶奶的星星》等等，都记载或是反映了那段经历给史铁生留下的伤痛的回忆。

1969 年，到陕西延川县关计公社关家庄大队插队。下乡

① 引自《病隙碎笔》，《花城》，1999 年第 4 期。
② 同上。

对于出身不好的史铁生来说，是必须完成的任务，然而在踏上征程的那一刻，他还是涌起了满腔的革命豪情，和对未知世界的强烈好奇。然而，清平川的乡亲们对这些知识青年的教育却远远不像想象中的那样“革命”和“高大”，反而是一种返璞归真的原始乡情，一种艰辛的生活所反射出的乐观和坚强，不是通过颂歌，而是把委婉的小调传递给这些半大孩子。被夸张的大话所笼罩的城市生活完全消失了，取而代之的，史铁生开始进一步思索生命本身的意义和命运的含义。当然，插队对于史铁生来说，最直接的感受就是：饿。年轻的史铁生长手长脚，胃口奇大，简直到了贪吃的地步，但是黄土高原的匮乏使他长久地处在半饥半饱的状态中。于是，他在务农的间隙，还为乡亲们画画家具来赚点“外快”，甚至还和老乡分工合作去集市上卖钱，但在那个年代，史铁生的这一举动被看成是“资本主义的尾巴”，理所当然地被“割掉”了。

在干了三个月的农活之后，史铁生开始感到腰腿疼痛，但就医后没有诊断出原因，到北京也无法查出莫名疼痛的由来，史铁生只得又回到关家庄。大队干部为了照顾他，给他分配了喂牛的轻活儿，两年之后因双腿疼痛加剧回到北京。史铁生的插队经历是他日后创作的重要素材，更对他的写作心态和作品样态产生了巨大的影响：“我们那时的插队，和后来的插队还不一样；后来的插队都更像是去体验生活，而我们那时真是感到要在农村安排一生的日子了——起码开始的两年是这样。现在想来，这倒使后来的写作得益匪浅。我相信，体验生活和生活体验是两回事。抱着写一篇什么的目的去搜集材料，和于生活中有了许多感想而要写点什么，两者的效果常常相距很远。

从心中流出来的东西可能更好些。”①

1972 年，因脉管炎导致双腿瘫痪。这对于史铁生的一生来说是最重大的转折点。史铁生患有先天性脊柱裂，为此，他的母亲曾经多方奔走求告，希望可以让儿子免于下乡，但是没能成功。插队后，陕北的寒冷侵入了史铁生的脊髓，尤其是在他改去喂牛之后，每天必须半夜起床给牛添料，睡的也是没有热炕的寒窑，更加重了他的病情。终于，史铁生感到双腿开始不听自己使唤了。据和史铁生一起插队的同学回忆，他曾经有一天和别人竞赛立定跳远，然而跳出去之后，却一下子跌倒在地，史铁生慢慢爬起来，疑惑地喃喃自语："怎么这腿就不给劲儿了呢?"

等到 1971 年 9 月，史铁生再次因为剧烈腰痛回到北京的时候，他已经只能由别人架着缓缓行走了。很快，史铁生住进了北京友谊医院，入院的那一天，他拒绝了所有亲人和朋友的帮助，自己扶着墙，艰难地走进了医院，但是一年多之后再出院的时候，他只能被人抬着出来了。无疑，在医院的这一年多是史铁生一生中最灰暗的日子，不仅仅是病痛的折磨。对于生龙活虎的史铁生来说，失去双腿是致命的打击。在《我二十一岁那年》中可以看到，史铁生整日卧床的时光里，他思考得最多的便是如何去死。失去行动自由的生活对他来说已经完全失去了意义。然而，友谊医院的医生给了他最初的鼓励，让他去负责医院的墙报，被需要和被关怀使得史铁生获得了最初活下来的勇气。

① 引自《几回回梦里回延安》，《小说月报》，1983 年。

1974 年，史铁生已经出院一年了，和父亲、奶奶、妹妹还有叔叔一家居住在前永康胡同奶奶的居所里。离开医院的史铁生再一次感到了绝望，他没有工作，没有补助，妹妹年幼，奶奶年迈，父亲一个人支撑起整个家庭，母亲还远在云南的林学院，只能时不时请事假回北京。巨大的心理压力和悲观情绪使得他的脾气越来越暴躁，他多次想到自杀，他曾经吃下过量的药，去摸过电门，只希望能够了结自己的生命。

但就在这段时间，史铁生来到了地坛。地坛的寂静与安详使他平静下来，让他重新深入地思考生与死的问题。史铁生不再寻求死亡，转而寻求生的意义。他开始在北京北新桥街道工厂做工，给家具画上山水画，将掏空的鸭蛋绘成彩蛋，给古装的仕女像“开眉眼”。除此之外，他开始学外语，开始读书和写作，开始探寻人生的另外一种意义。

1977 年，史铁生的母亲去世。这是继瘫痪之后，史铁生人生遭遇的第二重打击。在史铁生的很多作品中我们都可以看到史铁生对母亲的深情。的确，这位伟大的母亲，为了儿子的病，可以说是操碎了心，她想尽了所有的办法为儿子寻医问药，但她自己的乙型肝炎却逐渐发展为肝硬化，最终因为并发食管与胃底静脉曲张，胃部大出血而去世。在母亲重病之际，史铁生摇着他的轮椅走遍了北京城为母亲寻找良药，可是母亲还是离开了他。

母亲去世之后，史铁生的父亲从云南回京照顾他，因为史铁生行动不便，由街道出面安排他和父亲住进了雍和宫大街 26 号临街的两间平房。

1978 年，小说处女作《兄弟》完成，后来又创作了《爱情的命运》、《法学教授及其夫人》。

1979 年，公开发表第一篇小说《法学教授及其夫人》于《当代》（1979 年第 2 期）。《墙》① （《今天》1979 年 4 月）、《爱情的命运》发表于西北大学中文系的内部刊物《希望》（1979 年 1 月）。

1980 年，因急性肾衰竭、氮质血症，又因长期尿潴留导致肾盂积水，接受膀胱造瘘术，回家休养。史铁生并没有因为患病而停笔，他不但奋笔疾书，还去当时中国作协所办的“文学讲习所”（即后来的鲁迅文学院）听课。这一年，史铁生发表了小说《我们的角落》（《小说季刊》1980 年第 4 期）②、《兄弟》（《花城》1980 年第 7 期）③、《午餐半小时》（《花溪》1980 年第 9 期）。对于一个初出茅庐的作者，这已经算得上丰收了。

《没有太阳的角落》和《午餐半小时》的创作原型显然来自于他在街道福利工厂的所见所闻，代表了史铁生早期对“残疾人”主题的主要关注点，着重于描写残疾人对在社会上所受的不公正的待遇，以及残疾人内心对公平与美好生活的渴望。行文柔软细腻，精致优美，于温情中透着点点哀愁。着眼点小而涉及面广，有研究者认为具有浓厚的契诃夫色彩。

---

① 即 1978 年完成的小说处女作《兄弟》。

② 《我们的角落》即《没有太阳的角落》，此《小说季刊》即后来的《青年文学》。《没有太阳的角落》初发于《未名湖》和《今天》（1979 年）。

③ 此篇曾名《墙》，初发表于《今天》，1979 年第 4 期。

1981年，史铁生病情再次加重，不能再胜任街道工厂的工作，退职回家休养。但“所幸此时有了对病残知青的政策，开始享受工伤待遇，温饱有靠可以安心写作”。① 但是因为身体原因，这一年的史铁生的作品并不多，仅发表了散文《秋天的怀念》（《南风》1981年），小说《树林里的上帝》（《南风》1981年）、《“傻人”的希望》（《河北文学》1981年第1期）、《绿色的梦》（《钟山》1981年第2期）四篇作品。

散文《秋天的怀念》，仍然延续了前一年小说创作的风格，显得精致清新，是史铁生第一篇怀念母亲的散文，笔触细致，感人至深，成为脍炙人口的名篇。但是其余的小说却显得阴沉晦暗，《“傻人”的希望》写的是一个“缺心眼儿”席二龙对美好生活的幻梦一步步破灭，《树林里的上帝》以很小的篇幅描绘了世间万物命运的无常，《绿色的梦》则有种意识流的色彩，也同样是感伤和无助的。

1982年，加入北京市作协。发表小说《黑黑》（《滇池》1982年第11期）、《人间》（《花城》1982年第6期）、《绵绵的秋雨》（《中国青年》1982年第4期）、《在一个冬天的晚上》（《丑小鸭》1982年第10期）。

这一年，史铁生的小说创作，基调更加走向伤感和暗沉，虽然才刚开始进行文学创作，史铁生好像已经进入了他创作生命的第一个低潮。从发表的情况看，史铁生见诸报刊的文字并不很多。据朱伟先生《铁生记评》回忆，史铁生这一时期的

① 史铁生：《史铁生小传》，《我与地坛》，中国社会科学出版社，1993年。

作品常因为其灰暗的主题色彩受到编辑的忽视和误读，常常受到编辑大幅的删改，因而即使发表出来，也并没有获得什么反响。

1983年，加入中国作家协会。史铁生发表了短篇小说《我的遥远的清平湾》(《青年文学》1983年第1期)、《神童》(《文学青年》1983年)、《白色的纸帆》(《绿野》1983年第2期)、《夏天的玫瑰》(《丑小鸭》1983年第4期)、《巷口老树下》(《青年作家》1983年第6期)、《季节的律令》(《黑明摄影集：青春的故事》跋)，以及创作谈《几回回梦里回延安——关于〈我的遥远的清平湾〉》(《小说选刊》1983年第7期)，另创作有小说《老人》。

这一年是史铁生文学生涯的第一个丰收年，小说《我的遥远的清平湾》受到了广泛的关注，当年就获得了全国优秀短篇小说奖。《文艺界通讯》刊登了宗淑的书评《这一切都不遥远——读〈我的遥远的清平湾〉》予以评论。《人民日报》刊登《心弦上的歌——读短篇小说〈我的遥远的清平湾〉》，赞扬作品“深深地反映着陕北人民与陕北地区的生活、心理与风土特点，构成了那个地方独具色彩的生活图景”。[1] 将插队所在地的风土人情作为主体，以日常生活为主体，扩大了知青文学的艺术视域，“可见，生活并不总是一种色调。即使在那特殊的年代，在生活中有忧，也有乐，有苦恼的种子，也有希望的胚芽。作者以其敏锐和真诚，把自己经历过的生活的五

① 郭志刚：《心弦上的歌——读短篇小说〈我的遥远的清平湾〉》，《人民日报》，1983年8月9日。

味瓶，全倒出来了，使读者不禁佩服道：这才是生活！”① 这也许是主流媒体对这篇小说大加赞赏的原因。而从新时期文学的流变来说，《我的遥远的清平湾》改变了知青文学控诉和反思的话语模式，代之以那个时代不常见的平淡悠远的气质，重拾了他创作初期的清新精致的语言风格，将插队时的点点滴滴娓娓道来，令人身临其境，内心充满感动和温情。史铁生这样谈论他的创作初衷：“我试了好几次，想写一个插队的故事。那时对写小说的理解就是这样：写一个高潮迭起、感人泪下的故事。我编排了很久，设计了正面人物、反面人物，安排了诸葛亮式的人物、张飞式的人物。结果均归失败。……通过琢磨一些名家的作品（譬如：海明威的、汪曾祺的），慢慢相信，多数人的历史都是由散碎、平淡的生活组成，硬要编排成个万转千回、玲珑剔透的故事，只会与多数人疏远；解解闷儿可以，谁又会由之联想到自己平淡无奇的经历呢？谁又会总乐得为他人的巧事而劳神呢？艺术的美感在于联想，如能使读者联想起自己的生活，并以此去补充作品，倒使作者占了便宜。”②

1984 年，发表小说《白云》（《小说界》1984 年第 1 期）、《奶奶的星星》（《作家》1984 年第 4 期）、《山顶上的传说》（《十月》1984 年第 2 期）、《关于詹牧师的报告文学》（《文学家》1984 年第 3 期）、《足球》（《人民文学》1984 年第 5 期）、《小小说四篇：春夏秋冬》（《南风》1984 年第 4 期）。

① 郭志刚：《心弦上的歌——读短篇小说〈我的遥远的清平湾〉》，《人民日报》，1983 年 8 月 9 日。

② 史铁生：《几回回梦里回延安——关于〈我的遥远的清平湾〉》，《小说选刊》，1983 年第 7 期。

这一年可以说是史铁生1983年辉煌的延续。首先，小说《奶奶的星星》获全国优秀短篇小说奖，这篇小说在史铁生以往“文革”叙事的基础上，又添进了哲学的沉思，从更高的人道主义的视角来回顾“文革”。其次，史铁生明确了他小说创作的方向。他仍然在以自己的经验创作“残疾小说”，但题材与主题领域被拓展了，这表现在对社会现象尤其是后“文革”时代的关注上，文体和语言风格也开始了多样化的尝试。《白云》、《足球》对对话体的熟练运用，《关于詹牧师的报告文学》的多文体杂糅和黑色幽默，以及《山顶上的传说》的复调叙事，可以看出是史铁生文体实验的前奏。因为上一年《我的遥远的清平湾》与这年《奶奶的星星》的轰动，陕西省作家协会特地邀请这位半个黄土地上走出的作家回乡“探亲”。他再次回到了他的清平湾，见到了他笔下那些熟悉的人物。

1985年，因为连续两年获奖，史铁生的家门庭若市，虽然他是一个渴望交流的人，他的小院子里常常有许多朋友前来把酒言欢，探讨人生、理想和文学，但蜂拥而至的记者、慕名而来的作者还是让在病中的他感到十分疲惫。他不愿接受采访，不愿意被访谈侵占休息与写作的时间，因此，史铁生不得不在家门前贴出闭门谢客的告示。这一年史铁生发表了小说《来到人间》（《三月风》1985年第6期）、《命若琴弦》（《现代人》1985年第2期）、《合欢树》（《文汇月刊》1985年第6期），散文《杂感三则》（《小说选刊》1985年第5期）。《杂感三则》是上一年所发表的《奶奶的星星》的创作谈。史铁生认为作者在创作时一要相信自己，敢于写出自己的真实经历和想法，二要退居幕后，用艺术手法而非直接发声的方法向读者传递自己的信息。这一年发表的三篇小说探讨的都是残疾人的生存问题，但主题已经进一步深化。《命若琴弦》是这一年也是史铁生创作中最重要的作品之一，它是史铁生“过程即意义”生存价值观的典型体现。可以说就是从这部作品开始，不论是“生命”的主题，还是“残疾”的主题，都在史铁生这里得到了升华。同时，它也是史铁生文体探索的重要标杆，有研究者将其作为其“哲思”文学的开山之作。《我的遥远的清平湾》获全国文学创作奖。小说集《我的遥远的清平湾》也由北京十月文艺出版社出版，这是史铁生的第一本文集，收录了1979年以来史铁生创作的全部小说作品，包括没有在公开刊物上发表的《爱情的命运》等作品共20篇。

1986年，成为北京市作协合同制作家，生活有了更好的保障。发表中篇小说《插队的故事》（《钟山》1986年第1期）和短篇小说《我之舞》（《当代》1986年第6期）、《毒药》（《上海文学》1986年第10期），以及创作谈《交流、理解、贴近、信任》（《钟山》1986年第1期），《随想与反省》（《人民文学》1986年第10期）。

《插队的故事》可以算是《我的遥远的清平湾》的续篇和扩大版，史铁生清淡悠远的散文化叙事显得更为成熟，整篇小说也显得更加壮阔。而《我之舞》与《毒药》则充满现代意味和先锋感。1985年前后，中国当代先锋小说蜂起，史铁生是其中的积极实践者，更值得注目的是，《随想与反省》原为次年才发表的小说《礼拜日》的后记，但却具有独立的主题，他认为文学的根在于人类永恒的困境，而文学的出路在于创新。这一年，高原（斯好）在《当代文艺探索》第5期上发表了《轮椅上的探索与开拓——浅谈史铁生的小说创作》一文，这也许是第一篇对史铁生的小说创作进行全面分析的评论。同为小说家的斯好，关注的焦点显然是史铁生小说创作的创新手法，将其归纳为散文化写法、对报告文学体裁的运用和对话体的翻新三个方面，可以说是早期史铁生综论文章中较为全面的一篇。

1987 年，发表小说《车神》（《三月风》1987 年第 1 期）、《礼拜日》（《中外作家》1987 年第 5 期），散文《“忘了”与“别忘了”》（《挚友》1987 年）。同年由史铁生编剧的电影《死神与少女》上映，这是史铁生的第一部电影作品。小说集《现代中国文学选集——史铁生卷》由日本德间书店出版，共收录《关于詹牧师的报告文学》、《足球》、《我的遥远的清平湾》、《奶奶的星星》、《午餐半小时》、《命若琴弦》6 篇小说，由广岛大学松山久雄和水谷一郎、中央大学近藤直子、爱媛大学三木直大译。赴海南参加《钟山》杂志笔会。

1988 年，发表小说《一个谜语的几种简单的猜法》（《收获》1988 年第 6 期）、《原罪·宿命》（《钟山》1988 年第 1 期），创作谈《答自己问》（《作家》1988 年第 1 期）、《自言自语》（《作家》1988 年第 10 期），另创作有小说《草帽》，随笔《读洪峰小说有感》。小说集《礼拜日》由华夏出版社出版，台湾版小说集《我的遥远的清平湾》在台湾出版。

与林洪桐共同编剧的电影《多梦时节》上映，同年获广电部 1988 年优秀影片奖。作品《毒药》获第三届《上海文学》奖。这一年，史铁生的小说和创作谈都表现出了对生死主题的极大关注。《一个谜语的几种简单的猜法》、《原罪·宿命》仍然是以先锋的手法探讨生与死的关系，其语言和手法更加扑朔迷离，大大超越了读者在传统意义上的小说阅读经验。史铁生也在《一个谜语的几种简单的猜法》的结尾加以注解，请读者将其当作一篇“读物”来看。除了作品之外，创作谈虽然仍然是片段感想式的呈现方式，但相比之前更为完整，在《答自己问》中，史铁生第一次自觉地对自己文学创作的目的、方法以及文学观进行了总结。他将文学分为纯文学、严肃文学和通俗文学三类，认为这三者共同组成了文学的大家庭，各司其职。关于文学形式方面，他认为“形式即意义”，而不是承载内容的容器，审美是主观的活动和感受，因而不论如何创作，都应该以表达作者自身的思考为基准。在《自言自语》中，史铁生进一步细化了他的创作方法，提出了他作品中最重要主题——宗教的作用和人的三大困境。这是史铁生对自己之前的创作进行的回顾与反思，对之后很长时间的创作都有着重要的说明与阐释价值。

1989 年，发表散文《文革记愧》（《东方记事》1989 年第 1 期）、《我的梦想》（《中国残疾人》1989 年第 1 期）、《超越几近烧焦的局限》（《三月风》1989 年第 2 期），小说《小说三篇》（《东方记事》1989 年第 2 期）。

1989 年对史铁生和他的家人来说是灰暗而又光明的一年，他的病情又加重了。他因患附睾炎再次住进医院。从他的文章中也可以看出，他仍然会时常想到自杀，他厌恶被当作无用的人被人饲养，毫无尊严地活着。他渴望和正常人一样有正常生活、工作甚至爱的权利。不知是不是上帝听到了他的渴求，当他缠绵病榻的时候，一个来自南方的姑娘陈希米来到了他的身边，照顾他，爱慕他，最终和他结婚。这段婚姻是中国当代文坛的一段佳话，更是当年史家生活的最大亮色。

电影《死神与少女》获保加利亚第十三届瓦尔纳国际红十字会与健康电影节荣誉奖。电影《多梦时节》获第九届金鸡奖最佳儿童片、第三届儿童电影童牛奖优秀故事片、优秀音乐奖、艺术追求特别奖。

吴俊在《文学评论》的第一期发表评论《当代西绪弗斯神话——史铁生小说心理透视》，文章的后面附了史铁生对这篇评论文章的意见。作家和评论家的碰撞并不少见，更何况史铁生对待别人的评价总是抱着非常认真的态度。这样的对话让读者与研究者得以更加深入地了解作者的内心与写作意图。在这一次对话中，吴俊对史铁生的“残疾”主题小说进行了全面梳理，认为史铁生这一主题的创作是在自卑的伤感和对宿命的无奈中迸发出的对不公平的命运的抗争与深沉的忧虑。而史铁生则更进一步指出，他所描述的“残疾”，固然是从自身的心理与生理状态出发，但更多的是由此生发出的对全人类广义“残疾”的观照。紧接着，吴俊同一年又发表了《大彻大悟：绝望者的美丽遁词——关于史铁生的小说》（《文学自由谈》，1989 年第 4 期），这篇评论可以说是前一篇的深入与发展，认为史铁生平和的文字背后是对个人命运的过分焦虑和绝望，而这容易失去真正的宽和与对社会的关注。这一来一往的讨论给史铁生留下了很多的思考，直到次年他在《给杨晓敏的信》中还曾写道：“文章①说我并非像所有的人估计的那样已经‘大彻大悟’……我现在还不知道‘大彻大悟’到底意味着什么。”“在这样的绝境上，我还是相信西绪弗斯的欢乐之路是最好的救赎之路……他千万年的劳顿给他酿制了一种智慧，他

① 指杨晓敏的论文《突围：生命的追求——史铁生论》，《中国现代、当代作品研究》，1990 年第 11 期。

看到了那个永恒的无穷动即是存在的根本……”①

1990 年，发表短篇小说《钟声》（《钟山》1990 年第 3 期），散文《好运设计》（《天涯》1990 年第 9 期）、《超越生命的极限》（《三月风》1990 年第 2 期）。杨晓敏发表《突围：生命的追求——史铁生论》（《中国现代、当代作品研究》1990 年第 11 期），着重探讨了史铁生在生死及人生困境中的“突围”心理与主题。季红真发表《超越困境的精神建构——史铁生小说的终极语义》（《当代作家评论》1990 年第 3 期），提出了史铁生是“先锋的先锋”这一观点，认为其“最早领悟了先锋派艺术的精髓，始终着意于主体精神建构与形式的合一”。

1991 年，史铁生四十岁，他常和朋友们赞叹自己交了好运，他搬进了水碓子的一套四居室的公寓，为此，他时常大宴宾客，各路朋友也轮番来到他家，继续他们沙龙式的讨论。发表散文《我与地坛》（《上海文学》1991 年第 1 期）、《我二十一岁那年》（《三月风》1991 年第 10 期）、《黄土地情歌》（《三月风》1991 年第 11 期）。小说集《命若琴弦》由江苏文艺出版社出版，共收录短篇小说《命若琴弦》等 9 篇，中篇小说《关于詹牧师的报告文学》等 3 篇以及创作谈《答自己问》。根据其小说《命若琴弦》改编的电影《边走边唱（*life on a string*）》由陈凯歌编剧并执导，同年在加拿大上映。

这一年中国重要的文学事件之一就是长篇散文《我与地

① 以上两条引文出自《东岳文库——史铁生九卷本》之《宿命的写作》，山东文艺出版社，2001 年。

坛》的发表。这部作品被许多研究者认为是史铁生文学创作中的里程碑。作品一经刊出就广受热议，作家韩少功说，即使没有其他作品，1991 年的文坛有了史铁生的《我与地坛》就已经是一个丰年了。评论者这样评价这部“空前”的作品：“它是回忆，是自省，弥漫着沉郁的人生况味，闪烁着澄明的智慧之光。”①“也许没有更多的作品像他的《我与地坛》这样静穆、清澈和充满禅意了。”②“在《我与地坛》中，史铁生几乎是空前地表现出了自己对生命、时光、祸福及死亡的完整思考和睿智观察。”③“关于生命的梦想，是诗，是寓言，是史铁生心魂的歌舞，辉煌与大度全在这字里行间了。”④“平常心不执不固，不躁不厉，阅尽万象，汇于一心。持平常心的人是一个安静的观察者，又是一个敏慧的反省者。”⑤“它打破了抒情、议论与叙事、写景的间隔，以思辨为主导，而又自始至终饱含情感，从容地辟出专章写景、叙事、绘人，容量丰富，内涵饱满。”⑥“这显然是没有先例的文体。”⑦“这种散点浮雕式的结构方式，在史铁生过去的作品中是不多见的，而它却有了

---

① 汪政、晓华：《超越小说——史铁生〈中篇 1 或短篇 4〉讨论》，《当代作家评论》，1992 年第 3 期。

② 苑湖：《沉入静穆——读史铁生的〈我与地坛〉》，《小说评论》，1991 年第 3 期。

③ 同上。

④ 王尧：《生命由梦想展开——论史铁生散文》，《当代文坛》，1996 年第 2 期。

⑤ 张新颖：《平常心与非常心——重读史铁生》，《上海文学》，1992 年第 10 期。

⑥ 同注①。

⑦ 同注②。

一种纵横自如、娓娓道来的从容和开阔。”①《我与地坛》不仅是史铁生新的创作，更是他一路走来的心路历程，它的完成，标志着史铁生的创作进入了一个新的境界。

1992年，发表中篇小说《中篇1或短篇4》（《作家》1992年第1期）、《〈务虚笔记〉备忘》（《小说界》1992年第3期）、《游戏、平等、墓地》（《当代作家评论》1992年第2期），创作谈《谢幕》（《小说月报》1992年第4期），散文《黄土地情歌》（《三月风》1992年）、《相逢何必曾相识》（《昆仑》1992年第3期）②、《散文三篇》（《芒种》1992年第10期）、《随笔十三》（《收获》1992年第6期）、《减灾四想》（《减灾报》1992年）、《归去来》（《北京晚报》1992年）、《纪念我的老师王玉田》（《光明日报》1992年）。另创作随笔《〈韩春旭斯文集〉序》、《给杨晓敏的信》，英文版小说集《命若琴弦》由中国文学出版社出版，散文集《自言自语》由广东旅游出版社出版。电影《边走边唱》获伊斯坦布尔电影节最佳影片奖。《〈务虚笔记〉备忘》是“那部梦想的长篇——《务虚笔记》的局部”③，它作为中篇小说独立刊发，整部作品虚虚实实，正如史铁生在前一年的创作谈中所期望的那样，完全超越了传统的“小说”的手法。从这一年开始，史铁生的文体风格可以说发生了截然的变化，他越发沉浸到那

① 苑湖：《沉入静穆——读史铁生的〈我与地坛〉》，《小说评论》，1991年第3期。

② 后被转载，《解放军文艺》，1993年。

③ 《〈务虚笔记〉备忘》，《史铁生作品集3》，中国社会科学出版社，1995年。

种毫无拘束的凭着自己的所思所想来恣意汪洋的创作中去了。汪政、晓华当年于《当代作家评论》第 3 期发表的《超越小说——史铁生〈中篇 1 或短篇 4〉讨论》也同样认为，史铁生的作品，应该将它作为“读物”来看待，因为他的创作早已不能为传统和规范所拘囿，而是超越了“小说”的文字作品了。

1993 年，因下肢静脉血栓住院。发表小说《第一人称》(《钟山》1993 年第 1 期)，散文《三月留念》(《三月风》1993 年第 3 期)，随笔《“嘎巴儿死”和“杂种”》(《钟山》1993 年第 2 期)、《给盲童朋友》(《盲童文学》1993 年)、《新的角度与心的角度——谈周忠陵小说》(《钟山》1993 年第 5 期)、《电脑，好东西!》(《人民日报 · 海外版》1993 年)，另创作有《也说散文热》、《随笔三则》、《没有生活》。《我与地坛：史铁生散文、小说选》由中国社会科学出版社出版。这一年，他获得了庄重文文学奖，在《获“庄重文文学奖”时的发言》中，史铁生认为自己是“没有办法了”，才去当的作家，然而正因为这“没有办法”，又使他能够对人类的终极困境发出疑问，也是这“没有办法”，才显出文学的可贵和用处。

1994 年，再次因下肢静脉血栓住院。发表小说《别人》(《花城》1994 年第 1 期)，《墙下短记》(《今日先锋》第 4 期)。散文随笔《爱情问题》(《钟山》1994 年第 4 期)、《神位 · 官位 · 心位》(《读书》1994 年第 6 期)、《无答之问或无果之行》(《北京文学》1994 年第 11 期)、《体育 · 意志 · 信心》(《中国残疾人》1994 年第 11 期)、《人生重要的是过程》

（《三月风》1994年第5期）、《写给〈地震〉作者的一封信》（《三月风》1994年第4期）、《记忆迷宫》（《今天》1994年）、《写作三想》（《长江文艺》1994年第7期）、《意志与信心》（《社科信息文萃》1994年第20期）。创作散文《故乡的胡同》。日文版小说集《我的遥远的清平湾》由日本宝岛社出版。

1995年，发表散文《笔墨良心》（《支部生活》1995年第12期）。散文集《好运设计》由春风文艺出版社出版。《史铁生作品集》（全三本）由中国社会科学出版社出版，这套作品集收录了史铁生1978年至1994年的绝大部分作品。史铁生的访谈类文章也渐渐多了起来，史铁生仿佛从早年闭门谢客的羞涩青年成长起来，不论是他的精神世界，还是他的文学创作都已经日渐强大。过去那些只发生在他胡同中小院子里的文学青年们的围炉夜话，换成了更加公开的方式，向更多的读者展示出一个虔诚而深具人格魅力的作家。

这一年，史铁生陪着父亲第一次、也是唯一一次回了一趟自己的老家河北涿县。

1996年，史铁生的父亲因心肌梗塞去世。从史铁生的文字里，读者已经熟悉了他的母亲，但是史铁生的父亲，却几乎没有出现在他的笔下。事实上，自1977年母亲去世之后，史铁生的生活一直是父亲照料，直到1989年结婚。因而父亲的去世，对史铁生来说同样是不小的打击。

发表了长篇小说《务虚笔记》（《收获》1996年第1－2期），短篇小说《老屋小记》（《东海》1996年第8期），电影剧本《关于一部以电影作舞台背景的戏剧之设想》（《钟山》1996年第4期）以及散文《足球内外》（《天涯》1996年第1

期)、《悼少诚》(《北京日报》1996年)、《告别郿英》(《今天》1996年春季号)、《宿命的写作》(《东海》1996年第8期)、《我去看花》(《中学语文》1996年第8期)、《熟练与陌生》(《花城》1996年第1期)。另创作有散文《上帝的寓言》、《为郑也夫〈游戏人生〉序》等等。散文随笔集《答自己问》由天津人民出版社出版。

《务虚笔记》在《收获》第一期首发之后，当年由上海文艺出版社出版单行本。这部作品再次挑战了人们的阅读经验与常识，在万众瞩目的期待中，它也的确让人大吃一惊。这是他的第一部长篇小说，在关于这部小说的访谈中，史铁生第一次对自己的一部作品展开了详谈，认为这部作品是他对自己的“印象”的缉捕，因而是断章式的，他采取了“全息人物”的写法，因而是回旋式的、非具象的。总之，《务虚笔记》是他尽力向自己的写作梦想靠近的一部作品，是努力用笔描绘自己心灵地图的作品。这样的说明也同样可以用在《老屋小记》上。在这部作品中，读者可以看到史铁生早年创作的小说的影子，但更为坦然，直抵心灵。同年，《老屋小记》获首届鲁迅文学奖短篇小说奖，而且是唯一的一篇全票通过。鲁迅文学奖对《老屋小记》授奖词写道：“这是史铁生的‘追忆逝水年华’，几间老屋，岁月以及人和事，如生活之水涌起的几个浪头，浪起浪伏，线条却是简约、单纯的。”前往瑞典斯德哥尔摩参加了由《今天》的小说家陈迈平举办的题为“沟通”的文学会议。获浙江《东海》文学月刊“三十万东海文学巨奖”金奖，并赴杭州参加颁奖典礼。当选中国作协第五届全国委员会委员。

1997年，史铁生在昔日插队好友的邀请下前往美国旅游。

发表散文《文学的位置或语言的胜利》(《作家》1997 年第 7 期)①、《私人大事排行榜》(《花城》1997 年第 1 期)、《外国及其它》(《华人文化世界》1997 年第 7 期)、《说死说活》(《天涯》1997 年第 1 期)、《孤单与孤独》(《全国新书目》1997 年第 1 期)、《感悟体育》(《体育博览》1997 年第 2 期)、《宿命与反抗》(《理论与创作》1997 年第 2 期)、《一封关于音乐的信》(《国际音乐交流》1997 年第 4 期)、《聆听与跟随——给友人的一封信》(《当代作家评论》1997 年第 3 期)、《复杂的必要》(《中文自修》1997 年第 5 期)、《无病之病》(《学术思想评论》第 2 辑,1997 年出版),另有《给柳青》、《理想的当代文学批评》。文集《别人》由长江文艺出版社出版,小说集《老屋小记》由山东友谊出版社出版,《中国当代作家选集丛书—史铁生卷》由人民文学出版社出版。

这一年史铁生发表的作品以随感为主。病情的加重与长期的独自卧床使得他更加关注生命、命运以及爱、沟通等话题。这一年,张柠发表了《史铁生的文字般若——论〈务虚笔记〉》(《当代作家评论》1997 年第 3 期)。与史铁生相呼应,张柠认为史铁生的语言正是史铁生创作的意义,是智慧的文字般若,这种语言的智慧,是与史铁生本人思想的智慧相辅相成的。

1998 年,史铁生患上了尿毒症,开始透析治疗。1980 年手术之后,被判只有十年寿命,立刻应该开始透析的史铁生,又坚强地活了十八年才迈入了他的透析生涯,这被认为是一个医学上的奇迹。透析使他的身体更加虚弱,饮食作息都受到很

① 本文首发于《今天》,1996 年第 4 期。

大的影响和限制，读书写作的时间只能在透析的间隙挤出来。史铁生的生活愈发艰难了。

史铁生在这一年令人罕见的没有作品发表。《史铁生散文》（上下两册）由中国广播电视出版社出版。小说《命若琴弦》被作曲家翟小松、吴澜改编为独幕歌剧。

1999年，史铁生第三次因为下肢静脉血栓住院，这是最严重的一次，又逢医院没有床位，无法立即溶栓治疗，眼看双腿就要截肢，最终史铁生在医院病房的交班室里进行治疗，万般艰难之下才保住了双腿。发表小说《死国幻记》（《北京文学》1999年第8期），散文《有关庙的回忆——“记忆与印象”之一》（《人民文学》1999年第10期）、《病隙碎笔（一）》（《花城》1999年第4期）。文集《当代中国文库精读——史铁生》由香港明报出版社出版，《史铁生散文自选集》由百花文艺出版社出版。

《记忆与印象》系列与《病隙碎笔》系列的出版反映了透析之后史铁生的典型写作状态，他已经不能劳累，也无法夜以继日地创作，只能利用透析间隙那宝贵的时间思考、写作。有时一天只能写一两个小时，因而作品也只能以片段的形式呈现出来。另一方面，透析占用了大量的工作时间，使史铁生长期处在冥思的状态，他的《病隙碎笔》系列比以往的任何作品都更加深入人的精神内部，更集中地探讨“灵魂”在生命与写作中的意义。

史铁生已经成为中国当代文坛的经典作家之一，当年出版的由陈思和主编的《中国当代文学史教程》“个人立场与文学创作”一章中为史铁生的《我与地坛》专开一节，以此文本为例探讨史铁生的个人与精神化写作。一些研究者也开始以史铁生作为自己的主要研究方向，河南大学教授胡山林这一年中就连续发表三篇关于史铁生的研究文章，《史铁生的文学观》（《锦州师范学院学报（哲学社会科学版）》1999 年第 2 期）、《对人本困境的思考——史铁生创作的中心主题》（《当代作家评论》1999 年第 4 期）以及《置身神界看人界——史铁生创作视点分析》（《中州学刊》1999 年第 5 期），从不同侧面对史铁生的创作进行了阶段性总结。在这之后的十年里，胡山林还有多篇关于史铁生的研究文章刊发。

2000 年，发表小说《两个故事》（《作家》2000 年第 5 期），《病隙碎笔（二）》（《天涯》2000 年第 3 期），《与李健鸣的三封通信》（《钟山》2000 年第 4 期）。《中华散文珍藏本——史铁生卷》由人民文学出版社出版。获上海市作家协会评选的“中国十大最具影响力作家”称号。作品《务虚笔记》、《我与地坛》被评为“九十年代十大最具影响力文学作品”。人民教育出版社将《我与地坛》收入《全日制普通高级中学教科书（试验修订本・必修）》第二册（上）。赵毅衡发表《神性的证明：面对史铁生》（《花城》，2000 年第 1 期），文章以《务虚笔记》为主要批评文本，兼顾史铁生的早年创作，梳理了史铁生如何一步步从“知青作家”发展为孤独的“精神作家”。赵毅衡认为，史铁生对灵魂、宗教和神性的深入是中华文明在灵魂探索上的重要标杆。

2001 年，连任中国作家协会第六届全国委员会委员。发表《病隙碎笔（三、四）》（《天涯》2001 年第 1 期）、《得有自己的感情》（《天涯》2001 年第 2 期）、《病隙碎笔五》（《天涯》2001 年第 4 期）、《记忆与印象（一）》（《上海文学》

2001 年第 7 期)、《往事》(《人民文学》2001 年第 1 期)、《我在哪里活着（与陈村对谈)》(《收获》2001 年第 2 期)、《写作与超越时代的可能性——史铁生答安妮问》(《北京文学（精彩阅读)》2001 年第 12 期)、《病隙碎笔（六)》(《北京文学（精彩阅读)》2001 年第 12 期)、《推荐与研讨》(《天涯》2001 年第 2 期)、《孙姨与梅娘》(《北京青年报》2001 年)。小说集《往事》由中国青年出版社出版，散文集《对话练习》由时代文艺出版社出版，《东岳文库——史铁生（九卷本)》由山东文艺出版社出版。① 《秋天的怀念》入选北师大版初中语文教科书第二册（第五版)。

史铁生的创作越来越挥洒自如，超越文体的“大文体”形式也基本固定下来，这一年在接受何东采访时，史铁生说：“不要管谁还是不是什么意义上的什么家。写作者只要在写作他就爱是什么是什么吧。我自己认为我就是一个写作者，我不一直都在写作吗？这就成了。非要把我往小说家往散文家里归堆分类，我反而会有负担。所以我还是那句话：我并不关心我是不是小说家或散文家，我关心的是我在怎样想，我可以怎样说，和怎样说再能更有点意思。”

这一年，史铁生见到了他的“偶像”——短跑名将卡尔·刘易斯。

2002 年，发表散文《记忆与印象（二)》(《天涯》2002 年第 4 期)。连载三年的《病隙碎笔》由陕西师范大学出版社

---

① 此文集分为中短篇小说集《来到人间》、《插队的故事》、《我之舞》、《第一人称》，长篇小说《务虚笔记》（上、中、下三册)，散文集《宿命的写作》、《合欢树》。

结集出版，香港版由香港生活·读书·新知三联书店出版。散文集《写作之夜》由春风文艺出版社出版。再次连载对于史铁生的身体来说已经是极大的负担了。在与《上海文学》的编辑姚育明的对谈中他这样说道：“也不知我终于会写多少篇，以及写到哪里，在我近乎懵懂地跟随着‘记忆与印象’而思而写的时候，只见往日浩渺纷然，有的清晰，有的朦胧，有的晦暗难辨。也许我会写几十篇，从中看见我的来路与去向，也许会忽然停止，因为写得乏味，写得无措，如同一个困死在迷宫里的人。但更可能是因为力不从心。我之所以不敢把它写成一个长篇，而取此散篇断章的形式，也有身体的考虑。我现在可用于写作的时间很少，确切地说是精力很少，每隔两天就要去‘透析’一次，回来已是筋疲力尽。不‘透析’的日子，每天也只两个小时可以弄笔，时限一过，血压就跳到高处，把这原本就愚钝的人搅得一个昏头涨脑灵感全无。”

同年，史铁生获得“华语文学传媒大奖”年度杰出成就奖，《病隙碎笔（六）》获首届老舍散文奖一等奖。“华语文学传媒大奖”的授奖词这样写道：“史铁生是当代中国最令人敬佩的作家之一。他的写作与他的生命完全同构在了一起，在自己的‘写作之夜’，史铁生用残缺的身体，说出了最为健全而丰满的思想。他体验到的是生命的苦难，表达出的却是存在的明朗和欢乐，他睿智的言辞，照亮的反而是我们日益幽暗的内心。他的《病隙碎笔》作为2002年度中国文学最为重要的收获，一如既往地思考着生与死、残缺与爱情、苦难与信仰、写作与艺术等重大问题，并解答了‘我’如何在场、如何活出意义来这些普遍性的精神难题。当多数作家在消费主义时代放弃面对人的基本状况时，史铁生却居住在自己的内心，仍旧苦苦追索人之为人的价值和光辉，仍旧坚定地向存在的荒凉地带进发，坚定地与未明事物作斗争，这种勇气和执着，深深地唤起了我们对自身所处境遇的警醒和关怀。”虽然身体不佳，但是史铁生还是坚持到广州参加了“华语文学传媒大奖”的颁奖典礼，并致答谢辞：“我把这份奖赏更多地看作是大家对我的鼓励和支持。精神上的鼓励，和物质上的支持，对一个写作者这都很需要。这样的鼓励和支持，从我双腿瘫痪后就一直伴随着我。……一直相信，文学的根本，是为了拓展人的精神，是要为灵魂寻找一个美好的方向。”

2003 年，当选北京市作协第四届理事会副主席、中国残疾人作家联谊会会长。受苏州大学邀请，以自己的生命和写作体验为主题发表了演讲与对谈，因身体原因，史铁生无法到场，所以演讲与对谈都以书面的形式进行。发表散文《想念地坛——〈写作之夜〉代自序》(《当代作家评论》2003 年第 1 期)、《宿命的写作——在苏州大学“小说家讲坛”上的书面演讲》(《当代作家评论》2003 年第 1 期)，对谈《“有了一种精神应对苦难的时候，你就复活了”》(《当代作家评论》2003 年第 1 期)，《姻缘》(《上海采风》2003 年第 3 期)，《“华语文学传媒大奖”答谢辞》(《南方都市报》2003 年 4 月 21 日)。散文集《想念地坛》由海南出版社出版。学者梁鸿这一年发表了《史铁生：残障生存与个体精神旅程的哲理叙述》(《北京社会科学》，2003 年第 2 期)，全面梳理了史铁生的创作并作了阶段划分。同年，第一本史铁生研究专著《老屋的歌：史铁生创作论》出版，作者邢孔辉全面论述了史铁生创作，从史铁生的幸福观、爱情观、审美观、文学观等诸多层面对史铁生的文学人生进行了剖析。

2004年，在复旦大学与学生开展对谈，发表《我们活着的可能性有多少——与复旦大学学生的对谈》（《上海文学》2004年第7期）。作品《我与地坛（节选）》收入江苏教育出版社高中语文必修教材。法文版小说集《命若琴弦》由法国Gallimard出版社出版，长篇小说《务虚笔记》台湾版由台湾木马文化出版。散文集《记忆与印象》由北京出版社出版。

2005年，发表长篇小说《我的丁一之旅》（《当代》2005年第6期），同年年底单行本由人民文学出版社出版。另发表有散文《白昼的有限，黑夜的无边》（《青年文学》2005年第15期）、《轻轻地走与轻轻地来》（《中华读书报》2005年6月15日）。为中国盲文出版社录制听书版史铁生散文。散文随笔集《灵魂的事》由天津百花文艺出版社出版，文集《中国当代作家系列——史铁生》由人民文学出版社开始陆续出版。①作品《合欢树》被收入人民教育出版社高中语文选修教材。《病隙碎笔》获鲁迅文学奖全国优秀散文杂文奖，史铁生前往深圳参加了颁奖典礼。中国盲文出版社计划出版听书版的史铁生小说散文集，他亲自朗读自己的作品。

《我的丁一之旅》是史铁生的最后一部长篇小说，史铁生以惊人的毅力，以病中的零散时间，完成了这部长达32万字的作品。作品以一个游魂的视角讲述了“我”在“史铁生”及“丁一”的生命中所发生的一系列爱情故事。陈村在短评《我读〈我的丁一之旅〉》中认为史铁生这部小说出版后会产

① 此文集历时三年，至2008年完成出版，包括《命若琴弦》、《原罪·宿命》、《我与地坛》、《病隙碎笔》、《务虚笔记》、《我的丁一之旅》六册。

生争议，它再一次不在人们对“小说”的阅读经验之内，史铁生会以自己的真挚和坦承冲击读者，让他们陷入对爱、对性、对信任与背叛深深的思考之中。事实正是如此，在此后的若干年内，《我的丁一之旅》是史铁生研究者们反复探索的文本，也曾一度入围茅盾文学奖，它巨大的篇幅所蕴含的更为广阔的精神世界，是读者和研究者神往的所在。

2006 年，连任中国作家协会第七届全国委员会委员。发表散文《活着并感悟》（《中国作家》2006 年第 21 期）、《在家的状态》（《上海文学》2006 年第 11 期）、《让号声不再哀伤》（《广州日报》2006 年 10 月 27 日）。听书版《命若琴弦》、《老海棠树》由中国盲文出版社出版，散文系列《活着的事》、《写作的事》，《以前的事》由东方出版中心出版，《在家者说》入选鲁迅文学奖散文获奖者丛书，由河南文艺出版社出版，文集《我们活着的可能性有多少》由文汇出版社出版，《史铁生精选集》由北京燕山出版社出版，《史铁生自选集》由海南出版社出版。

2007 年，史铁生成为北京市作协的驻会作家。发表散文《我离开史铁生以后》（《阅读与鉴赏（学术版中旬刊）》2007 年第 3 期）、《写作与越界》（《天涯》2007 年第 3 期），《书信两封》（《花城》2007 年第 4 期）。获第三届北京文学节“杰出贡献奖”。赴大连长兴岛参评忆石中文网举办的忆石中文奖“小小说类大奖赛”。《南方文坛》在第 5 期刊发洪治纲的评论文章《心魂之思与想象之舞——史铁生后期小说论》，较为全面地梳理了“心魂”概念在史铁生后期小说中的发展与地位。

2008年，发表散文《花钱的事》（《天涯》2008年第1期）、《“老三届”——“老知青”》（《北方文学》2008年第1期、第2期）、《我的轮椅》（《收获》2008年第2期）、《放下与执着》（《花城》2008年第2期）、《地坛与往事》（《十月》2008年第2期）、《老好人》（《十月》2008年第3期）、《人间智慧必在某一处汇合（外一篇）——斯坦哈特的〈尼采〉读后》（《天涯》2008年第3期）、《智能设计》（《西部（华语文学版）》2008年第4期）、《原生态》（《上海文学》2008年第4期）、《从“身外之物”说起》、《看不见而信》（《北京文学（中篇小说月报）》2008年第12期），发表《获奖感言》（《青年文学》2008年第1期）。史铁生文集《插队的故事》、《病隙碎笔》、《命若琴弦》、《老海棠树》、《扶轮絮语》共4本由中国盲文出版社出版，《信与问——史铁生书信序文集》由花城出版社出版。山东人民出版社出版由山东政法大学张建波所著的史铁生研究专著《逆游的行魂——史铁生论》，认为史铁生是“一个因空间限制而充分延展了时间的人，一个在‘写作之夜’将人生与写作同构的精神跋涉者，一个渐悟生死冲上过程美学的灵魂超越者，一个浸润着宗教情怀和无边爱愿的人间赤子”。

2009年，发表小说《史铁生小说一组》（《天涯》2009年第5期），创作谈《理想的危险：就〈我的丁一之旅〉给邹大力的回信》（《花城》2009年第2期），《诚实与善思》（《人民文学》2009年第10期），诗歌《史铁生诗歌10首》（《诗刊》2009年第4期）。

《史铁生小说选》、《史铁生散文选》由人民文学出版社出版，属“中国文库”丛书。同年中山大学的张均发表《史铁生与当代文学史书写》（《南京师范大学文学院学报》，2009年第1期），从宏观的角度探寻史铁生在中国当代文学史中所扮演的角色及所处的地位，《小说评论》在当年第6期刊发了关于史铁生小说的评论专辑，收录了段崇轩的《论史铁生的小说创作》以及欧阳光明的《论史铁生的后期小说》。

2010年，年初，史铁生因为肺部严重感染住院，直到3月才脱离危险回到家中，这一年史铁生明显感到了疲惫，即使是他最喜欢的朋友相聚也总是来去匆匆。12月31日凌晨，史铁生因突发脑溢血去世，肝脏捐赠给天津的一位患者，当天便宣告移植成功。

诗作《回家的路》与《葛里戈拉》发表于《人民文学》2010年第8期。在他去世前不久，散文集《扶轮问路》、电影剧本《妄想电影》由人民文学出版社出版，一直渴望能够在戏剧方面有所成就的史铁生，出版了他的第一本电影剧本。

2011年，1月4日，他的生日那天，史铁生的亲人和朋友们相聚在北京798，庆祝他的生日，也纪念他的离去。这一年，缅怀他的声音响遍中国的大江南北。书信对话集《史铁生的日子》、散文集《另一种理想主义》、《爱情问题》及小说集《来到人间》由凤凰出版社出版，《史铁生作品系列（纪念版）》由人民文学出版社出版①，这是迄今为止收录最全的史铁生作品集。

---

① 全书包括《扶轮问路》、《妄想电影》、《我与地坛》、《病隙碎笔》、《原罪·宿命》、《务虚笔记》、《我的丁一之旅》、《命若琴弦》8册。

长篇小说《我的丁一之旅》获首届萧红文学奖，授奖词中写道："《我的丁一之旅》直接叩问生命的意义和自我的灵魂。小说从'爱'切入，追问爱情、友爱、伦理、选择、真相、尊严以及自由的极限等存在事相。""史铁生始终不懈地探索小说形式创新的可能性，他的故事，就是他的生命本身，就是生命能握住的那些时刻和事相。他并不畏惧小说的艰涩或玄虚，他要用思想穿过生活的现场。其叙述如同无望的祈祷之诗，体现出史铁生独有的深远、博大气质。《我的丁一之旅》在形式上显出无边的自由，倔强地与各种经典文本对话，其睿智、深刻和独到，令人神往。史铁生的创作为中国当代文学留下了一份独特而宝贵的财富。"

2012 年，《收获》杂志 2012 年第 1 期推出史铁生专辑，刊登了一系列史铁生遗作，包括未完成的长篇作品《回忆与随想：我在史铁生》，随笔《昼信基督夜信佛》，小小说《恋人》、《猴群逸事》、《借你一次午睡》，以及史铁生写给王安忆、王朔、小水的 6 封书信。遗作《昼信基督夜信佛》由十月文艺出版社出版。

纪念史铁生的"写作之夜"系列丛书的第一部——《生命：民间记忆史铁生》出版。

2013 年的第一天，史铁生的夫人陈希米为怀念史铁生所著的随笔集《让死活下去》问世。在这些纪念他的文字中，史铁生从来没有离开过。

图书在版编目（CIP）数据

年轻的思想 / 汪雨萌著. -- 北京：作家出版社，2018. 12

（21世纪文学之星丛书·2017年卷）

ISBN 978-7-5212-0314-1

Ⅰ. ①年… Ⅱ. ①汪… Ⅲ. ①中国文学－当代文学－文学评论－文集 Ⅳ. ①I206.7-53

中国版本图书馆CIP数据核字（2018）第294864号

年轻的思想

作　　者： 汪雨萌

责任编辑： 史佳丽　李亚梓

特约编辑： 赵　蓉

装帧设计： 守义盛创

出版发行： 作家出版社有限公司

社　　址： 北京农展馆南里10号　　**邮　　编：** 100125

电话传真： 86-10-65067186（发行中心及邮购部）

86-10-65004079（总编室）

E-mail:zuojia@zuojia.net.cn

http://www.zuojiachubanshe.com

印　　刷： 北京玺诚印务有限公司

成品尺寸： 142×210

字　　数： 204千

印　　张： 8.5

版　　次： 2019年5月第1版

印　　次： 2019年5月第1次印刷

ISBN　978-7-5212-0314-1

定　　价： 39.00元
